혈비도무랑

혈비도 무랑 4

김종휘 新무협 판타지 소설

초판 1쇄 찍은 날 § 2003년 10월 15일
초판 1쇄 펴낸 날 § 2003년 10월 25일

지은이 § 김종휘
펴낸이 § 서경석

편집장 § 문혜영
편집책임 § 유경화
편집 § 장상수 · 권민정
마케팅 § 정필 · 강양원 · 이선구 · 김규진 · 홍현경

펴낸곳 § 도서출판 청어람
등록번호 § 제1081-1-89호
등록일자 § 1999. 5. 31
어람번호 § 제2-0267호

주소 § 경기도 부천시 원미구 심곡1동 350-1 남성B/D 3F (우) 420-011
전화 § 032-656-4452 팩스 § 032-656-4453
http://www.chungeoram.com
E-mail § eoram99@chollian.net

값 8,000원

ISBN 89-5505-848-9 04810
ISBN 89-5505-774-1 (SET)

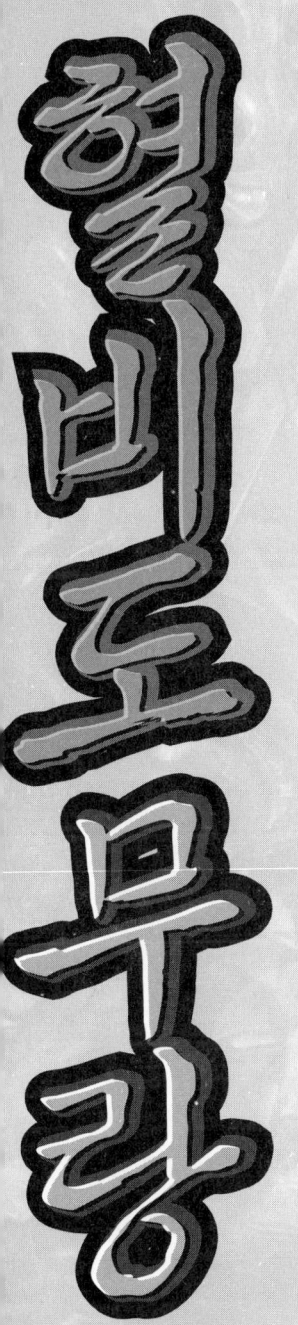

김종휘 新무협 판타지 소설

4

불괴곡(不壞谷)의 인연

도서출판
청어람

목

차

제21장
도주

암혈당 제삼당 부당주 소천권의 말에 장천은 고개를 끄덕이며 태연한 표정으로 말했다.

"그렇다네."

"그렇다면 교주님께서 친히 내리신 명령서가 있을 터, 보여주실 수 있겠습니까?"

"말도 안 되는 소리! 암혈당의 부당주가 감히 교주께서 내리신 각주의 명령서를 볼 수 있다 생각하는가!"

"그렇습니까? 그렇다면 저희들은 각주님을 보내 드릴 수가 없겠군요."

"음……."

명령서를 보여줄 수 없다는 말에 그 역시 물러날 생각을 하지 않으니 장천으로선 난감하지 않을 수 없었다.

'이진천을 너무 우습게 보았군.'

상대가 이진천이라면 만반의 준비를 했을 텐데, 너무 쉽게 총단을 빠져나가려고 했던 자신에 대한 후회감이 밀려오고 있었다.

"무슨 소린가! 교주님께서 친히 내리신 명령이네!"

"걱정 마십시오. 총단과의 거리가 그리 멀지 않으니 반 시진도 아니 되어 모든 것이 끝날 것입니다."

"음… 알겠네. 명령서를 보여주지."

장천이 그 말과 함께 품속을 뒤지니 소천권은 천천히 장천의 앞으로 걸음을 옮겼다.

"자, 이것이네."

그의 말에 소천권은 그것을 받으려고 한 걸음 더 앞으로 움직였는데, 그 순간 명치에 큰 충격을 받고 말았다.

"끄윽!"

"미안하군."

장천의 손에는 피가 묻어 있는 단도가 들려 있었다. 소천권은 무엇이라 말을 하려 했지만 기도에 피가 고인 때문인지 더 이상 말하지 못하고 그대로 죽고 말았다.

"차압!"

그가 쓰러지자 허리에서 장검을 뽑아 든 장천은 앞에 있던 두 명의 암혈당 무사들을 베고는 경공을 사용해 몸을 날렸다.

"놈이 도망갔다!"

삐익!

두 사람을 쓰러뜨리고 도망치자 뒤에서 피리 소리가 들려오니 장천은 일이 크게 꼬였다는 것을 알 수 있었다.

'젠장!'

암혈당의 천라지망을 접해본 적이 있는지라 쉽게 빠져나간다는 것은 어려운 일이라는 생각이 들었다.

거기다가 총단이 있는 곳이니 얼마 지나지 않으면 정예가 추격해 올 것이 분명할 터, 장천으로선 다급할 수밖에 없었다.

삐익! 삐익!

사방에서 울리는 피리 소리를 들으며 장천은 변태변골술로 얼굴을 바꾸었다. 얼마 지나지 않아 그런 그의 앞에 무사들이 나타났다.

"서라!"

"본인은 제삼당의 부당주 소천권이다! 귀옥각주가 서쪽으로 도망갔으니 빨리 연락하여 녀석을 잡아라!"

"예!"

고개를 끄덕인 무사들은 피리를 불며 서쪽으로 뛰어갔다. 장천은 그대로 계속 앞으로 달려 천라지망을 벗어나려 했다.

하지만 얼마 지나지 않아 장천이 변장한 소천권이 가짜임이 밝혀졌고 다시 피리 소리가 크게 울리기 시작했다.

"젠장!"

장천은 천라지망을 벗어나기 위해 필사적으로 도주하고 있었기에 계획했던 방향에서는 크게 벗어날 수밖에 없었다.

어두운 밤인지라 길조차 보이지 않아 답답함이 더욱 커져만 갔지만 장천으로선 어떻게든 이곳에서 빠져나가야 하기에 멈출 수 없었다. 다시 잡힌다면 참형을 당하든지 평생을 총단의 지하 감옥에서 보내야 할 것이기 때문이다.

한참을 뛰어갔을 때 앞에서 또다시 무사들의 모습이 보였다. 장천은 급히 숲으로 몸을 날려 기를 갈무리하였다.

"귀옥각주가 이곳으로 도망쳤다는 신호다! 각기 흩어져서 각주를 발견하면 신호를 날려라!"

"예!"

암혈당의 무사들은 과연 홍련교에서 이름을 날리는 무사들이라 할 만큼 상당히 민첩하고 훈련된 모습을 보이고 있었다.

상위 무사의 지시로 그들이 모두 사라지자 장천은 자리에서 일어나 방금 전 지시를 내렸던 무사의 얼굴로 변해서는 급히 앞으로 뛰어갔다.

"멈춰라!"

"귀옥각주를 찾으라고 하지 않았더냐!"

"아! 예!"

그때 무사 한 사람이 그를 확인하고는 소리쳤지만 장천이 인상을 쓰며 소리치자 흠칫 놀란 목소리로 대답하고는 다른 곳으로 뛰어갔기에 또다시 위기를 넘겼다. 하지만 이런 식으로 변태변골술을 남용하다간 몸에 무리가 와 큰 부작용을 얻게 될 것이 분명했다.

"젠장할! 난 왜 이렇게 되는 일이 없냐!"

또다시 사람들의 인기척이 들리자 장천은 급히 수풀 속으로 몸을 숨겼다. 현재의 얼굴이 또 드러났을 수도 있었기 때문이다.

무사들은 왁자지껄 돌아다니며 자신을 찾기에 바쁜 것을 보며 한숨만 나오는 그였다.

하지만 조금 이상한 것이 있었다.

'너무 많다. 매일 이렇게 암혈당의 무사들이 나와 있었다는 것인가? 있을 수 없는 일이다.'

이진천이 아무리 자신을 의심하고 있었다 하더라도 이렇게 많은 수의 암혈당 무사들을 밤늦은 시간에 밖으로 돌린다는 것은 월권 행위라 할 수 있었다.

그러면 오늘 장천이 총단에서 벗어나려 한다는 것을 이미 알고 있었다는 뜻인데…….

'아무도 모르게 짐을 싸고 있었는데 어떻게 알았지? 하인들은 절대 아니다. 어느 누구도 나의 움직임을 눈치 채지 못하게 움직이지 않았는가. 한데 도대체 누가…….'

한참을 그렇게 생각하던 장천은 순간 한 여인의 얼굴이 떠올랐다.

'설마…….'

자신의 아내인 유능예, 그녀라면 자신이 도망치려 하는 것을 알고 있었을 것이다. 요즘 들어서는 진솔한 이야기도 나누고 있었기에 유능예라면 자신이 총단을 빠져나가려 하는 것을 예측할 수 있었을 것이다.

하지만 장천은 절대 그렇게 생각하고 싶지 않았다. 유능예가 자신을 배반했다고는 믿고 싶지 않았기 때문이다.

헛된 생각이라 치부하며 고개를 저은 장천은 다시 사람들의 눈을 피해 움직이기 시작했지만 천라지망은 이미 완벽하게 깔려져 있었기에 사람들을 피하는 것은 그리 쉬운 일이 아니었다.

삐이익!

결국 장천은 사람들에게 발견되고 말았다. 드디어 아침이 시작되는 네 시진간의 혈투는 시작되었다.

"끄억!"

암혈당 무사들이 뛰어나다고는 하지만 장천의 무공과 그들의 무공엔 큰 차이가 있었다. 총단에서도 정예, 그것도 최정예라 할 수 있는 귀옥각 각주의 자리에 앉을 정도인 장천의 무공이 일반 무사들과 비교

될 수는 없을 터였다. 게다가 무천무급과 함께 화의 무공까지 어느 정도 익힌 장천의 검은 처음 홍련교에 가입할 때에 비해 실력이 수배는 늘어나 있는 상태였다.

"하압!"

"헉!"

몸을 날리는 장천이 검을 한 번 휘두를 때마다 암혈당 무사들이 볏 짚 쓰러지듯이 나가떨어지니, 그는 모습은 마치 검귀와도 같았다. 타 인의 피로 온몸을 적신 그의 모습에 암혈당 무사들은 두려움을 느끼지 않을 수 없었다.

장천은 멈추지 않고 계속 앞으로 나아갔다.

"귀옥각주는 멈추시오!"

"홍!"

싸움이 지체되면서 암혈당의 고수들이 그 모습을 드러내기 시작하 자 장천의 혈투는 점점 더 치열하게 변해가고 있었다. 고수를 상대로 싸우는 것은 일반 무사들과는 확연히 차이가 났기 때문이다.

"암혈당의 무사들은 사방혈화진(四方血化陣)을 펼쳐라!"

상위 무사의 명령이 떨어지자 장천의 주위로 무사들이 모여들어서 는 사방혈화진을 펼치기 시작했다.

"칫!"

암혈당의 사방혈화진에 대해 들은 적이 있는지라 장천으로선 긴장 할 수밖에 없었다. 검을 검집에 집어넣은 장천은 암혈당 무사들을 죽 이고 얻은 두 자루의 도를 들었다.

"시진(始陣)!"

명령이 떨어지자 사방의 무사들이 빠른 속도로 자리를 바꾸며 밀려오니 장천은 진에 현혹되어서는 안 된다는 생각을 하며 앞으로 몸을 날려 쌍도를 휘둘렀다.

"패룡포효(霸龍咆哮)!"

장천이 사용하는 도법은 무천무급에 존재하는 패룡도법으로, 쌍용승천도법과 비슷하긴 하지만 그 강맹함에 있어서는 한 단계 위의 무공이었다.

패룡포효의 초식으로 일시에 두 개의 도를 휘두르자 순식간에 앞에 있던 암혈당 무사 수명이 양단되어 날아갔다. 처음 쓰는 도법의 위력에 장천 또한 크게 놀라고 말았다.

'굉장하군!'

들고 있던 검마저 양단해 버리는 위력에 어찌 놀라지 않을 수 있겠는가?

하지만 일거에 수명의 무사를 도륙했음에도 불구하고 장천에 의해 무너진 진은 뒤에 있는 자들로 인해 다시 채워졌고, 다시 원점으로 돌아간 장천은 잠시 도법의 위력에 정신을 판 자신을 자책할 뿐이었다.

"발진(發陣)!"

드디어 진세가 발동되니 엄청난 압박감이 장천을 밀어붙이기 시작했다.

무림에서 사파의 연합인 대사련과 정파의 연합인 무림맹을 상대로 비등한 힘을 자랑하고 있는 홍련교의 진법은 그 이치는 알고 있긴 하지만 직접 대해본 적이 없었던 장천으로선 크게 놀랄 만한 위력이었다.

한 사람 한 사람의 힘이라면 장천의 상대가 되지 않는 자들이었지만, 그들이 진을 이루어 힘을 합치니 그로서도 크게 경악할 힘을 내고 있었다.

채재재쟁!

한꺼번에 밀어닥치는 검들을 쳐내기는 했지만 뒤에서 또다시 검이 밀려오고 그것을 쳐낼 때면 또다시 양 옆에서 수많은 검들이 밀려오니 정신을 차릴 수가 없었다.

'아! 이것이 진법이란 말인가!'

무공에만 힘을 들였을 뿐 진법에 대해서는 그리 관심이 없었던 장천으로선 한탄할 수밖에 없었다.

무림의 진세라는 것은 조금 비겁한 행동이 아닐까 하는 생각을 했던 그였기 때문이다. 하지만 직접 대해보니 비겁하다기보다 경이롭다고 해도 과언이 아니었다.

암혈당의 진법이 이러하다면 무림에서 이름난 소림의 백팔나한진(百八羅漢陣)이나 무당의 진무칠성진(眞武七星陣)은 어떠한 위력일까 궁금했으나 지금은 그것에 대해 생각할 때가 아닌지라 도를 휘두르며 이 진법을 파훼할 방법을 모색했다.

한참을 그렇게 싸우다 보니 장천은 어느 순간 그 진법의 이치를 찾아볼 수 있었다.

'사방에서 밀려든다고는 하지만 각자 찔러오는 검은 크게 다르다. 그것을 움직이고 있는 자를 찾아야 한다!'

그들의 공격을 막으며 돌아보던 장천은 얼마 지나지 않아 진을 움직이는 자를 찾을 수 있었으니 그는 바로 명령을 내리는 당주였다.

'어쩔 수 없군.'

품에 감추어두었던 단도에 손을 가져간 장천은 진세가 움직이는 틈을 살펴보기 시작했다.

아무리 뛰어난 진세라 해도 그것이 인간이라면 완벽하다고는 할 수 없으니 한순간 그 틈이 보였다.

"섬광비도술(閃光飛刀術)!"

그 순간을 놓치지 않고 장천이 품에서 비도를 꺼내 던지자 한줄기의 빛이 빠르게 뻗어 나가 명령을 내리던 당주의 이마에 꽂혔다.

"헉!"

도저히 믿을 수가 없는 듯 그가 눈을 크게 뜨며 장천을 한 번 바라본 뒤 쓰러지자 진세는 크게 흔들리기 시작했다.

"편진(編陣)!"

당주가 쓰러지자 급히 그의 뒤를 잇는 무사가 소리치며 진을 재정리하려 했지만 그 순간을 장천이 가만히 둘 리가 없었다.

"비켜라!"

앞으로 빠르게 몸을 날린 장천은 패룡도법으로 도를 휘두르며 일순간 정면에 있던 무사들을 향해 쇄도해 들어갔다.

"끄억!"

진세가 크게 흔들린 그들은 장천의 공격에 제대로 대응하지 못해 순식간에 대여섯 무사들이 거꾸러졌다.

"차압!"

그 순간을 놓치지 않은 장천이 경공을 사용하여 몸을 날리자 그 재빠름에 진을 편성하고 있던 무사들은 크게 당황하고 말았다. 진은 잘 짜여져 있는 만큼 그것을 흩뜨려 행동을 달리하는 것은 힘들었기 때문이다.

장천은 온 힘을 다해 몸을 날렸다. 하지만 방금 전의 진세에 암혈당 무사들이 모두 편중돼 있었던 것은 아니었기에 사방엔 아직 무사들이 깔려 있었다.

홍련교의 총단에서 그들을 상대로 혼자서 싸우는 것이 얼마나 무모한 것인가를 잘 아는 장천은 도주는 이미 틀어졌다는 것을 느꼈다.

'오늘 일은 득보다 실이 많겠구나.'

그 실이 죽음까지 갈 것이라는 것을 아는 그로선 한시도 지체할 수가 없었다. 하지만 그 순간 뒤쪽에서 그의 그런 의지마저 꺾는 소리가 들려왔다.

둥! 둥!

부우웅!

딱! 딱!

장천이 총단을 빠져나갈 때 가장 두려워했던 무사들이 드디어 뒤를 쫓기 시작한 것이다.

'늦었구나!'

홍련교는 각 무사단마다 고유의 신호가 있었다.

천마단(天魔團)의 경우에는 북소리를, 귀영당(鬼靈堂)의 경우에는 소라나팔을, 흑시단(黑屍團)의 경우에는 제련된 뼈를 이용하여 소리를 내어 멀리 있는 무사들에게 신호를 보내는데, 지금 이 세 가지 소리가 모두 들리니 총단에서 가장 두려운 세 개의 무단이 자신을 잡기 위해 움직이고 있다는 것을 알 수 있었던 것이다.

귀영당의 소라나팔의 경우에는 장천 역시 신호를 숙지하고 있었기 때문에 어떻게 움직일 것이라는 것을 알 수 있었지만, 무사단마다의 비밀로 되어 있었기에 천마단이나 흑시단의 신호는 그 역시 알 수 없었다.

소리는 점점 다가오고 있었다. 장천은 급히 숲 속으로 몸을 숨겨 자신의 몸을 땅에 묻고 귀식대법을 시전했다. 이들을 상대로 도망가는 건 힘든 일이라는 것을 알고 있었기에 차라리 귀식대법으로 몸을 숨기는 방법을 택한 것이다.

그렇게 장천은 그들이 사라져 주기만을 기다렸지만 적들은 그리 녹록하지 않아 날이 밝아와도 그들의 수색은 계속되었다. 장천으로선 생각을 잘못하여 오히려 그들의 천라지망 속에 갇힌 꼴이 되어버렸다.

장천은 어쩔 수 없이 귀식대법을 풀고 일어났다. 귀식대법이란 것이 피를 느리게 흐르게 하여 신체 활동을 극도로 저하시키는 방식이므로 적의 공격에 빠른 대응을 할 수 없다는 단점이 있었기에 지금의 상황에서는 적당하지 않았다.

'모든 것이 끝이로구나……'

하지만 이대로 끝낼 수는 없었기에 장천은 다시 몸을 날렸다.

"저기다!"

얼마 지나지 않아 장천의 종적은 무사들에 의해 발각되고 말았다.

"차압!"

자신을 향해 공격해 오는 무사들을 베어 넘기며 장천은 계속 앞으로 몸을 날렸지만 쉴 새 없이 총단의 무사들이 밀려오고 있었기에 그의 심신은 점점 지쳐 갔다.

"독골조(毒骨爪)."

"흡기토화(吸氣吐火)!"

흑시단 무사들이 공격해 오자 장천은 몸을 피하며 그대로 패룡도법을 시전해 앞에 있던 무사들을 베어 넘겼다.

"끄윽."

흑시단 무사들은 장천의 패룡도법에 명을 달리하며 쓰러져 갔지만 이들의 공격도 만만치 않았고, 계속되는 싸움에 장천은 복부 쪽에 독골

조에 의한 상처를 입고 말았다.

"젠장!"

부상을 입는 와중에도 도를 멈추지 않은 장천은 간신히 눈앞에 보이는 자들을 모두 처리한 후 급히 품에서 해독단을 꺼내어 삼켰다.

"휴."

다행히 교주의 세력이었던 귀영당은 천마단과 흑시단이 반기를 들 때를 생각하여 만반의 준비를 하고 있었던 터라 귀영당 무사들에게는 흑시단이 사용하는 독골조의 해독단이 배급되어 있었기에 장천 역시 해독단을 지니고 있었다.

장천은 이대로 계속 기를 운용한다면 해독단이라도 독기를 막지는 못할 것을 알고 있었다. 어느 정도 운기를 하여 해독단의 약효를 온몸에 돌려야 하기 때문이다. 하지만 지금으로선 신체의 힘만으로 약효가 퍼져 나가 독이 치료되길 바랄 수밖에 없었다.

장천이 다시 경공을 사용하여 빠져나가려는 순간 한 남자가 그의 앞을 가로막고 섰다.

"헉!"

그의 모습을 본 장천은 자신도 모르게 뒤로 물러섰다. 자신의 앞을 가로막고 있는 청년은 바로 동방명언이었기 때문이다.

사사삭!

그의 모습을 확인함과 동시에 사방에서 검은 무복을 입고 있는 흑시단의 무사 십여 명이 모습을 드러내고는 흑골조를 겨누었다.

'여기가 끝인가.'

장천으로선 모든 것이 끝났다고 느낄 수밖에 없었는데, 그때 동방명언이 뒤에 있던 무사단을 돌아보며 말했다.

"너희들은 멀리 물러가 있어라!"

"흑시오자(黑屍五子)님, 그것은……!"

"모든 벌은 내가 받을 것이고 만약 얻을 것이 있다면 너희들의 공으로 돌리겠다."

"음……."

그 말에 흑시단의 대장인 듯한 자는 한참 생각하는 표정을 짓다가 무사들을 보며 말했다.

"가자!"

무사들이 모두 사라진 후 장천은 속으로 안도의 한숨을 쉬었다.

"형……."

"난 너의 형제가 아니다!"

동방명언은 장천의 말을 단호하게 잘랐다.

"너와는 이미 형제의 연을 끊었으니 이제 우리 사이엔 아무것도 없다."

"……."

동방명언의 단호한 말에 장천은 더 이상 말을 할 수 없었다.

'싸울 수밖에 없는가…….'

동방명언이 이렇게 나온다면 남은 것은 검을 겨루는 것뿐이라 생각한 장천은 손에 들고 있던 도를 던져 버리고는 허리의 검을 뽑아 들었다.

한때 형제였던 자를 상대로 쌍도문의 도법인 패룡도법을 쓰고 싶지 않은 장천은 이들과 함께 익혔던 홍련십팔검을 사용하려 하는 것이다.

"하압!"

동방명언 역시 그와 같은 생각인지 홍련십팔검을 사용해 공격해 들어왔다. 장천은 검을 휘둘러 그의 공격을 막은 후 공격해 들어갔다.

금선곡에서도 수위를 차지하던 동방명언은 장천이 급성장하기 전에는 형제들 중에서 가장 강한 무공을 소유하고 있었던 기재였다. 그런 그가 구시독인의 제자가 된 후 검 실력이 상승하여 지금은 장천과 거의 비등할 정도의 수준에 도달해 있었다.

챙! 채재재재쟁!

물러설 생각을 하지 않는 두 사람의 검은 십여 합을 주고받아도 결판이 나지 않으니 장천은 크게 결심하고는 일부러 허점을 드러내었다.

"차앗!"

아니나 다를까, 동방명언의 검은 그 허점을 찔러왔고, 장천은 그 순간 허벅지에 검상을 입을 수밖에 없었다.

"큭!"

하지만 그것은 장천이 노리던 것이었으니 그의 검이 허벅지를 베며 지나가자 몸을 회전시킨 장천은 그대로 검을 내질러 동방명언의 복부를 찔렀다.

"끄윽!"

동방명언은 큰 상처를 입곤 그대로 동작을 멈추고 말았다.

하지만 장천은 동방명언을 죽일 생각이 없었다. 검이 그의 복부 깊숙이 파고들어 내장을 크게 상하게 하기 전에 검을 뺀 장천은 급히 그에게 다가가서 입속에 내상단을 넣어주고는 말했다.

"미안하다, 명언."

형제에게 상처를 입힌 장천의 눈에는 눈물이 흘러내리고 있었다.

"가라."

동방명언은 그의 모습을 보며 조용히 말했다.

"명언……."

무슨 말인가를 더 하고자 하였지만 더 이상 지체할 수 없었던 장천은 떨어지지 않는 발걸음을 돌려 경공을 펼쳐 그곳을 벗어났다.

"젠장!"

얼굴을 숙이며 뛰어간 장천은 소매로 흐르는 눈물을 닦으며 지금의 상황을 한탄할 수밖에 없었다.

시간이 지나면서 장천을 잡으려는 무사들의 숫자는 점점 더 늘어만 갔다.

자신을 향해 공격해 오는 무사들을 수도 없이 베며 빠져나가고 있었지만 동방명언에게서 얻은 허벅지의 검상으로 인해 장천의 움직임은 크게 느려져 있었기에 한 시진쯤 지나자 그의 몸은 상처투성이의 몸이 되어버렸다.

"아!"

엎친 데 덮친 격일까.

장천이 도착한 곳은 가장 와서는 안 되는 장소였으니 바로 총단의 십 리 정도 밖에 위치한 늪지대였다.

뒤로는 수많은 무사들의 모습이 보이고 있었고 앞에는 절대 빠져나올 수 없는 깊이의 늪이 존재해 있었기에 장천은 배수진을 친다는 생각으로 싸울 수밖에 없었다.

"끄아악!"

아비규환의 혈투였다.

장천은 죽이고 죽여도 밀려오는 무사들에 혀를 내두를 수밖에 없었으나 온몸이 피로 물들고 피로감이 가득해도 이대로 죽을 수는 없다는 생각에 끝없이 상대를 베며 앞으로 나아가고 있었다.

"멈춰라!"

그때 한 청년의 목소리가 들려왔다.

핏빛의 무복을 입은 자들, 바로 천마단의 무사들 사이에서 나온 이는 바로 은조상이었다.

"은조상……."

"물러가라! 이제부터 이곳은 천마단이 맡는다!"

"무슨 말씀이십니… 컥!"

암혈당의 무사는 동료들이 장천에게 죽임을 당한 탓에 불복하려다 은조상의 검에 목을 베이고 말았다.

"하찮은 암혈당의 일개 무사가 천마단 부단주의 말에 토를 달다니! 서열을 무시한 죄 죽어 마땅하다! 다시 말한다! 이곳은 천마단이 맡는다!"

은조상의 말에 암혈당 무사들은 이를 갈았지만 천마단을 상대로 싸울 수는 없는지라 물러설 수밖에 없었다.

잠시 후 그들이 모두 사라지자 은조상은 천천히 장천에게 다가갔다.

이미 암혈당 무사들과의 싸움으로 인해 장천의 몸은 차마 눈 뜨고 볼 수 없을 지경으로 피폐해져 있었다. 입고 있던 옷은 너덜너덜하게 찢어져 시뻘건 피로 물들어져 은조상을 바라보던 장천의 모습은 마치 궁지로 몰린 악귀의 최후 발악과 같은 모습이었다.

"이것이… 형제를 버리고 얻은 것인가."

은조상은 그런 장천을 보며 독백하듯 중얼거렸다.

"후후… 그런 것 같군, 조상."

"내 이름을 부르지 마라, 더러운 자식!"

모든 것을 포기한 듯 장천이 미소를 지으며 말하자 조상은 더 이상

참을 수 없다는 듯이 크게 소리를 질렀다.

"후후, 나 같은 놈이 너의 형제였다는 것이 수치스럽겠구나."

으드득.

은조상은 장천의 말에 참을 수 없는 분노가 치솟아올랐다.

하지만 그것이 장천에게 속아서 그런 것인가 한다면 은조상은 그렇다고 말할 수 없었다. 무엇인가 다른 기운이 그를 분노하게 만들었기 때문이다. 천천히 검을 뽑아 든 그는 장천을 보며 소리쳤다.

"죽어라! 검을 들어라! 너 역시 타인의 손에 죽고 싶진 않겠지. 두 형, 이것이 형제로서의 마지막 배려다!"

"고맙다……."

장천은 그의 말에 미소를 지으면서 숙여진 몸을 들었다.

"끄윽."

몸을 꼿꼿이 세우자 고통이 밀려왔지만 의형제와 마지막 검을 나누는 순간에 고통스러운 모습을 보이고 싶지 않은 장천은 입술을 깨물며 버티어 서서는 검을 들었다.

"하압!"

"합!"

두 사람의 기합 소리가 크게 하늘을 울렸다.

하지만 장천은 무척 지쳐 있었고 내공마저 고갈되어 있었던 터라 은조상의 검을 막을 수가 없었다.

푸욱!

"끄억."

은조상의 검이 장천의 복부를 꿰뚫었다. 등 뒤로 시뻘건 피와 함께 검이 뚫고 나오자 장천은 자신의 배를 쳐다보곤 허무한 미소를 지으며 말했다.

"훗훗… 이렇게 죽게 될 줄은 몰랐군."

"……."

그 목소리에 은조상은 뭐라 말할 수 없는 슬픔이 밀려왔다. 한때 피를 나눈 친형제와도 같았던 장천을 자신의 손으로 죽인다는 것이 참을 수 없었다.

간신히 고개 든 장천이 미소를 지으며 말했다.

"조상… 나… 아직 너의 의형제냐?"

"……."

장천의 물음에 은조상은 아무 말도 할 수 없었다. 다만 그의 볼을 타고 눈물이 멈춤없이 흐를 뿐이었다. 그런 그를 보며 천천히 손을 들어 올려 눈물을 닦아준 장천은 미소를 지으며 말했다.

"아직은 의형제가 맞구나… 고마워… 흑흑……."

"두형……."

장천은 그의 눈물을 본 순간 자신도 모르게 울음을 터뜨렸다. 고통의 눈물이긴 했으나 그것은 복부를 꿰뚫은 아픔에서 나온 것이 아니었다.

"느, 능예와… 아이를 부탁해……."

그 말과 함께 신형이 천천히 무너져 내린 장천은 그대로 무릎을 꿇은 채 숨을 거두고 말았다.

"아아악!"

은조상은 더 이상 참지 못하고 하늘을 향해 절규를 터뜨렸고, 하늘을 진동시켰다.

그런 그의 뒤로 천천히 천마단 무사 한 명이 걸어와서는 말했다.

"부단주, 배신자의 목을……."

하지만 말이 끝나기도 전에 은조상은 고개를 돌려서 그를 그대로 후려치고 말했다.

"배신자라고는 하지만 나의 의형제였다! 넌 너의 손으로 형제의 목을 칠 수 있단 말이냐!"

그 말에 천마단 무사는 아무 말도 할 수가 없었다. 강호의 밥을 먹는 자로서 은조상의 아픔을 어느 정도 이해할 수 있었기 때문이다.

무릎을 꿇은 채 숨을 거둔 장천의 몸을 안아 든 은조상은 늪지로 걸어 들어갔다. 허리까지 찰 정도로 들어간 그는 천천히 장천의 시체를 내려놓았다.

자신의 가장 큰 아픔이었던 유능예와 아이의 일을 은조상에게 부탁할 수 있었기에 장천의 얼굴엔 미소가 감돌고 있었다.

언제나 형제들에게 보여주던 그 미소를 보자 은조상은 또다시 아픔이 밀려왔다. 아무리 배신을 했다 해도 의형제를 이렇게 떠나보내는 것은 그로서도 마음이 아플 수밖에 없었다.

'형제여, 내세에서 다시 만난다면 절대… 절대…….'

슬픔에 잠겨 늪 속으로 가라앉는 장천을 바라보던 그는 돌아서서 밖으로 걸어나왔다. 그리고는 천마단의 무사들을 보며 말했다.

"교의 배신자 장천은 죽었다… 가자."

"예."

천마단원들이 몸을 날린 후 이제 사라져 보이지 않는 장천의 모습을 좇던 은조상이 마지막으로 몸을 날려 그곳을 벗어났다.

그의 모습이 장천의 관이 되어버린 늪지에서 완전히 벗어나고도 얼마의 시간이 흐른 후, 그곳으로 두 명의 검은 인영이 모습을 드러내었다.

그중 낡은 누더기 옷을 입고 있던 노인이 급히 늪으로 뛰어들어 갔다. 그리곤 얼마 지나지 않아 늪 속에 가라앉아 있던 장천의 시신을 안고 돌아왔다.

"이런!"

그는 상처를 보며 한탄하듯 중얼거리고는 급히 품에서 환단을 하나 꺼내 씹어 장천의 입에 넣어주고는 등 뒤에서 기를 불어넣기 시작했다.

하지만 장천에게서는 아무런 변화가 보이지 않고 있었다. 노인이 하고 있는 양을 한참 동안 바라보고 있던 다른 한 사람이 천천히 장천의 가슴에 손을 얹고는 그대로 내공을 이용하여 타격을 주었다.

쿵!

강한 충격이 가슴에 부딪치자 장천의 몸은 크게 뒤흔들렸다.

"무슨 짓인가!"

"이 아이의 몸에는 아직 쓰지 않은 것이 남아 있소."

그 말과 함께 다시 내공을 돋워 장을 쳐내니 장천은 심장이 파열될 듯한 충격에 휩싸이게 되었다. 한데 그 순간 금색의 빛이 장천의 머리에서 흘러나오더니 서서히 퍼져 나가 온몸에서 흘러나오기 시작했다.

"이건?"

"비도문의 문주만이 받는 수련을 통해 그는 단 한 번 회생의 기회를 가질 수 있는 힘을 갖게 되었소. 그 힘은 평소엔 심장에 머물러 있다가 강한 충격을 받으면 되살아나지요."

"음……."

그 말에 노인은 신음 소리만 낼 뿐이었다.

황금 빛이 장천의 몸을 한차례 감싸고는 천천히 사라지자 멈춰 버린 그의 심장이 천천히 뛰기 시작했다.

"아!"

노인은 그 모습에 크게 기뻐하며 탄성을 내질렀으나 다른 이는 그 특유의 무표정으로 자리에서 일어나고는 말했다.

"이제 우리가 할 일은 끝났소. 남은 것은 이 아이의 의지뿐이겠지요."

"알겠네."

노인은 장천을 안아서는 몸을 날렸다.

다시 쌍도문으로

감숙성에서 구파일방의 하나인 공동파와 함께 양대문파의 하나로 입지를 굳히고 있는 쌍도문.

무림 곳곳에서 들리는 마교의 심상치 않은 움직임에 대문파로서 이름을 날리고 있는 쌍도문도 가만히 주시하고 있지만은 않았으니, 강북십웅의 위치에 있으며 현 쌍도문의 문주 직을 맡고 있는 등평은 무림맹에 이대제자 요운을 중심으로 상당수의 삼대제자들을 파견했다.

현재 쌍도문의 무사들은 구파일방과 비견해도 크게 뒤처지지 않는 전력을 유지하고 있었기에 근래에 들어와 현저히 힘이 떨어지고 있는 청성파를 제치고 구파일방의 하나로 승격되지 않을까 하는 소문이 돌고 있었다. 무림맹에서도 그들은 구파와 동등한 위치를, 아니, 청성파와 비교한다면 조금 우위의 대우를 받고 있었다.

또한 쌍도문은 감숙성은 물론 인접한 성의 중소문파들이 겪는 사파들과의 사소한 시비를 해결해 주고 있었기에 일대에선 공동파보다 더 인기가 높은 문파로 성장하고 있었다.

그 때문에 쌍도문의 제자들은 낮밤을 가리지 않고 바쁘게 움직이고 있었는데, 이러한 쌍도문에서 가장 먼저 아침을 맞이하는 사람은 문파의 일로 쉴 틈도 없이 돌아다니는 제자들이 아닌 한 여인이었다.

바로 쌍도문에서 등평에 이어 사실상 두 번째 서열이라고 할 수 있는 장춘삼의 아내인 임아란이 그 주인공이었다.

장춘삼 내외와 함께 곽무진 부부가 함께 살고 있는 금오각에선 아직해도 뜨지 않은 새벽에 옷매무새를 정리하며 밖을 나서고 있는 여인이 있었다.

"어머님, 오늘도 나가세요."

차가운 아침 공기에 얼은 손을 입김으로 녹이고 있는 그녀의 곁으로 젊은 부인이 안타까운 모습으로 다가와 말했다.

"소화로구나."

임아란의 제자였으나 곽무진과 혼인을 하면서 부모가 없는 남궁소화를 위해 장춘삼 내외가 양부모가 되었던지라 그녀는 아란을 어머니라 부르고 있었다.

소화의 모습을 본 임아란은 미소를 지으며 답했다. 손을 녹이고 있는 모습을 보며 안타까운 표정을 지은 소화는 급히 손에 끼고 있던 장갑을 빼어서는 임아란에게 건네었으나 임아란은 받지 않았다.

"날씨가 추워졌어요. 어머니의 손은 자꾸만 거칠어지니⋯⋯."

소화는 거칠어진 그녀의 손을 잡으며 말을 잇지 못했다.

"난 괜찮단다. 이 추운 날 어디서 무엇을 하고 있는지 모르는 천아를 생각하면 이 정도는 아무것도 아니지."

"어머니……."

그런 임아란의 말에 소화는 몇 년째 소식이 없는 장천이 야속하기만 할 뿐이었다.

"오늘은 저도 함께 나갈게요."

"아서라. 홀몸도 아니면서 어딜 나서겠다는 게냐."

"어머니."

현재 남궁소화는 곽무진의 두 번째 아이를 배고 있었다.

첫 번째 아이는 두 살로 곽연(郭演)이란 이름의 남아였는데, 임아란 이 요즘 들어와 더욱 장천을 걱정하는 것은 바로 이 아이의 영향이 컸다.

쑥쑥 잘 자라는 곽연의 모습을 보며 자신의 아이를 걱정할 수밖에 없는 것이 어머니의 마음이었다.

자신을 걱정하는 소화의 얼굴을 쓰다듬어 준 임아란은 천천히 걸음을 옮겼다.

대문 앞에서 경비를 서고 있던 무사들은 공손히 인사를 하며 그녀를 맞았다.

"사숙조모님, 오셨습니까."

"수고하시는군요."

"별말씀을 다 하십니다."

무사들은 새벽이 되면 언제나 임아란이 문파의 정문으로 나서는 것을 알고 있었기에 정문 옆에 그녀가 춥지 않도록 불을 만들어두는 것을 잊지 않았다.

밤 시간 닫혀 있던 정문은 그녀가 도착하자 서서히 열리기 시작했다.

임아란은 오늘도 역시 외지로 나간 어린 아들을 기다리기 위해 쌍도문의 제자들이 마련해 둔 의자에 앉으려 했다. 한데 그 순간 대문 쪽을 보던 그녀는 크게 놀라고 말았다.

"아!"

그녀의 놀란 목소리에 무사들은 문을 열다 말고 그녀를 향해 뛰어갈 수밖에 없었다.

"무슨 일이십니까!"

"저, 저기 사람이……!"

무사들이 문을 열자 쓰러진 사람의 모습이 보였기에 임아란은 무사들을 보며 손짓을 했다. 하지만 무사들에게 손짓을 하던 그녀는 다음 순간 무엇인가 알 수 없는 기분을 느꼈다.

'이 기분은 뭐지… 서, 설마!'

임아란은 다음 순간 정문에 쓰러져 있던 그 남자가 바로 장천이라는 것을 알 수 있었다.

처음 쌍도문을 떠났을 때는 열 살 정도의 어린아이 모습이었던 장천이었으나 그 후 수년이 흘러 많이 변해 있었다.

하지만 부쩍 커버린 모습에서도 어린 시절의 모습이 남아 있었기에 임아란은 더 이상 참지 못하고 짙은 눈물을 흘리며 그에게 뛰어가서는 소리쳤다.

"천아!"

"헉!"

무사들은 임아란이 쓰러져 있는 남자에게 천이라 부르며 뛰어오자 그제야 문 앞에 쓰러져 있는 이가 쌍도문의 소문주인 장천이라는 것을 깨닫고는 크게 놀라지 않을 수 없었다.

"천아… 흑흑흑……."

장천의 옷에는 피가 굳어서 검붉게 변한 곳이 여러 군데 있었기에 정문을 지키는 무사는 시간을 지체할 수 없다 판단하고는 옆의 무사를 보며 말했다.

　"난 소문주님을 의관(醫館)으로 모시고 갈 테니 자네는 문주님께 소문주님이 돌아오셨다고 말씀드리게!"

　"알았어!"

　장천을 등에 업은 그는 의관을 향해 빠른 속도로 몸을 날렸고, 임아란 역시 그의 뒤를 따라갔다.

　그날 아침 쌍도문은 돌아온 소문주로 인해 시끌벅적해졌다.

　열다섯의 나이에 나가 근 5년 만에 돌아온 소문주가 큰 상처를 입고 이른 새벽에 문파의 대문에 쓰러져 있었다는 것은 보통 일이라곤 할 수 없었기 때문이다.

　하지만 그중 가장 큰 소란을 일으킨 인물은 바로 문주를 비롯한 쌍도문의 수뇌부였으니, 새벽녘에 깨어난 등평은 장천이 돌아왔다는 이야기를 듣자마자 한달음에 의관으로 달려와 온몸에 핏자국이 낭자한 그를 보고는 문파 내에 있는 10여 명의 의원들을 전부 깨워서는 장천을 치료토록 했다.

　그것도 모자라 문파의 창고에 있는 영약을 털고 있었으니 그가 장천을 생각하는 마음이 얼마나 큰가를 말해 주는 장면이었다.

　하지만 수뇌부들의 이런 노력에도 장천은 좀처럼 눈을 뜨지 않았다.

　임아란은 영영 깨어나지 않는 것은 아닐까 하는 걱정에 장천의 손을 잡으며 빌고 있었다.

　쾅!

"천이가 돌아왔다는 것이 사실이오!"

임아란이 천지신명에게 빌고 있는 그때 방문이 부서지듯 열리면서 한 중년 남자가 뛰어들어 와서는 소리쳤다. 바로 장춘삼이었다.

"여보… 흑흑. 우리 천이가……."

"천아!"

눈물을 흘리는 임아란의 모습을 본 그는 천의 이름을 크게 부르며 달려갔으나 장천은 아직 눈을 뜨지 못한 상태라 뭐라 말을 잇지 못하고 있었다.

"천아……."

장춘삼은 그런 아이를 보며 조심스럽게 머리를 쓰다듬어 주었다.

이곳으로 오기 전 악전고투를 치렀는지 얼굴에 상처가 가득한 모습이었기에 안타까움으로 가슴은 찢어질 지경이었다.

'그때 보내서는 안 되었던 것을…….'

하지만 후회해도 이미 늦은 일이었으니 그로선 장천이 깨어나기만을 기원할 뿐이었다.

그런 춘삼을 보며 등평은 안심시켜 주기 위해 말을 건넸다.

"사제, 너무 걱정 말게. 맥을 보니 그리 위험한 상태는 아니고, 지금 제자에게 시켜 하 의원을 모셔오라 했네."

하 의원은 감숙성 일대에서 가장 이름 높은 의원이다. 선대 문주인 오립산 때부터 문파의 비전신단을 위해 많은 의원들에게 손을 뻗치고 있었던 쌍도문이었기에 하 의원과 친분을 유지하고 있었다.

호랑이도 제 말 하면 온다고 하더니 등평의 말이 끝나기도 전에 문밖에서 한 제자가 큰 소리로 말했다.

"하 의원께서 도착하셨습니다!"

"오!"

드디어 의원이 도착했다는 말에 등평은 크게 기뻐하며 문을 여니 문 밖에선 칠십 세 정도의 노인이 긴 수염을 쓰다듬으며 서 있었다.

"어서 오십시오, 하 의원님."

"되었다. 거참, 가뜩이나 잠도 없는 늙은이를 새벽녘에 깨워서는 이게 뭐 하는 짓이냐."

"……."

하 의원의 또 다른 명성은 바로 성질 더럽기로 유명한 것이다. 어느 정도 당해본 적이 있는 등평은 입을 다물며 침묵을 지킬 뿐이다.

방 안으로 들어선 노인은 주위를 훑어보고는 한숨부터 쉬며 말했다.

"등 문주, 자네 이 방에 도대체 몇 명이나 있는지 세어보게나."

"음… 의원 세 명에 하나, 둘, 셋… 여덟에 의원님까지 합쳐서 아홉이니 총 열두 명이 있군요."

그 말이 끝나자마자 하 의원은 품에서 곰방대를 꺼내어 그대로 문주의 이마를 후려갈기고는 소리쳤다.

"무공까지 배워 인간의 몸에서 나온 탁기가 병자의 몸에 좋지 않다는 것을 훤히 알면서도 좁은 방 안에 이렇듯 많은 사람을 데리고 있느냐! 당장 내몰고 나가지 못할까!"

"끅… 알겠습니다. 뭐 하느냐, 빨리 나가지 않고!"

그 말에 사람들이 모두 밖으로 나가니 방 안에는 장춘삼 부부와 등평, 하 의원 이렇게 네 명만이 남게 되었다.

"음… 이제야 기가 좀 맑아졌구나."

사람들이 나간 후 하 의원은 천천히 장천의 곁으로 다가갔다.

호흡하기 힘든지 가쁜 숨을 몰아쉬고 있는 장천의 맥을 짚어본 하 의원은 옆에 있는 임아란에게 말했다.

"이 아이의 상의를 벗기거라."

"예."

임아란이 상의를 벗기자 가슴과 복부에 붕대를 친친 감고 있는 장천의 몸이 드러났다.

"음……."

주름살 가득한 손을 들어 몸 이곳저곳을 눌러보던 하 의원은 고개를 갸우뚱거리더니 등평을 보며 말했다.

"내가 오기 전에 이 아이를 치료한 사람은 누구인가?"

"음… 본 문의 의원들이 가볍게 살펴보기는 했지만 치료는 하지 않았습니다."

"그래? 호오, 대단한 사람이로구먼."

"무슨 이상한 일이라도?"

등평의 물음에 하 의원은 장천을 가리키며 말했다.

"이 아이는 상당히 큰 상처를 입었었네. 폐는 물론 장기에까지 깊숙하게 상처를 입어 몸에 응혈이 맺힌 것이 상당한데, 누구인지 모르지만 이미 제대로 된 치료를 한 덕에 목숨에는 지장이 없다네."

"아! 다행이군요."

"하나 그 사람도 폐와 장기의 응혈을 완전히 제거하지는 못했으니 아이가 일어난다 해도 호흡에 조금 문제가 있을 것이라 생각되네."

"호흡이라면……."

"음… 흡기와 토기에 문제가 생기니 운기조식을 할 때 상당한 고통이 따를 게야."

"그런!"

무인에게 있어 운기조식이란 것은 일상생활과도 같은 것이기에 그 것에 문제가 생긴다는 말에 등평은 조금 당황할 수밖에 없었다.

"그리고 살펴보니 머리에도 응혈이 엿보이니 자칫 잘못하면 천치가 될 수도 있겠구먼."

엎친 데 덮쳤다고 해도 과언이 아닐 발언이었으니 임아란은 그 순간 충격을 받아 혼절하고 말았다.

"부인!"

"쯧쯧, 무림의 여인네가 이렇게 심약해서야……."

그 말이 끝나기도 전에 하 의원이 품에서 침을 꺼내 임아란의 몸에 꽂아주니 얼마 지나지 않아 그녀는 정신을 차릴 수 있었다.

"자네 부인인가?"

"예."

"충격에 기가 약해졌네. 데리고 가서 인삼과 꿀을 섞어 먹여 기를 돋워주도록 하게."

"알겠습니다."

장춘삼이 부인을 안고 밖으로 나가자 등평은 그를 보며 말했다.

"어르신, 어떻게 이 아이를 고칠 방법은 없겠습니까?"

"뭐, 천운이 따라주면 아무 문제 없이 일어날 것이네."

"천운이 따라주지 않는다면요?"

"별수있나, 무공은 못 익히고 천치로 살아갈 수밖에."

"휴, 그러니까 제 말은 그렇게 안 되게 할 방법은 없냐고요!"

답답한 마음에 등평이 소리치자 하 의원은 다시 한 번 그의 머리를 후려치고는 말했다.

"내가 신의 화타라도 되는 줄 아느냐!"

"큭… 어르신."

"홍. 오립산 놈과 네 녀석들이 지금까지 한 것을 생각해서 최선을 다해보기는 하겠다만 큰 기대는 하지 말도록 하거라."

"어르신만 믿겠습니다."

"믿지 말래도!"

"믿습니다!"

"이것이! 믿지 말라는데도 왜 자꾸 믿으려고 그래!"

하 의원이 등평과의 말싸움에 휘말려서 마구잡이로 곰방대를 휘두르나 등평은 고통 속에서도 절대 지지 않고 믿음을 고수할 뿐이었다.

하 의원은 말은 그렇게 했지만, 그날 이후 쌍도문에 머물면서 장천에 대한 치료에 전념하기 시작했다.

그의 실력을 알고 있는 등평은 장천에 대한 모든 것을 그에게 맡기고 문파의 일에 전념하기 시작했고, 장춘삼 역시 아들의 일에만 매달려 있을 수 없었기에 장천의 간호는 임아란과 그의 수양딸인 남궁소화의 차지가 되었다.

장천이 머물고 있는 금오각의 방에선 그날도 하 의원이 그의 온몸에 침을 놓으며 체내에 있는 응혈을 제거하고 있었다.

임아란과 남궁소화는 그의 뒤에 앉아 마음을 졸이고 있었다. 온몸에 수백 개의 침을 놓은 하 의원은 이마에 흐르는 땀을 닦으며 뒤로 물러섰다.

"휴… 고놈 생명줄 하나 끈질기기도 하구면."

"하 의원님!"

"허허허. 임 부인, 들었소이까?"

임아란의 날카로운 목소리에 하 의원은 멋쩍은 웃음을 흘리며 곰방대에 불을 붙이려 했지만 그것 역시 용의하지 않았다.

"의원님, 사람들이 많으면 탁기가 어쩌고 하신 적이 언제였는지요."

"콜록콜록… 음. 그렇구먼… 늙어서 건망증만 심해지나. 쩝쩝."

역시나 노인네 주책에 가장 극약은 여인네의 톡 쏘는 한마디였다.

고슴도치가 된 장천의 모습을 쳐다본 임아란은 걱정스러운 얼굴로 그를 보며 물었다.

"우리 아이는 언제쯤 깨어날 수 있을까요?"

"음… 때가 되면 깨어나겠지."

"……."

역시나 무책임하게 대답하는 하 의원이었다.

"장기에 맺힌 응혈이야 꾸준히 치료하면 태반은 사라지겠지만, 문제는 바로 머리에 있는 응혈이라네."

"아!"

"괴상한 것은 저 녀석의 몸을 보니 한 번 죽었던 적이 있었구먼. 음, 적어도 삼 각 정도는 숨이 멈추었기에 혈을 따라 흐르던 응혈이 머리의 맥에서 멈추어 버려 지금의 상태가 된 것 같은데 말이야… 그것을 제거하기가 용의하지가 않아서… 쩝."

한 번 숨이 멈추었었다는 말에 다시 한 번 쓰러지려 하는 임아란을 남궁소화가 급히 부축하고는 살기 어린 눈으로 그를 째려보았다.

"허허. 이놈의 주둥이가 말썽이구먼, 주둥이가."

"어머니."

"괜찮다, 소화야."

임아란이 정신을 추스르며 소화에게 말한 그때 장천의 손가락이 약간 움직였다.

"아!"

임아란이 눈을 장천에게 고정하곤 놀라는 표정으로 변하자 하 의원은 급히 그를 쳐다보았고, 아니나 다를까 손가락이 움직이고 있는지라 크게 놀라서는 손목을 잡고 맥을 짚어보았다.

"음……."

하 의원이 고개를 끄덕이며 무엇인가 알겠다는 듯이 움직이자 임아란은 마음이 급해 그에게 물어보았다.

"하 의원님, 우리 아이가 깨어나는 건가요?"

"알면서 왜 묻는가."

"……."

역시나 할 말이 없게 만드는 그였으나 임아란은 장천이 깨어난다는 말에 크게 기쁘지 않을 수 없었다. 하지만 그런 기쁨을 느끼기도 전에 재를 뿌리는 하 의원이었다.

"그나저나 천치는 되지 않았으면 좋으련만."

"아!"

다시 충격받은 임아란이 옆으로 쓰러지려 하자 남궁소화는 몸을 날려 급히 그녀를 부축한 후 하 의원에게 살기를 뿜어댔다.

"허허허… 내 팔자가 왜 이렇게 변했누……."

처량하게 어깨를 늘어뜨리는 하 의원이었다.

"음……."

그때 장천이 몸을 움직이며 신음 소리를 내뱉자 하 의원은 그의 몸에 꽂혀 있는 침을 뽑기 시작했다. 그렇게 침을 뽑고 있을 때 장천은 천천히 눈을 뜨기 시작했다.

"천아!"

임아란이 급히 장천에게 뛰어가자 그녀의 목소리를 들은 장천은 고개를 돌리며 천천히 어머니를 쳐다보았다.

"천아! 정신이 드느냐!"

그의 두 손을 꼭 잡고 임아란이 소리치자 장천은 미소를 지으며 말했다.

"어, 엄마… 보고 싶었어요."

"흑흑흑… 내 아들아……."

"그나저나 저승에서 엄마를 보다니… 어떻게 된 일이지요?"

"……."

장천은 아직 정신을 못 차리는 듯했다.

"아가야, 여긴 저승이 아니란다."

"휴… 그럼 꿈이군요. 어쩐지 잘 풀리는가 했지… 전 진짜 엄마를 보고 싶으니까 이만 사라질게요. 그나저나 다시 엄마를 만나려면 환생을 해야 하니 수십 년은 기다려야 하겠지."

그 말과 함께 다시 눈을 감아버리는 장천이었다. 순간 임아란은 몸이 경직되었다.

"크크크, 고놈 재밌는 녀석이로군."

이 광경을 보며 하 의원이 옆에서 웃음을 터뜨리자 그녀는 크게 한숨을 내쉴 뿐이었다.

간만에 정신을 차려도 역시나 그 본성이 변하지 않으니 하 의원은 침을 하나 빼면서 말했다.

"잠시만 기다리시구려. 내 정신이 번쩍 들게 해줄 테니 말이오."

"부탁합니다."

그의 말에 임 부인 역시 고개를 끄덕이며 대답하니 하 의원은 가장 통증을 느끼는 혈도에 침을 놓았다.

"끄악!"

그 순간 아픔에 번쩍 몸을 일으킨 장천은 아픈 곳을 연신 손으로 쓰다듬으며 고통을 호소했다.

"끅… 젠장할! 지옥에 왔나보다……."

"장천아!"

중얼거리는 그를 보며 다시 한 번 소리치고는 아들을 덥석 껴안는 임아란이었다. 이번에는 절대로 잠들지 않게 하려는 어머니의 투쟁이었고, 장천은 그제야 이곳이 저승이나 꿈이 아니라는 것을 알 수 있었다.

"저, 정말 엄마예요?"

"그래, 장천아. 어미란다! 어미!"

"엄마!"

감격스러운 모자의 상봉에 남궁소화는 흐르는 눈물을 소맷자락으로 닦아내며 기뻐했다.

장천이 일어났다는 것은 순식간에 쌍도문 전체에 퍼졌고 등평과 장춘삼을 비롯하여 많은 사람들은 하던 일을 멈추고 그가 있는 금오각으로 모였다.

"하하하! 뭘 그리 걱정하시는 겁니까? 멀쩡하다니까요!"

자신의 방으로 모여든 사람들을 보며 건재함을 과시하려는 듯 호탕하게 웃으며 말하는 그였으니 등평을 비롯하여 많은 사람들은 크게 안심할 수 있었다.

"휴, 다행이구나. 네 녀석이 정문 앞에 시체 꼴이 돼서 왔을 때는 어찌 될는지 알 수 없었는데 말이다."

"걱정을 끼쳐 죄송합니다, 백부."

장천은 머리를 긁적이며 말하고는 미소를 지었다.

"그나저나 어찌 된 일이지? 네가 그렇게 상처를 입은 채 정신도 차리지 못하고 문파로 돌아오다니 말이야."

그 말에 장천은 자신이 어떻게 문파로 돌아오게 되었을까 한참을 생각해 보았지만 생각나는 게 아무것도 없었다. 아니, 자신이 왜 그런 상처를 입게 되었는지도 생각이 나지 않는 그였으니 답답하기만 할 뿐이었다.

"글쎄요… 무진 형과 헤어져서는 사부님을 맞이한 것까지는 생각이 나는데, 그 후는 좀처럼 생각이 나지 않아요. 욱……."

갑자기 머리에서 통증이 밀려오자 장천은 머리를 감싸 쥐며 고개를 숙이고 말았다.

"천아!"

사람들이 크게 놀라 소리치자 장천이 손을 들어 사람들을 안심시켰다.

"괜찮아요. 조금 통증이 왔을 뿐이에요."

"음… 하 의원, 어떻게 된 일입니까?"

"글쎄… 맥을 짚어보니 응혈은 태반이 제거된 것 같은데… 무슨 연유인지 모르겠군."

등평의 물음이 있었지만 하 의원 역시 장천의 이런 상태를 이해할 수가 없었기에 고개를 갸우뚱거릴 따름이다.

곽무진의 말에 따르면 장천이 문파의 태사숙조라 할 수 있는 기문숙을 만난 것은 장천이 외지로 나간 지 일 년도 되지 않은 시간이었는데, 지금 장천은 그 후의 기억은 모두 잊어버린 것 같았다.

하지만 가장 중요한 것은 다시 장천이 살아 돌아왔다는 것이기에 그를 고통스럽게 하는 이야기를 자제하게 했다.

그동안의 치료로 몸의 상처가 많이 나은 장천은 삼 일 정도 몸을 더 보양하자 문파 밖으로 걸어다닐 수 있게 되었다.

장천이 외지로 나가 있는 동안 쌍도문은 증축을 계속하고 있었기에 문파를 떠날 때와는 비교도 할 수 없이 웅장해져 있는 쌍도문의 모습을 본 그는 크게 감탄할 수밖에 없었다.

"우와! 굉장히 많이 변했네요."

"건물도 건물이지만, 요즘은 강호에서도 본 문의 이름이 크게 알려져 있어 청성파를 제치고 구파에 합류할 것이라는 이야기가 나오고 있을 정도라니까."

"아, 벌써 그렇게나요. 쩝쩝."

장천은 쌍도문의 세력이 그렇게까지 커졌다는 이야기를 들으니 이렇게 변한 본 문에 아무 일도 못한 것이 생각나자 반갑기도 하고 섭섭하기도 해 입맛을 다실 수밖에 없었다.

"그나저나 무진 형은 어떻게 됐어요, 누나?"

"그는 지금 무림맹에서 요운 오빠와 같이 있단다. 요즘에는 다른 구파의 젊은 무사들과 함께 정파의 후기지수들 중에서 두각을 나타내고 있지."

역시나 남편 자랑을 하는 남궁소화였다. 그녀의 곁에 두 살 정도의 꼬마 모습이 보이자 장천은 미소를 지으며 말했다.

"후후, 요 녀석이 무진 형의 아들이군요."

"곽연이라 한단다."

"연아, 만나서 반갑구나."

"외쑥뽀, 나도 반가워."

"후후. 귀여운 녀석."

발음이 조금 어색하긴 하지만 자신의 말을 잘 알아듣고 대답까지 하는 곽연을 보며 머리를 쓰다듬은 장천은 일어서서는 남궁소화를 보며 말했다.

"그나저나 아버지 말씀을 들어보니 제가 마교에서 요운 사형과 무진 형을 만난 적이 있다고 하더군요."

"그래, 그 당시에 넌 변장을 하고 응조수 이진천과 같이 있었다 하더라고."

"음… 응조수 이진천이라……."

이진천은 흑철돈녀 무삼랑과 만났을 때 본 마교의 무인이라는 것은 기억하는 장천으로선 사라진 기억이 도저히 떠오르지 않자 답답할 수밖에 없었다.

무엇인가 중요한 일을 수행하기 위해 마교로 갔다는 것까지는 기억이 났지만, 자신이 어떻게 마교로 잠입했고, 그 중요한 일이 무엇인지는 전혀 기억이 나지 않았기 때문이다.

'마교로 잠입한 후의 기억만이 사라졌다는 것인데… 도대체 무슨 일이 있었던 거지?'

"하 의원님 말씀으로는 일부의 기억만, 그것도 마교에 관한 기억만 사라졌기 때문에 마교의 사술에 걸린 것이 아닐까 말씀하시던데."

"마교의 사술이오?"

"응. 그렇지 않다면 어떻게 마교의 기억만 사라질 수 있겠니?"

"하지만 사술까지 걸 정도로 해서 저를 살려둘 필요가 있을까요?"

"그건 그렇네."

장천의 말에 남궁소화 역시 조금 이상하다는 생각을 할 수밖에 없었다.

"혹시 사술에 걸린 너를 누군가 구해주고 쌍도문으로 데리고 온 것이 아닐까?"

"음… 가능성이 있기는 하지만 조금 어설프네요."

그로선 왜 자신이 부상을 입고 마교에서의 기억을 상실한 채로 쌍도문에 돌아왔는지 답답할 수밖에 없었지만, 오래 생각하는 것은 자신답지 않다는 생각에 그것을 말끔히 털어버리기로 결심했다.

"에잇! 귀찮아 죽겠네. 어쨌든 돌아왔으니 다행이잖아요."

"그건 그렇지."

"그럼 대충 살래요. 그 기억이 사라졌다고 해도 뭐 큰일 날 것은 없잖아요. 안 그래요?"

장천이 미소를 짓자 그녀 역시 구태여 생각할 필요가 없다고 생각되어 마주 미소를 지어 보였다.

장천이 문파로 돌아와서 기억이 사라졌음에 가장 아쉬워한 것은 바로 무기에 대해서였다.

아버지에게 받은 쌍도는 둘째 치고라도 공동파에서 장천은 십대신병의 하나인 화룡신도를 받았는데 그것을 어디에 두었는지조차 기억하지 못했기 때문이다.

장춘삼은 크게 신경 쓰지 말라고 말은 했지만, 십대신병이란 물건을 어찌 쉽게 잊을 수 있겠는가!

그나마 다행인 것은 기문숙 사부에게 배운 태극일기공은 망각하지 않았다는 것이니, 장천은 자신의 몸속에 상당한 내공이 잠들어 있다는 것을 깨닫고는 과거에 무슨 일이 있었는지 더욱 궁금할 수밖에 없었다.

"천아, 무공 수련을 하려고 그러느냐?"

"예, 어머니. 그런데 운기조식이 좀처럼 마음대로 되지를 않는군요. 약간의 통증도 느껴지고요."

"하 의원님의 말씀으론 꾸준히 침을 맞는다면 일 년 안에 치유가 된다고 하니 무리는 말거라."

하지만 장천은 내부의 통증을 참아내고 운기조식을 문제없이 해낸다면 격전 중 부상을 당했다 해도 그것을 의연히 견디어낼 수 있을 것이란 생각이 들었기 때문에 그리 걱정하지는 않았다.

"예, 어머니."

어머니에게 공손히 답한 그는 내공을 돋우지 않은 상태로 마당에서 도법을 수련했고, 그런 장천의 모습에 흡족한 미소를 짓는 그녀였다.

"그나저나 천이가 많이 의젓해진 것 같지 않아요?"

"그렇구나."

"휴… 천이가 저런 모습이라면 무진이 더 철이 없어 보일까 걱정이에요."

"호호호, 그럴 수도 있겠구나."

임아란이 웃음을 터뜨리자 소화 역시 곽무진이 저런 장천을 보면 얼마나 놀랄까 하는 생각에 자신도 모르게 미소가 지어졌다.

장천은 마당에서 간신히 도법 수련을 마치고는 가장 맏사형이라고 할 수 있는 광무자 유운에게 인사를 하러 가게 되었다.

유운은 제3연무장에서 삼대제자들 훈련을 지도하고 있었다.

"와!"

네모나 포석이 깔려져 있는 넓은 연무장, 그곳에서 삼십여 명이 넘는 삼대제자들이 청풍검을 연마하고 있는 모습은 장관이라 할 수 있었기에 장천은 작은 탄성을 내지를 수밖에 없었다.

그가 외지로 나가 있는 동안 삼대제자들의 무공은 일취월장하여 한 사람 한 사람이 도를 휘두름에 상당한 경력이 담겨져 있었다.

"장 사제 왔는가?"

"사형께 인사드립니다."

장천이 도를 연마하고 있는 모습을 보며 탄성을 내지르는 것을 보고는 자세를 지도하고 있던 광무자 유운은 미소를 지으며 그에게 다가왔다.

"그래, 몸은 어떠한가?"

"아직은 운기를 하면 통증이 느껴지기는 하지만 몸을 움직이는 것에는 문제가 없습니다."

"음… 운기라……."

무공을 수련함에 있어서 운기조식은 상당히 중요한 것을 차지하는지라 그는 안색을 찌푸릴 수밖에 없었다.

"듣자 하니 기문숙 태사숙조께 무공을 배웠다고 들었는데?"

"예, 쌍도문 본래의 내공심법인 태극일기공과 함께 기공에 따르는 무공 초식을 익힐 수 있었습니다."

"음……."

현재 광무자는 태극일기공을 다시 익히기에는 나이가 조금 많았기에 장천의 말에 아쉬움을 느꼈다.

"그럼 대련이라도 한번 해보겠는가?"

"네, 알겠습니다."

장천은 몸이 찌뿌둥했던지라 대련하자는 말에 승낙을 했다. 그러자 미소를 지은 유운이 연공 중인 제자들을 보며 말했다.

"그만! 장 사제와 내가 대련을 할 테니 너희들은 이것을 보고 배우도록 하여라."

"예!"

제자들이 큰 소리로 대답을 하고는 질서정연하게 물러나 연무장의 주위에 앉으니 장천은 역시나 무공을 수련시키는 사범으론 유운을 따를 자가 없다는 생각을 했다.

요운은 병기대에서 네 자루의 도를 꺼내어 들고는 두 자루를 장천에게 던져 주었다.

연무장 한가운데 선 두 사람은 각기 자세를 잡았다. 유운은 쌍도문의 상승무공의 하나인 비학쌍익도법(飛鶴雙翼刀法)의 기수식을 취했고, 그에 반해 장천은 입문무공인 쌍용승천도법의 기수식을 취했다.

장천의 자세를 본 유운은 크게 탐복하는 표정을 지을 수밖에 없었다. 장천의 자세는 기수식만으로도 허점이 보이지 않았기 때문이다.

"호오! 역시 남자란 외지로 나가서 경험을 해야 하는가 보구나. 너의 도법에 있었던 허점이 말끔히 사라졌구나."

"조금 과격하게 수련을 받았으니까요."

"그래? 그럼 그 과격한 수련의 성과를 한번 구경해 볼까!"

그 말과 함께 오른발을 튀기며 쇄도해 들어가는 유운이니 내공을 사용하지 않음에도 그의 전광석화 같은 빠르기에 탐복할 수밖에 없었다.

장천의 정면으로 압박해 들어간 그는 두 개의 도를 연환하여 마치 학이 춤을 추는 듯한 동작으로 두 개의 도를 연달아 내려치니 장천은 오른발을 축으로 돌아서는 호변풍랑의 초식을 변형하여 요운의 가슴과 허리를 향해 도를 휘둘렀다.

"합!"

하지만 그 정도의 초식에 당할 유운이 아니었다. 다시 오른쪽으로 회전하던 몸을 더욱 빠르게 해서는 오른손의 도로 두 개의 칼을 쳐내며 왼손의 도를 장천의 정수리를 향해 내려쳤다.

"차압!"

날이 서 있는 도가 아니라고는 하지만 이 정도의 기세라면 머리가 부서짐을 면치 못할 것은 당연했다. 하지만 그런 기세에도 두려워하지 않으며 장천은 무릎을 굽혀서는 칼이 빗겨 나가게 한 수 그대로 유운의 다리를 향해 각법을 시전했다.

"흥!"

광무자가 몸을 공중에 띄워서 그대로 장천의 다리를 밟아버리려 했지만 그것을 눈치 챈 장천이 몸을 숙여 두 손을 축으로 하여서는 뒤로 몸을 날려 피해 버렸다.

"초식의 흐름을 파악하는 것이 익숙해졌구나."

하지만 장천으로선 조금 이해가 되지 않는 것이 있었으니 그의 몸이 자신도 모르게 반응한다는 것이었다.

빠르게 휘몰아치는 유운의 공격에 자신도 모르게 익히고 있는 초식이 발휘되니 그로선 피하고 공격을 한다고는 하지만 멍한 표정이 될 수밖에 없었다.

"삼 초 정도만 내력을 돋워 한번 겨루어볼까?"

"알겠습니다."

삼 초 정도면 몸에 그리 큰 부담은 없을 것이라 생각한 장천이 잠시 눈을 감아 숨을 진정시키고 단전에 있는 내력을 끌어올리기 시작하자 그가 들고 있는 두 개의 도에선 푸른 서기가 감돌기 시작했다.

"와아!"

장천의 도에서 서기가 돌자 삼대제자들은 크게 놀랐다. 도에 내력을 입힐 수 있는 수준이라는 것은 무림에서 일류라고 불리는 무사들의 수준을 넘어섰다는 뜻이기 때문이다.

"하하하! 장 사제, 이거 내가 기분이 다 좋구먼!"

그는 장천의 도에 기가 서리는 것을 보며 크게 웃음을 터뜨리고는 천천히 걸음을 앞으로 옮겼다.

"자, 시작해 보자!"

"예!"

쿵!

장천의 대답이 끝나는 그 순간 귀를 찢어버릴 듯한 소리가 연무장을 울렸는데, 바로 유운의 진각에 의한 소리였다. 파운심법을 익히고 있는 유운의 내력은 시간이 지나면서 더욱 높아졌으니 진각이 시전되자 주변에 퍼져 나가는 기에 의하여 사방으로 흙먼지를 강하게 일으키며 눈을 뜨지 못하게 하고 있었다.

하지만 장천 역시 그리 만만치 않았으니 온몸에서 뿜어져 나오는 그의 기는 사방에 몰아치고 있는 흙먼지를 밀어내며 자신만의 공간을 유지하고 있었다.

거대한 기를 사방으로 뿜고 있는 광무자 유운과 사방으로 일 장 정도의 공간에 자신만의 공간을 만들고 있는 장천의 모습은 겉보기에는 대호 앞에서 이를 갈며 물러서지 않는 사냥개와 같다 할 수 있었다.

사냥개가 아무리 뛰어나다 해도 맹수 중의 맹수인 호랑이를 당할 수 없는 법이니 삼대제자들은 장천의 패배를 의심치 않고 있었다.

하지만 상대인 유운의 경우엔 조금 달랐으니, 자신이 뿜고 있는 투기를 밀어내고 있는 장천의 투기에 조금은 긴장할 수밖에 없었다. 자신이 강하게 힘을 주어 투기를 밀어내고 있어도 장천이 가지는 일 장의 간격은 줄어들 기미를 보이지 않고 있었기 때문이다.

그러하다는 것은 장천의 몸에 기가 외부의 압력에 흔들리지 않게 잘 갈무리되어 있다는 뜻이니 현재 그의 기는 요운보다 한 수 위의 수준이라 할 수 있었다.

'청심단으로 내력을 가진 것이 엊그제 같은데 벌써 나의 수준을 넘어섰다는 말인가. 천무성골의 위력이라 해도 짧은 기간 동안 비정상적으로 무공이 상승했군. 쩝, 이거 괜히 대련을 하자고 했는걸.'

생각은 그렇게 했지만 광무자라는 외호가 붙을 만큼 무공을 좋아하는 그였기에 크게 상승하여 내력은 자신을 압도하게 된 장천과의 승부에 소름이 끼칠 정도로 기쁠 따름이었다.

"차압!"

먼저 선공을 가한 것은 장천이었다. 기합 소리와 함께 빠른 속도로 앞으로 쇄도해 들어간 장천이 내력이 가득한 도를 내려치자 유운은 열기를 가진 도기가 내리꽂히는 느낌을 받았다.

'화기의 내식!'

화룡신도를 얻은 후 화기의 내식을 가지게 되었다는 이야기를 들은 적이 있었는데, 장천의 몸에서 느껴지는 열기를 생각한다면 요운이 이야기하던 것보다는 적어도 한 단계 이상 높은 경지였기에 그로선 조금 이상하게 생각할 수밖에 없었다. 무공과 달리 화기의 내식은 쉽게 얻어지는 것이 아니었기 때문이다.

'기억을 잃었을 당시 양강 계열의 무공을 익혔다는 뜻이군!'

보법을 밟으며 도를 휘둘러 장천의 공격을 흘려 버린 광무자는 두 개의 도를 연환하여 장천의 옆구리를 향해 휘둘렀다.

"횡파참!"

"출운승천!"

장천은 도가 날아오자 급히 쌍용승천도법의 출운승천 초식을 사용하니 마치 활화산이 터져 나오는 것과도 같은 기운으로 도기가 광무자를 압박하기 시작했다.

입문 도법에 불과하지만 장천의 내력과 화기의 내식이 합쳐지자 그 기세는 범상치 않았고 광무자는 뒤로 물러서서는 압박해 오는 장천을 향해 도강을 날렸다.

"도강이다!"

엄청난 기세의 도강에 삼대제자들은 크게 놀라지 않을 수 없었다. 단순한 비무로 생각했던 대련에서 도강이 펼쳐지니 어찌 놀라지 않을 수 있겠는가?

또한 도강이란 것은 쉽게 사용할 수 있는 것이 아니었다.

무림에서 이름난 고수들조차 쉽게 사용하지 못하는 도강을 발출하는 것을 보며 광무자의 무공이 문주인 등평과 대사숙인 장춘삼에 근접할 정도라는 소문이 사실이라는 것을 깨달을 수 있었다.

"천근추!"

자신을 향해 날아오는 도강을 막을 수 없다고 판단한 장천은 그대로 천근추를 사용해 빠른 속도로 아래로 하강하며 간신히 도강을 피해냈다.

"와형착지세!"

땅으로 곤두박질친 장천이 그대로 와형착지세를 사용하자 순간 엄청난 기의 파장이 일어나며 사방으로 뜨거운 기류가 몰아쳤다. 동작

자체는 우스꽝스럽기 그지없었지만 어느 누구도 그것에 대해서 웃을 수 없었다.

"큭!"

다만 어느 정도 실력을 지니고 있는 광무자만이 그 어정쩡한 꼴에 자신도 모르게 웃음이 나올 뿐이다. 하지만 그로 인해 자세가 흐트러질 수밖에 없었으니 장천은 그 기세를 타 몸을 날려 그대로 광무자의 명치를 향해 몸을 앞으로 회전하며 두 발을 뻗었다.

"큭!"

자세가 흐트러진 광무자는 급히 들고 있던 도에 내력을 끌어올려 공격을 막았다. 하지만 엄청난 기세에 삼 장이나 밀려가고 말았다.

"설마… 합마공(蛤摩功)!"

중원 대륙에서 그가 알지 못하는 초식이 없다고까지 소문이 난 광무자는 금세 장천의 공격이 합마공의 초식이라는 것을 깨달을 수 있었다. 장천은 그저 그 상황에서 가장 적합한 초식을 펼친 것에 불과할지 모른다 할지라도 광무자의 눈에는 그것이 무의식적인 움직임에서 나온 유사함이 아닌 합마공 자체를 익힌 사람의 동작이라 생각되었다.

이로써 삼초식의 내력을 사용한 대련은 끝이 날 수 있었는데, 무공은 크게 떨어진다고 알려져 있던 장천이 문파 내 무공 서열 3위라고 알려져 있는 광무자와 비등한 대결을 펼친 것을 본 삼대제자들은 크게 경악하지 않을 수 없었다.

겉보기에는 사십 대 정도로 보이나 칠순이 넘어서 이제 노년의 길로 접어드는 광무자 유운의 내공은 현재 이갑자 반에 달하고 있었다.

자질이나 노력 면으로 본다면 무림에서 두각을 나타내야 하는 인물이나 애석하게도 중년에 와서야 제대로 된 무공을 배우게 되어 그러지 못했으나 후천적인 노력으로 현재 강북십웅에 버금갈 정도로 무공을 상승시킨 것은 사실이다.

이런 그가 이제 겨우 약관이 되어가는 젊은이와 비등한 대결을 했다는 것은 크게 놀랄 일인 것이다.

요운과 곽무진이 쌍도문에서 떠오르고 있는 후기지수라 할지라도 유운과 비교한다면 두 단계는 아래였기 때문이다.

"하하하! 장 사제, 정말 네가 자랑스럽구나!"

보통 같은 배분에 자신보다 삼 분지 일도 되지 않는 나이의 사제와 비등한 대결을 했다면 못마땅하게 생각할 텐데 유운은 진실로 그것을 기뻐하고 있었다.

그도 그럴 것이 장천은 배분이야 사제이지만 자신의 제자와도 같은데 어찌 이런 성과를 기뻐하지 않을 수 있겠는가?

유운은 그런 장천의 머리를 쓰다듬어 주면서 주위에 있는 삼대제자들을 보며 소리쳤다.

"너희도 장 사제의 무공을 보았을 것이다! 무공을 연성한 것은 너희와 크게 차이가 나지 않음에도 너희는 생각지도 못할 단계에 올라 있으니 이를 본받아 더욱 수련에 박차를 가하도록 하여라!"

"예!"

삼대제자 중에는 장천보다 나이가 위인 사람이 더 많은 것을 감안한다면 장천의 성장은 진실로 괄목상대하다 할 수 있었다.

삼대제자 중에서 임시 교두로 뽑은 무사에게 무공 연성을 계속하도록 지시한 후 유운은 장천과 함께 자신의 숙소로 들어서서는 간단하게 차를 마시며 이야기를 나누었다.

"허허허, 장 사제의 무공이 이렇게까지 성장했을 줄은 생각도 못했네."

"모두 사형의 돌보심 때문입니다. 솔직히 말이 사형이지 실제로 저의 무공은 유 사형이 대부분 가르쳐 주지 않았습니까?"

"허허허, 이 늙은 사형을 너무 추켜세우지 말게나."

늙은 사형. 그 말에 장천은 천천히 광무자 얼굴을 쳐다보았다.

칠순이 넘는 나이로 처음 문을 나갈 때보다 훨씬 나이가 들어 보이는 그의 모습을 보며 마음이 아프지 않을 수 없었다.

'그러고 보니 아버님과 어머님도⋯⋯.'

잠깐의 시간이 지난 것 같지만 그 시간 동안 사람과 산천은 많이 변했다는 것을 깨닫는 그였다.

"장 사제는 무공의 상승의 경지에 대해서 어느 정도 아는가?"

"상승의 경지요?"

갑작스런 물음에 장천은 고개를 갸우뚱거릴 뿐이다.

"내 좀 전의 비무로 살펴보니 자네의 무공은 외부의 공격에 몸이 자연스럽게 초식을 발현시키는 것 같더군."

"초식을 자연스럽게요?"

"그렇다네. 이것은 상승무공의 초입 단계라고 할 수 있으니 그 단계에서 한 단계 위로 향한다면 손이 향하는 것이 바로 초식이 되는 단계가 되는 것이지."

"아!"

"자세한 것은 모르겠지만, 사제의 기억이 사라진즉 마교에서 상당한 무공을 익힌 것 같더군."

"음⋯⋯."

"기억이 없기는 하지만 무공의 초식은 순간순간마다 발현되는 것을 보아하니 아까의 합마공이 그 예라 할 수 있겠네."

"합마공이요?"

"사제가 만든 와형착지세에 이어 공격해 들어왔던 각공이 바로 합마공의 초식 중 하나라네."

"아!"

그 말에 장천은 고개를 끄덕일 수 있었다.

"합마공은 마교의 상승무공 중의 하나인데, 어떻게 자네가 그것을 익혔는지 모르겠지만 그것은 잃어버린 너의 기억 속에 있는 것이니 일단 제쳐 두도록 하지."

"예, 사형."

그 후로 장천은 광무자와 많은 이야기를 나눌 수 있었다. 과연 무에 미친 사람이라고 할 수 있을 만큼 유운은 많은 지식을 가지고 있는 인물이었다. 내공을 가미한 삼 초의 비무임에 불구하고 그는 장천의 몸에 숨겨져 있는 여러 가지를 찾아낸 것이다.

그것을 잠시 열거하면 첫째는 무의식적으로 행해지는 마교의 무공, 둘째는 화기의 내식, 셋째는 순수한 내공이다.

이것들은 장천의 남아 있는 기억 속에서는 없는 것들, 모두 마교 안에서 익혔을 것이라 이야기한 유운은 보다 자세한 것을 알고 싶다면 다음날부터 연무를 자신과 같이 하자고 제안했고 장천 역시 나쁘지 않다는 생각에 유운의 제의를 받아들였다.

"휴우……."

유운에게서 벗어난 장천은 쌍도문의 외곽에 위치한 군웅전에서 잠시 휴식을 취할 수 있었다.

'내가 변하긴 변한 모양이구나.'

자신도 모르게 나오는 어른스러운 어투는 과거 쌍도문을 떠났을 때
의 그것이 아니었다.

이젠 철없는 그때와는 전혀 다른 모습이 되었다고 생각될 정도라는
걸 자신이 느낄 수 있었기 때문이다. 하지만 생각해 보면 자신의 나이
도 이제 약관이 다 되어가니, 언제까지 철없는 모습으로 있을 수만은
없다는 생각이 들었다.

날은 이미 저물어 하늘에는 반월이 아름답게 모습을 드러내고 있었
다.

군웅전 외곽에 위치한 못으로 비추어지는 달의 모습을 보며 조용히
사색에 잠기는 장천에게 순간 하나의 영상이 스치듯 지나갔다.

"큭!"

그 순간 그의 머리는 장침으로 찌르는 듯한 아픔을 느껴야 했는데,
그와 함께 신체에선 하나의 변화가 일어나고 있었다.

'눈물?'

눈물이 흘러내리고 있었던 것이다.

이유는 알 수 없었지만, 한순간의 영상이 흘러갔음에도 흘러내리는
눈물에 그로선 어이가 없을 수밖에 없었다. 자신의 상태를 이해하지
못한 채 멍청한 모습이 되어 있는 그때, 그의 곁으로 한 문사가 천천히
걸어와서는 말했다.

"무엇이 문제인가, 사제."

"아! 이준 사형!"

그에게 다가온 문사는 바로 구양생의 막내 제자인 이준이었다.

구양생의 제자 대부분이 문사인 것을 감안한다면 이준은 그중에서
무공을 익힌 유일한 사람이지만, 그 역시 무보다는 문을 더 중요시하는

사람이었기에 문사 차림을 하고 있었다.

하지만 문과 함께 무의 자질도 뛰어나므로 그의 무공은 쌍도문에서 두각을 나타내지는 못하지만 무쌍도 요운과 비교한다면 두세 수 정도가 뒤질 뿐이었다.

"달밤에 이곳을 찾는 이는 나 혼자뿐이라 생각했는데, 이거, 귀여운 벗이 하나 생겼군."

"귀엽다니요. 너무하십니다."

장천은 이준의 말에 웃음을 지으며 답했다. 구양생의 막내 제자라고는 하지만 현재 나이 삼십이 넘는 그에게 아직 약관 정도의 나이인 자신이 귀엽게 보이는 것은 어찌 보면 당연하다 할 수 있었기 때문이다.

과거 어린 외모에 열등감을 가져 반발하던 장천을 기억하면 큰 변화라는 것을 깨달은 이준은 미소를 짓더니 등 뒤에 있던 술병을 흔들며 말했다.

"귀여운 장 사제, 한잔하겠는가?"

"사양하지 않겠습니다."

"하하하!"

장천의 말에 크게 웃음을 터뜨린 그는 술병을 들어서는 한 모금 들이킨 후 그것을 장천에게 건네주었다.

"술잔은 없지만 이렇듯 의기를 나누는 것도 나쁘지 않고, 안주는 없지만 하늘에 밝은 달이 안주를 대신하니 천상의 선주는 되지 못하지만 지상의 별주는 될까 하네."

"하하하, 옳은 말씀이십니다."

누가 문에 관심을 두는 인물이 아니랄까 봐 조금은 알아듣기 힘든 말을 내뱉는 이준이었지만 장천은 그의 호탕함에 같이 웃음을 터뜨릴 뿐이었다.

두 사나이가 의기를 나누는 것에 한 병의 술은 적어 몇 모금이 오갔을 뿐이지만 술병은 이내 바닥을 드러내고 말았다.

"이런."

아쉬운 듯이 술병을 거꾸로 흔들어보던 이준은 포기했다는 듯 술병을 내려놓고는 장천을 보며 물었다.

"그나저나 얼굴에 근심이 가득하구나."

이준의 뜬금없는 말에 한참을 망설이던 장천은 크게 한숨을 내쉬며 말했다.

"알 수는 없지만 무엇인가 중요한 것을 놓고 온 듯한 기분이 들어 조금 우울했을 뿐입니다."

"음……."

한참을 생각해 보던 이준은 장천의 어깨를 두드려 주며 말했다.

"장 사제, 너에게 중요한 것이었다면 언젠가 그것은 너의 눈앞에 드러날 날이 있을 것이다. 그것에 대해 고민하기보단 언젠가 나타날 그것을 위해 준비하는 것이 낫지 않을까 생각되는구나."

이준의 말이 틀리지 않는지라 장천은 고개를 끄덕이며 말했다.

"사형의 말씀이 틀리지 않다고 생각합니다. 감사합니다."

"별말을 다 하는구나."

장천은 이준의 말에 자신이 이제 집으로 돌아왔구나 하는 생각에 안도감이 들었다.

한 달 후, 장천이 돌아왔다는 얘기를 듣고 곽무진이 급히 쌍도문으로 돌아왔다. 장천의 얼굴을 보자마자 그는 크게 기뻐하는 표정을 지으며 달려들어서는 그를 덥석 끌어안고 소리쳤다.

"장천! 돌아왔구나!"

"끅! 무진 형, 갑갑해요!"

"에구! 귀여운 것. 알았다."

무진은 장천의 갑갑하다는 말에 미소를 지으며 자리에 앉고는 말했다.

"그래, 기문숙 태사숙조님의 임무는 성공한 거야?"

"그것이……."

그 후 장천에게 마교에서의 기억이 사라졌다는 이야기를 들은 곽무진은 놀라는 표정을 지었다.

"음… 그런 일이 있었단 말이야?"

"예. 그나저나 기 사부님께선?"

곽무진이 기문숙과 만나고 왔다는 것을 알고 있었기에 장천은 궁금한 표정으로 물어보았는데, 그는 고개를 저을 뿐이었다.

"애석하지만 태사숙조님은 그곳에 계시지 않았다."

"예?"

"내가 갔을 때는 적어도 일 년 정도는 전에 거처를 떠나신 것 같더구나."

"그렇군요."

기문숙 사부가 사라졌다는 말에 장천은 아쉬움이 들었다.

지금이라도 다시 쌍도문으로 돌아온다면 최고 원로의 직위를 받아 편하게 사실 수 있을 텐데, 그런 것을 저버리고 또다시 사라졌기 때문이다.

"네가 마교에 있는 동안 몇 번 권유를 해보았지만 태사숙조님은 끝내 거절을 하시더구나. 한때 문을 버린 사람이 다시 돌아온다는 것이 마음에 내키지 않으셨던 게지."

"그렇겠지요."

사형인 우인 도문성의 제자가 다시 세웠다고 해도 과언이 아닌 쌍도문으로 들어온다는 것은 장천 역시 그의 성격으론 불가능하리라 생각하고 있었다.

"그나저나 네가 돌아왔으니 장인께서도 바빠지시겠구나."

"바빠지시다니요?"

그의 말에 장천은 모르겠다는 표정으로 물어보니 미소를 지으며 말했다.

"네 나이도 이제 약관이 되어가니 장가갈 때가 되지 않았느냐."

"그런! 아직 생각이 없습니다."

"하하하, 네가 생각이 없다 해도 장인이나 장모께선 다를 것이다. 이미 무림맹에서 서한을 받고 너의 색시가 될 여인도 찾아봤는걸?"

"예?"

"후후후. 현재 쌍도문은 감숙성의 제일문파라고 해도 과언이 아니라 너에 대한 소문을 듣고 각처에서 딸을 가진 문파가 쌍도문으로 사람을 보내고 있다는 것을 모르다니 너도 어지간하구나."

"이런!"

곽무진의 말에 장천은 얼굴이 빨갛게 변하고 말았다.

제23장
여난(女難)

무진의 말을 입증이라도 하듯 얼마 후부터 쌍도문엔 각 문파에서 보낸 사람들이 자주 모습을 드러내고 있었다.

정파무림에서 쌍도문의 위치를 입증해 주는 것이라 할 수 있었고, 그런 문파의 소문주를 사위로 맞아들일 수 있다면 문파의 위치를 한층 더 끌어올릴 수 있는 것은 당연한 일이었기 때문이다.

장천으로선 거의 매일 광무자와의 수련에 전념하고 있었던 터라 이러한 소식을 모르고 있었는데 무진의 말을 듣고서야 겨우 알 수 있었다.

금오각에서는 장천의 어머니인 임아란과 남궁소화가 각 문파별로 서한을 정리하는 데 여념이 없었으니 그 수만 해도 수백 통이 넘는지라 입만 벌리고 있는 실정이었다.

"아… 어머니, 이걸 다 어떻게 정리하죠?"

"글쎄 말이다."

산더미처럼 쌓여 있는 서한을 본 두 모녀는 서로를 쳐다보며 앞으로 일을 고민할 수밖에 없었다.

"자자, 정리하죠, 장모님."

그때 불현듯 나타난 불청객이 있었으니 바로 곽무진이었다.

"여보."

"일단은 대문파와 중소문파로 나누어보는 것이 좋겠군요."

한참을 서한을 들여다보던 그는 임아란에게 미소를 지으며 말하고는 편지 더미로 뛰어들어서는 정리하기 시작했다. 쌍도문의 절정무공을 사용하여 편지를 정리하기 시작하는 그의 신위는 실로 놀랍다고 할 수 있었다.

이렇게 해서 정리한 서한을 살펴보니 구파일방에서는 세 통, 그 외의 강호세가나 대문파에선 일곱 통, 나머지들은 모두 중소문파에서 온 서한들이었다.

"오! 구파일방에서도 세 통이나 왔네요?"

"그렇구나."

그중에서 가장 눈에 띄는 것은 바로 개방에서 온 편지였으니 그것을 받아 드는 순간 무진은 전율을 느낄 수밖에 없었다.

"큭… 개방제일미 사도혜……."

거지 소굴 개방이 자랑하는 최고의 미녀 사도혜, 그녀에게서도 서한이 도착했던 것이다.

편지를 읽어보니 놀랍게도 사도혜의 자필 서한인지라 드디어 사도혜가 본격적으로 장천을 잡기 위해 움직였다는 것을 알 수 있었다.

"소화, 혹시… 이 서한을 가져온 사람 말이야……."

"아! 개방에서 오신 분이라면 지금 내객관(內客館)에 계세요."

"혹시… 얼굴을 제대로 보지 않았어?"

"여자를 보는 것처럼 잘생긴 무사 분이었는데?"

"큭! 역시 사도혜가 직접 왔군."

강호에서 알아주는 여장부 사도혜라면 충분히 가능한 일이었으니 보통 여인들이 부끄러움 때문에 얼굴을 보이지 않는 것에 비한다면 엄청난 일이라고 할 수 있었다.

"잠시 내객관에 갔다 올게."

"예."

곽무진은 사도혜가 직접 왔다면 내객관에 그냥 앉아 있을 리가 없다는 것을 잘 알고 있었기 때문에 급히 그곳을 향해 몸을 날렸다.

"어머! 이 편지는 뭐지?"

그가 밖으로 나간 후 남궁소화는 바닥에 떨어져 있는 하나의 편지를 발견할 수 있었는데, 겉봉에 쓰여 있는 이름을 보는 순간 크게 놀라지 않을 수 없었다.

"아! 어, 어머니!"

"무슨 일이냐?"

남궁소화가 편지에 쓰여진 이름을 보고 놀라서 그녀를 부르자 임아란은 그녀의 손에 들린 서한을 읽어보았고, 그녀 역시 크게 놀라지 않을 수 없었다.

"아! 흑철돈녀 무삼랑!"

흑철돈녀 무삼랑. 사파 십대거두의 한 사람인 그녀에게서 온 서한을 본 임아란 역시 크게 놀라지 않을 수 없었다.

떨리는 손으로 천천히 편지를 꺼내어 읽어본 임아란은 다시 한 번 놀라지 않을 수 없었으니 무삼랑은 자신의 증손녀를 장천과 혼인시키기 위해 쌍도문을 방문하겠다고 쓴 것이다.

날짜는 바로 오늘이었고, 무대포로 유명한 여걸인 무삼랑이 나선다면 한바탕 소란이 일 것은 당연한 일이었기에 임아란은 급히 남궁소화를 보며 소리쳤다.

"소화야, 당장 사람들에게 알리도록 해라! 아무래도 흑철돈녀 무삼랑 여협이 본 문을 방문할 것 같구나."

"예!"

그 시간, 이대제자 이상만이 수련을 할 수 있는 제4연무장에선 광무자의 지시를 받으며 장천이 도법을 수련하고 있었다.

"자, 시작하겠다!"

"예, 사형!"

광무자가 주머니를 왼손에 들고는 소리치자 쌍도를 들고 자세를 잡은 장천이 마주 대답했다.

"차압!"

그 순간 광무자의 손이 빠른 속도로 움직이며 주머니에서 무엇인가를 집어서는 빠른 속도로 던지기 시작했다.

그의 손에서 빠져나온 것은 놀랍게도 암기였으니, 순식간에 수십 개의 암기가 장천을 향해 빠른 속도로 날아오기 시작했다.

"차압!"

하지만 장천은 그 암기를 피하지 않고 어느 정도의 거리까지 다가오자 빠른 속도로 도를 앞으로 내지르며 암기를 쳐내기 시작했다.

채재재재재쨍!

내력을 크게 돋워 휘두른 장천은 전광석화와도 같은 속도로 암기를 쳐내니 그 모습을 보고 있던 다른 이들은 크게 놀라지 않을 수 없었다.

마치 손이 수십 개라도 된 것처럼 장천이 밀려오던 암기들을 모두 쳐내 버렸다. 광무자의 손에 들렸던 암기가 모두 떨어지자 장천은 천천히 검을 거두고는 숨을 내뱉었다.

"휴!"

"하하하, 수고했다. 오늘 보니 유성도법(流星刀法)을 구성까지 성취한 듯싶구나."

"사형께서 지도해 주신 덕분입니다."

장천은 광무자에게서 여러 가지 도법을 익히고 있었다.

오늘 암기를 쳐내는 수법은 유성도법으로 극성까지 익히면 수십 개의 빛이 흐르는 듯한 모습을 볼 수 있다고 하는 쾌도류의 무공이었는데, 익힌 지 한 달 정도 만에 구성까지 성취했다는 것은 장천의 자질이 그만큼 뛰어나다는 것을 의미하고 있는 것이다.

겸손을 표하고 있는 그때 날카로운 파공음과 함께 무엇인가가 자신을 향해 날아오고 있다는 것을 장천은 느낄 수 있었다.

"암기!"

상당한 내력을 포함하고 있는 암기의 공격에 장천은 크게 당황하지 않을 수 없었다.

"장 사제!"

암기의 모습을 확인한 광무자는 크게 놀라서는 허리에서 도를 뽑아 들고는 장천을 부르며 그의 목을 향해 도를 휘둘렀다.

"큭!"

그 모습에 놀란 장천은 천근추의 수법을 사용하여 급히 몸을 뉘었는데, 그 순간 암기가 그의 머리를 스치고 지나가는 것을 느낄 수 있었다.

"흡자도(吸磁刀) 탄(彈)!"

하지만 더욱 놀라운 것은 이어진 광무자의 도였으니, 장천의 머리를 스치고 날아오는 암기를 튕겨내리라 생각했는데 놀랍게도 암기는 그의 도에 자석처럼 들러붙어 버린 것이다.

암기를 막아낸 그는 검을 빠르게 회전시켜 내력을 뿜어내니 그 순간 도에 붙어 있던 암기는 처음에 왔을 때의 두 배 속도로 날아갔다.

슈우욱!

"꺄악!!"

암기가 그것을 던진 자에게 빠른 속도로 날아가자 그 순간 나무 위에서 비명이 들리더니 한 여인이 땅으로 떨어지는 모습이 보였다.

"누구냐!"

장천과 광무자는 나무에서 떨어진 여인을 향해 달려갔는데, 여인은 날아오던 암기는 피했지만 떨어질 때 나뭇가지에 부딪쳤는지 머리를 쓰다듬으며 장천을 보며 말했다.

"아아, 아프다. 장 동생, 나야……."

"나가 누군데!"

"벌써 얼굴을 잊어먹은 거야? 나라고, 나! 개방의 사도혜!"

"아!"

장천은 그제야 깨달을 수 있었는데 그녀는 바로 백수마왕과 만났을 때 만난 개방제일미 사도혜였던 것이다.

"그나저나 이젠 다 컸네. 아구, 무공도 꽤 늘었고 말이야."

"휴……."

그녀의 모습에 장천은 한숨을 쉴 수밖에 없었다.

"사도 누님, 여긴 쌍도문의 연무관이에요. 무림에서 무공을 연성하는 것을 훔쳐보는 것이 얼마나 큰 죄인 줄 아시면서 이게 무슨 짓이에요."

"헤헤헤! 상관없잖아, 어차피 쌍도문의 식구가 될 텐데."

"엥? 그건 무슨 말이에요?"

"어머, 아직 아무 말도 없었나 보네?"

사도혜가 자리에서 벌떡 일어나서는 그의 앞으로 걸어오자 그녀의 기세에 장천은 알 수 없는 두려움이 느껴졌다.

"끄악!"

아니나 다를까, 사도혜가 장천을 꼭 안아버리자 사도혜보다 약간 작은 탓에 그의 얼굴이 그녀의 가슴에 묻히고 말았다.

"무슨 짓이에요!"

크게 놀란 장천은 그녀의 품에서 벗어나며 얼굴이 시뻘겋게 변한 채 소리쳤다. 그 모습에 손가락을 내저은 사도혜는 미소를 지으며 말했다.

"호호호, 얼마 지나지 않으면 이 아리따운 누나의 몸을 부담없이 느낄 수 있을 텐데 뭘 그렇게 놀라는 거야. 호호호."

"큭… 설마……."

"후후, 개방에서 온 동생의 신붓감이 바로 나란다. 호호호."

무시무시한 신붓감의 출현에 장천은 잠시 휘청거릴 수밖에 없었다.

개방제일미로 아버지의 친구 분인 강북사우와도 많은 관련이 있는지라 그녀의 마수에서 벗어나기는 쉽지 않은 것을 짐작할 수 있었으니 그제야 자신에게 닥친 문제를 인식하게 된 장천이었다.

하지만 소란은 여기서 끝나지 않았다.

"감히 내 증손녀 사위에게 손을 대다니! 용서하지 못한다!"

우렁찬 목소리와 함께 연무장의 담에서 거대한 흑영이 빠른 속도로 솟구치니 그 기세에 장천들은 크게 놀라지 않을 수 없었다.

쿵!

흑영이 경공으로 담을 넘어 내려오자 그 엄청난 거구의 여파로 인하여 연무장이 크게 흔들리는 듯한 느낌이 들 정도였다.

"헉! 설마……."

거대한 몸집, 우렁찬 목소리로 말미암아 절대 잊을 수 없는 사람이 있었으니 장천은 그 흑영의 정체를 알 수 있었다.

"무삼랑 할머니?"

"하하하하! 귀여운 천아, 오랜만이구나."

거대한 흑영의 정체는 바로 사파 십대거두의 일 인인 흑철돈녀 무삼랑이었다. 그녀는 장천에게 달려오더니 단숨에 거대한 가슴으로 장천을 안아버렸다.

"끄윽……."

그 당시에도 느낀 것이지만, 흑철돈녀에게 안기면 절대 숨을 쉬는 것이 불가능했으니 고통스럽게 발버둥 칠 수밖에 없는 장천이었다.

"끄윽. 할머니, 숨 막혀요……."

"하하하, 이 할미가 오랜만에 봐서 너무 반가웠나 보구나."

그제야 장천을 내려놓았다.

"휴… 그런데 무슨 일로?"

장천은 그녀의 품에서 벗어나 숨을 몰아쉬며 간신히 입을 열었다. 그런 장천을 보며 무삼랑이 호탕하게 웃어댔다.

"하하하! 이 할미가 오늘은 너를 증손녀 사위로 맞이하기 위해 왔다."

"예? 증손녀 사위요?"

"미아야, 뭐 하느냐! 빨리 네년의 낭군에게 인사하지 않고!"

장천의 물음에 그녀가 뒤를 돌아보며 소리치니 그 순간 또다시 담장을 넘으며 거구의 한 여인이 모습을 드러냈다.

"헉!"

그 모습에 장천은 무릎이 꺾일 수밖에 없었다. 담장을 넘어 들어온 여인은 키가 족히 육 장은 넘을 듯한 여인이었기 때문이다.

그래도 다행인 것은 키가 크기는 하지만 무삼랑만큼 옆으로 퍼진 것은 아니라는 것이다. 다만 무삼랑과 같이 외공을 익힌 덕에 울퉁불퉁한 근육을 자랑하고 있었다.

외모와는 달리 상당히 부끄러움을 타는지 그녀는 빨개진 얼굴로 다가와서는 공손히 그의 앞에 절을 하며 말했다.

"낭군님께 무미미 인사드립니다."

쓰러질 것만 같은 장천이었다.

자세히 쳐다보니 온몸의 근육과는 달리 청초한 얼굴을 지니고 있었는데, 그것이 오히려 균형을 깨뜨리고 있었다.

"사형… 나 쓰러져도 될까요?"

광무자를 보며 울 것만 같은 인상으로 한마디 내뱉는 장천이었으니, 그도 이 사태를 보며 얼추 이해할 수 있는지라 고개를 끄덕였다.

"장 사제… 마음껏 혼절하려무나."

"끅."

장천이 다시 깨어난 곳은 금오각에 있는 자신의 방이었다.

"음."

하지만 또 기절하고 싶었으니, 자신의 주위에선 어머니와 남궁소화 뿐 아니라 문제의 당사자인 사도혜와 함께 근육질의 무미미 역시 걱정 스러운 표정을 하고 있었기 때문이다.

"천아, 이제 정신이 드느냐."

"괜찮습니다, 어머니."

장천이 천천히 자리에서 일어나자 사도혜는 급히 엽차를 따라서는 장천에게 건네주었다.

"고맙습니다, 사도혜 누님."

"아잉… 누님이라니. 얼마 안 있음 장천의 색시가 될 텐데."

"푸……."

마시고 있던 엽차를 뱉을 수밖에 없는 그였다.

어쩌다가 자신의 신세가 이렇게 됐는지…….

이러는 와중에도 쌍도문으로 강호의 이름난 여인들이 하나둘씩 모여들고 있었으니 쌍도문에선 손님 모시기에 분주할 수밖에 없었다.

지금까지 모인 손님의 수만 족히 삼백여 명이 넘는 데다 장천을 만나기 위해 온 여인들의 수만 해도 수십 명에 이르고 있었는지라 그로 선 암담할 수밖에 없었다.

이러는 와중에 여인들 사이에서 암투가 끊이질 않으니 장천이 어느 여인을 선택하느냐에 따라서 강호에선 오늘의 일로 문파 간에 상당한 분쟁이 있을 것을 예상할 수 있었다.

한편 이러한 소란 속에서 한 무리의 무사들이 다시 쌍도문 안으로 들어오니 곽무진은 그들에게 다가가서는 반갑게 맞아들였다.

"어서 오십시오, 하 대협."

"하하하. 오래간만입니다, 곽 소협."

쌍도문에 들어선 무사들, 그들은 장천도 어느 정도 안면이 있는 사람이니 바로 산서 경운문의 문도들이었다.

곽무진은 장천과 헤어진 후에도 경운문과 많은 교류를 가지고 있었기에 강호오룡에 속하는 진천곤 하백과 두터운 친분을 유지하고 있던 것이다.

"호오, 이거 경쟁이 치열하겠군요."

"죄송하게 됐습니다. 장모님께서 소문주의 성혼에 관심을 가지는 바람에 일이 이렇게 되고 말았군요."

"하하하, 괜찮습니다. 저도 쉽게 이루어지지는 않을 것이라 생각했으니까요. 정화야, 뭐 하느냐, 곽 소협께 인사를 드리지 않고."

하백이 뒤를 돌아보며 아리따운 한 여인에게 말을 하자 그 여인은 조심스럽게 걸어가서는 곽무진에게 인사를 했다.

"곽 소협께 인사드립니다."

"오! 정화 소저, 오랜만입니다."

그 여인은 바로 장천이 처음으로 사랑을 느낀 경운문의 정화 소저였다.

몇 년이 지난 지금 성숙하고 아름다운 여인의 모습으로 바뀌어져 있었으니 그녀의 아름다움에 곽무진은 탄성을 내지를 뿐이었다.

초생달과 같은 눈썹에 맑게 드러나는 큰 눈동자, 붉고 아름다운 입술과 함께 자태 또한 아름답기 그지없으니 어느 누가 보아도 미인이라고밖에 표현할 수 없는 그런 모습이었다.

곽무진은 정화의 모습을 보며 이 정도면 장천의 아내가 된다 해도 부족함이 없다는 생각이 들었기에 크게 만족하며 말했다.

"하하하. 듣자 하니 정화 소저께서 산서제일미라 불린다는데, 이거 소문이 부족한 것 같군요."

"과찬의 말씀이십니다."

무진의 말에 얼굴을 붉히는 그녀였으니 하백은 일이 쉽게 풀리지 않음을 알 수 있었다.

과거의 일로 곽무진에게 사랑을 느낀 정화를 알고 있었기 때문이다.

그것이 어릴 때 한순간의 감정이라고 생각하긴 했지만, 곽무진을 만나면서 그녀가 보이는 모습을 보니 아직도 그 감정이 사라지지 않았다는 것을 느낄 수 있었다.

'이런, 이러다간 죽도 밥도 안 되겠군.'

곽무진의 후처로 들어가는 것도 그리 나쁘지는 않았다.

현재의 곽무진은 쌍도문의 삼대제자 중에서 가장 두각을 나타내는 인물인데다 무림맹 내에서도 이름을 날리고 있는 인물이기 때문이다. 하지만 솔직히 하백의 입장에서 이왕이면 다홍치마라고, 쌍도문의 문주 직을 이어받을 것이라 예상되는 장천에게 더 관심을 가지는 것은 당연한 일이었다.

이런 생각을 한 하백은 곽무진을 보며 미소 지으며 말했다.

"그나저나 일이 이렇게 됐으니 저희는 곽 소협만 믿을 수밖에 없겠군요."

"하하하, 저로서도 장모님의 마음을 정화 소저에게 돌리는 것은 어렵겠지만, 개인적으론 장 동생의 아내로 정화 소저가 가장 적합하다 생각하고 있으니 최선을 다해보도록 하지요."

"오! 곽 소협, 부탁드립니다."

곽무진이 자신들을 도와준다면 목적하던 바를 이루는 것은 그리 어렵지 않다고 생각하는 그였다. 하지만 정화의 마음은 그런 것이 아니었고, 하백에게 하는 곽무진의 말을 들으며 그녀는 야속함을 느낄 수밖에 없었다.

'아! 곽 소협, 어떻게 하면 저의 마음을 소협께서 알아주실 수 있을는지.'

자신도 모르게 눈물이 흘러내리는 정화였으니 그 모습에 크게 놀란 하백은 급히 그녀의 앞을 가리고는 미소를 지으며 말했다.

"오래간만에 만났으니 술이나 한잔하시는 게 어떻습니까? 소협을 위해 산서의 별주를 가져왔는데 말입니다."

"하하하! 이거 하 대협께는 폐만 끼치는 것 같군요."

그날 밤 정화는 밤하늘을 보며 눈물을 지으면서 사색에 잠길 수밖에 없었다.

'아, 곽 소협……'

사랑하는 남자를 목전에 두고도 그 마음을 표현할 수 없다는 것이 그녀를 더욱 우울하게 만들고 있었다.

그때 그녀의 곁으로 한 여인이 다가오더니 말했다.

"당신의 눈에는 슬픔이 어려 있군요."

"아!"

그녀의 말에 크게 놀란 정화는 흐르던 눈물을 닦았다. 여인은 방긋 미소를 지으며 말했다.

"전 형북의 은창표국에서 온 은모연(銀慕戀)이라 합니다."

"아!"

정화는 그녀의 이름을 듣고는 크게 놀라지 않을 수 없었으니 그녀의 이름이 현재 자신의 심정과도 같았기 때문이다.

"산서 경운문에서 온 정화라고 합니다."

그녀의 소개에 모연이란 여인이 미소 짓더니 천천히 자리에 앉았다.

"달이 참 아름답군요."

"예……."

그녀의 말에 고개를 끄덕이며 정화는 밤하늘의 달을 바라보았다.

은빛으로 빛나는 보름달의 모습에 더욱 눈물이 일렁였다.

"이곳에 온 분이시라면 쌍도문 소문주님을 만나기 위해 온 분이실 터인데 어찌 눈물을 흘리십니까?"

그녀의 부드러운 말에 정화는 마음이 안정되는 느낌이 들었다.

자신을 바라보는 부드러운 눈동자를 보며 이 여인이라면 자신의 마음속에 있는 아픔을 말해 줘도 괜찮겠다는 생각에 곽무진에 대한 것을 이야기했다. 잠시 후 고개를 끄덕인 여인은 그녀의 눈에서 흘러내리는 눈물을 닦아주며 말했다.

"진실로 사모한다면 그 마음은 상대에게 전해지는 것이랍니다."

"그럴까요."

"예."

모연의 말을 들으며 정화는 입가에 미소를 지을 수 있었다.

"자, 추운데 이제 안으로 들어가도록 하지요."

"네."

정화는 의외의 장소에서 마음을 나눌 수 있는 친구를 만났다는 것에 기쁘지 않을 수 있었다. 은모연이란 소저는 행동이나 자태가 모두 아름답기 그지없는 여인이었기에 정화는 이 여인이라면 충분히 쌍도문 소문주의 부인이 될 수 있을 것이라 생각했다.

다음날 장천은 사람들의 눈을 피해 안전하다고 할 수 있는 제4연무장으로 피신했다.

흑철돈녀의 일이 있은 후 제4연무장은 무사들을 배치하고 있었기 때문에 그는 안도의 한숨을 쉴 수 있었다.

"장 사제."

"아! 이 사형."

그런 장 사제를 보며 반갑게 손을 흔들며 다가오는 사람이 있었으니 바로 이준이었다. 그 역시 무공을 익히고 있는 만큼 아침마다 제4연무장에서 무공을 연성하고 있었던 것이다.

"그나저나 사제 때문에 쌍도문이 시끌벅적한걸."

"휴, 저도 그것 때문에 미치겠습니다. 설마 어머니께서 이렇게까지 일을 크게 벌이시리라곤 생각도 못했는걸요."

"하하하. 그것도 다 복일세, 복! 그나저나 자네 신붓감을 고르고 나면 나도 찾아봐야겠는걸?"

"아! 그러고 보니 사형도 아직 성혼을 하지 않으셨군요."

"나같이 볼품없는 남자에게 어떤 여인이 선뜻 다가오려 하겠는가?"

"별말씀을 다 하십니다. 제가 보기엔 사형만큼 뛰어나신 분도 찾아보기 어려운걸요?"

"하하하, 그렇게 말해 주니 고맙네그려."

장천의 말에 크게 웃음을 터뜨린 이준은 병기대에서 검을 하나 뽑아 들었다.

하지만 이준이 쌍도문의 독문 병기인 쌍도가 아니라 일반 청강장 검을 뽑아 들자 이상하게 생각한 장천은 그를 보며 물었다.

"검법을 연성할 생각입십니까?"

"별거 아닐세. 광무자 사형께서 말씀하시기를 나에게는 본 문의 무공인 쌍도보다는 검이 더 어울리겠다시더군. 그래서 육합검법을 잠시 익혀보았는데, 사형의 말대로 검이란 것이 나에게 맞는 것 같아서 꾸준히 연성을 하고 있는 것이네."

"육합검법이면 하류 무공이 아닙니까?"

그 말에 이준은 고개를 저으며 말했다.

"그렇게 볼 것도 아닐세. 육합검법은 변초가 없는 검법인지라 평생 도만을 익힌 나에게 기초 검법으로 상당히 도움이 되고 있네. 솔직히 내가 익히는 상승의 검술보다 육합검법이 어쩌면 한 수 위일 수도 있는걸?"

"아! 그런가요?"

"어디, 구경이나 한번 해보게."

아직도 아리송한 표정을 짓는 장천을 향해 이준이 미소를 흘리며 연무장의 가운데로 가서는 천천히 육합검법을 시전하기 시작했다.

장천에겐 상당히 간단한 검로밖에 보이지 않았지만, 이준이 평생을 도를 익힌 사람인만큼 검로의 하나하나에는 상당한 경력이 실려져 있었기 때문에 의외로 힘있는 검법이라 생각되었다.

"휴~ 어떤가?"

"글쎄요. 뭐라고 말을 할 수는 없겠는데… 예상외로 검법 같지가 않군요."

"하하하. 일단 어떠한 무공이라도 그것을 행하는 자에 의해서 변하게 되니까. 도를 익힌 나에게는 도의 냄새가 나는 육합검법이 되고 말았네."

"그렇군요."

"어디, 자네 한번 검을 잡아보지 않겠는가?"

"음… 한번 해볼까요?"

이준의 말에 고개를 끄덕인 장천은 검을 받아 쥐었다.

'이상하군.'

장천은 기억으론 검을 잡아본 것이 처음이라고 할 수 있었는데, 이 상하게도 어색한 감이 들지 않았다. 아니, 오히려 오랫동안 검을 연마 했던 것 같은 기분이 들었다. 그것을 증명이라도 하듯 이준이 탄성을 지르며 말했다.

"호오! 자네, 검을 익힌 적이 있는가?"

"예?"

"검이란 도와 몇 가지 다른 점이 있다네. 하지만 자넨 처음 잡는 검 인데도 그 다른 점을 정확히 알고 있는 모습이라 하는 말일세."

"하하하. 과찬의 말씀이십니다."

이준의 말에 미소를 지은 장천은 일단 찌르기를 해봐야겠다는 생각 에 가볍게 검을 앞으로 내밀었는데, 그 순간 자신도 모르게 다음의 움 직임이 머리 속에서 떠오르기 시작했다.

'아… 이건!'

일단 장천은 그 움직임이 그리 나쁘지는 않았기에 천천히 머리 속에 서 떠오르는 대로 검술을 행하기 시작했다.

검을 휘두르기 시작한 장천은 마치 신기라도 들린 것처럼 사방으로 움직이며 검을 휘두르니 그 모습에 이준은 크게 탄성을 내지를 수밖에 없었다.

'이건 쌍도문의 도법 초식이 아니다! 분명 검을 행하여야만이 가능 한 초식이다!'

한쪽 날의 도와 양날의 검은 그 초식의 흐름이 달라지는 것은 당연한 일이었다.

현재 장천이 행하고 있는 초식은 검의 특성을 이용한 무공이었기에 절대 도법의 초식이 아니라고 생각한 이준은 장천이 잃어버린 기억 속의 시간에 혹시 검법을 익혔던 것이 아닐까 하는 생각이 들었다.

이준이 이런 생각을 하는 동안에도 장천의 검법은 더욱 격해지고 있어 사방으로 빠른 검속에 의하여 파공음이 울리며 수많은 검영을 만들어내고 있었다.

"차압!"

그리고 잠시 후 장천이 검을 앞으로 내지르자 수십 개의 검영이 앞에 있던 나무들을 향해 뻗어갔다. 순식간에 한 아름 정도의 나무가 허리 높이의 껍질이 모두 벗겨져서는 땅으로 떨어지기 시작했다.

"후……."

숨을 내쉬는 장천에게 이준은 박수를 치며 말했다.

"멋진 검술이었네, 장 사제!"

하지만 현재의 장천은 그의 목소리가 들리지 않고 있었다. 손에 쥐고 있는 검을 보며 멍한 얼굴이 되었기 때문이다.

"자네, 검공을 익히고 있었군."

"아, 아니에요. 전 검공을 익힌 적이 없는걸요."

"음. 혹 자네의 잊혀진 기억 속 시간에 검을 익혔는지도 모르지."

"예, 그런 것 같아요."

장천은 한참을 그렇게 검을 바라보고는 이준에게 넘겨주며 말했다.

"오늘은 그만 해야 되겠네요. 도저히 무공을 연성할 기분이 아니에요."

그의 말에 이준은 고개를 끄덕이며 말했다.

"그럴 테지. 후후, 어여쁜 미녀들을 버려두고 어찌 검이 손에 잡히겠는가."

"사형!"

"하하하하!"

자신의 말에 정색을 하는 장천을 보며 웃음 짓는 그였다.

이준과 헤어진 장천은 정리가 되지 않은 머리를 식히기 위해 군웅전으로 향했다. 쌍도문의 휴식처와 같은 곳인 군웅전이라면 아무런 걱정 없이 쉴 수 있다고 생각했기 때문이다.

호수의 반짝이는 수면 위로 유선을 그리는 잉어가 헤엄치고 다니는 군웅전의 연못에 도착한 장천은 근처에 있는 바위에 자리를 잡고는 사색에 잠길 수 있었다. 하지만 조용히 혼자만의 시간을 가질 수 없는 형편인지 멀리서 누군가가 장천을 부르며 다가왔다.

"장천!"

"아! 무진 형!"

그의 이름을 부르며 오는 사람은 곽무진이었다. 장천은 그의 옆에 그 역시 익숙한 무사가 동행하고 있는 것을 볼 수 있었다.

'아! 경운문의 하 대협이군.'

하백을 확인한 장천은 자리에서 일어나 그들이 가까이 다가오자 하백에게 포권을 하며 인사했다.

"하백 대협께 인사드립니다."

"장 소협, 오랜만이오."

하백은 장천을 보며 미소 짓고는 답했다.

'그렇군. 정화 소저 역시 이곳에 왔나보군.'

전에 일을 생각해 보면 하백이 자신과 정화를 이어주려 하는 것을 알 수 있었기에 그가 이곳에 있는 이유를 짐작하는 장천이었다.

"이거, 하 대협이 가져온 명주를 맛보기 위해 군웅전에 들른 건데 생각지도 못한 녀석을 만나게 되었는걸?"

"하하하, 제가 운이 좋았나 보군요."

무진의 말에 미소를 지으며 답한 장천은 군웅전의 한편에 위치한 정자를 보며 말했다.

"정자로 가도록 하지요."

"그럴까?"

곽무진은 장천의 말에 고개를 끄덕이고는 정자로 향했다.

품에서 기름종이에 싸인 오리 구이를 내려놓은 곽무진은 미소를 지으며 술병을 들고는 말했다.

"산서의 명물인 분주(汾酒)다. 경운문의 문주님께서 술을 좋아하시는지라 직접 빚으셨지. 옛날에 한번 맛본 적이 있는데 정말 이만큼 맛좋은 술은 구경하기도 힘들지."

"그렇습니까?"

곽무진의 분주 자랑에 미소를 짓는 장천이었다.

"그나저나 잔이 없는데 이를 어쩐다."

하백과 둘이서 한잔하기 위해 들렀던 무진인지라 장천의 잔을 준비하지 못했던 것이다. 그 말에 천천히 자리에서 일어난 장천은 미소를 지으며 말했다.

"잔이야 만들면 되지 않겠습니까?"

"응?"

장천은 천천히 근처에 있던 나무로 다가가더니 손을 들어서는 나뭇

가지를 하나 잘라냈다.

"오! 좋은 생각이군!"

장천의 행동을 보며 무엇을 하려는지 눈치 챈 곽무진이 미소 지으며 소리쳤다.

가지의 한쪽을 잘라낸 장천은 다시 한 부분을 더 잘라 손가락 세 마디 길이 정도로 만든 후 그것을 가지고 정자로 다시 돌아왔다.

"뭐야, 술을 따를 부분이 없잖아?"

"후후."

그 말에 장천은 미소를 짓고는 천천히 오른손의 검지를 세 마디 정도로 잘라 원통형이 된 나무의 윗면 중앙에 올려놓고는 왼손으로 회전을 시켰는데, 그 순간 오른손의 검지는 천천히 나무를 파고들어 가기 시작하니 회전이 멈추었을 때는 술을 따를 수 있게 홈이 파여져 있었다.

"합!"

하지만 안쪽 면이 조금 거칠었는데, 장천이 그것도 예상했는지 가볍게 내공을 발휘했고, 뜨거운 기운이 안쪽을 깨끗하게 만들었다.

"호오!"

몇 번의 손짓으로 보통의 나무로 술잔을 만들어내는 장천의 모습을 보며 하백은 감탄의 소리를 내뱉었다.

보기에는 쉬울 것 같지만 방금 보인 장천의 솜씨에는 초식의 정확함은 물론이요, 힘의 조절 또한 정확해야 하기 때문이다.

"곽 소협의 말을 들어보니 자네의 무공이 크게 진전되었다고 하던데, 이거 직접 보니 감탄을 금치 못하겠군."

"과찬의 말씀이십니다."

하지만 실제 장천의 무공은 광무자보다 약간 아래 정도에 불과하기 때문에 현재 강호오룡의 수준보다 위라 할 수 있었다.

강호오룡의 일 인인 하백은 새로운 후기지수의 탄생에 크게 감탄하면서 반드시 그를 정화의 남편으로 만들겠다는 의기를 굳히게 되었다.

하지만 하백의 여정은 그리 순탄하지 않았으니… 무림의 세가에서 드디어 사람을 보내왔기 때문이다.

"장 사숙님! 장 사숙님!"

술을 나누고 있을 때 장천을 부르며 삼대제자가 화급히 군웅전으로 뛰어들어 왔다.

"무슨 일인가?"

"헉헉. 태사숙모께서 찾으십니다."

"응? 나를? 무슨 일로?"

"자세한 것은 모르겠지만 방금 본 문으로 사천당가의 사람들이 찾아왔는데, 그 일 때문이라 생각됩니다."

"사천당가… 아!"

사천당가는 구양생이 밀고 있는 곳으로, 독문과의 일로 쌍도문과는 더욱 사이가 돈독해진 문파였다.

구양생은 당이와 연락을 나누며 장천과 연결시켜 주기 위해 노력하고 있었고, 그 와중에 나온 장천의 색싯감 중 한 명이 바로 당세문이었다.

독문과의 마찰이 끝난 후 당이가 당가의 가주가 되자 당세문이 여아라는 것을 밝히게 되니, 그것은 장천과 연결시켜 주기 위함도 어느 정도 작용한 까닭이었다.

"음, 알겠다."

삼대제자에게 고개를 끄덕여 보인 장천은 자리에서 일어나 두 사람에게 포권을 하며 말했다.

"아무래도 가봐야 할 것 같습니다."

"음… 아쉽군."

장천의 말에 하백은 조금 아쉬운 표정을 지을 수밖에 없었지만, 경운문과 사천당가를 비교한다면 크게 차이가 나는지라 당연한 결과일 수밖에 없었다.

두 사람에게 인사를 한 장천은 한숨을 내쉬며 삼대제자의 뒤를 따라 금오각으로 향하게 되었다.

사천당가라면 쌍도문에서도 경시하지 못하는 입장인지라 그 역시 얼굴을 보일 수밖에 없었기 때문이다.

귀찮다는 표정을 역력하게 드러내며 장천은 터벅터벅 걸음을 옮기고 있었는데, 그때 금오각으로 향하는 길목에서 한 여인이 길가에 피어 있는 꽃을 지그시 보고 있는 것을 볼 수 있었다.

"음……."

푸른색의 하늘거리는 비단 자락 뒤로 보이는 섬세한 손가락, 탐스러운 머릿결 사이로 보이는 맑은 눈동자에 장천은 자신도 모르게 발걸음을 멈출 수밖에 없었다.

그녀는 누군가가 자신을 보고 있다는 것을 깨닫고는 살며시 고개를 돌렸다.

"아!"

그녀가 돌아보자 눈이 마주쳤기에 쑥스러움을 느낀 장천은 뒤통수를 쓰다듬을 수밖에 없었는데, 그런 그의 모습에 미소를 지은 여인은 천천히 몸을 돌려 사라져 갔다.

'누구지?'

한순간이었지만 이상하게도 각인이 남는 듯한 그녀의 모습에 장천은 생각에 잠겼다.

'미소 뒤로 보이는 그녀의 눈은 슬픔을 간직한 것 같았는데… 왜지?'

이런저런 생각을 하며 걷던 장천은 얼마 지나지 않아 금오각에 도착했는데, 그곳에서 익숙한 얼굴의 주인공을 만날 수 있었다.

"아! 당 대협 아니십니까!"

"오! 장 소협, 오랜만이네."

금오각의 문 앞에서 한 무사와 이야기를 나누고 있는 사람은 당가에서 만난 당철이었는데, 전과 다름없이 정정한 모습에 장천은 미소를 지으며 말했다.

"그나저나 구궁 사형께서는 잘 계시는지 궁금하군요."

현재 신궁 구궁은 무림맹의 일을 맡아 사천당가에 머물고 있었기 때문에 장천은 당철에게 물어본 것이다.

"하하하, 구궁 형님이야 잘 계시지. 얼마 전에는 근처에서 대호를 한 마리 잡았는데 그 가죽 때문에 당이 어르신께서 난리도 아니란다."

"난리도 아니라뇨?"

"구궁 형님의 활 솜씨야 정평이 나 있지 않나. 대호의 입 안으로 화살을 박아 넣으셨기 때문에 가죽에 상처도 없는 특상품이라 당이 어르신이 여간 탐을 내시는 것이 아니었거든."

"하하하, 그런가요?"

"그래서 가죽 대신 구궁 형님을 위해 특별히 활을 하나 만들어 주시기로 약조해서 겨우 가죽을 얻어내셨지."

"아! 사천당가의 활이라면 굉장하겠군요."

"당이 어르신이 특별히 지시를 하신 데다 이번 일도 있고 하니 굉장한 물건이 나올 것이라 소문이 자자하더군."

"그렇군요."

장천은 그의 말에 웃을 수만은 없었으니 구궁의 환심을 잡아 이번 성혼을 성사시키려는 속셈이라는 것을 알 수 있었기 때문이다.

이런저런 이야기를 나누고 있을 때 장천들의 곁으로 한 여인이 다소곳한 걸음으로 다가오고 있는 모습이 보였다.

"아!"

길고 아름다운 머리에 홍의를 입고 있는 흔히 보는 여인의 아름다움이 아닌 중성적인 멋이 한껏 드러나 보이는 여인이었는데, 유난히도 하얀 손을 보며 장천은 그녀가 당가의 당세문 소저라는 것을 알 수 있었다.

"아! 세문이가 왔구나. 뭐 하느냐, 장 소협께 인사하지 않고."

"장 소협, 오랜만에 뵙습니다."

"아… 당 소저, 오랜만입니다."

남자 옷을 입은 모습만을 보아왔던 장천은 여인의 옷을 입고 있는 당세문을 대하기가 조금 쑥스럽고 이상할 수밖에 없었다. 하지만 자신을 보며 살짝 미소 짓고 있는 그녀의 모습은 성숙한 여인의 향기를 흘리고 있는 듯했기에 여자의 변신이란 참으로 신묘하다는 생각이 들었다.

"그나저나 전 이만 들어가 보도록 하겠습니다."

"알겠네. 아! 세문아, 너도 장 소협을 따라가도록 하여라."

"네."

당철의 말에 고개를 숙인 그녀는 장천을 따라 금오각의 안으로 들어 갔다.

'정말 당세문이 맞긴 한 거야?'

성큼성큼 걷고 있는 장천의 뒤로 살며시 걸음을 옮기고 있는 당세문 은 옛날의 그녀가 아니었다.

"어머니."

"천이냐? 들어오너라."

장천이 당세문과 함께 방 안으로 들어서자 안에선 장춘삼과 임아란, 구양생이 당문의 당이와 이야기를 나누고 있었다.

"오! 장 소협, 오랜만이네."

"당이 어르신께 인사드립니다."

당이에게 포권을 취한 장천은 어머니를 보며 물었다.

"어인 일로 저를 부르셨는지요."

"천아, 당 소저와 함께 자리에 앉도록 하여라."

"예."

장천이 자리에 앉자 당세문의 모습을 한참 동안 쳐다보던 임아란은 미소를 지으며 말했다.

"그래, 당문의 소저는 어떻니?"

"예?"

임아란의 물음에 장천은 뭐라고 대답을 해야 할지 알 수가 없었다.

"당문에서는 이번에 너와 당 소저를 혼인시켰으면 하는구나."

"……."

어머니의 표정을 보니 당 소저를 꽤 마음에 들어하는 눈치였기에 장천은 아무 말도 할 수가 없었다. 솔직히 당문이라면 오랜 시간 동안 오대세가 중 하나의 축으로 강호에서 그 명성을 크게 떨치고 있는 문파이니만큼 임아란으로선 이 정도 가문의 며느리라면 충분하다 여겼기에 마음을 굳히고 있었던 것이다. 또 행동거지와 외모를 보아도 출중한 편에 속한지라 장천은 의중을 알아볼 생각으로 물었던 것이다.

"소자에게 잠시 생각할 시간을 주십시오."

"음. 아직 마음의 결정을 하지 못한 모양이구나."

장춘삼은 천의 말에 고개를 끄덕이며 말했다.

"마음에 든 처자는 있느냐?"

"그것이……."

"음… 알았다. 이만 물러가도록 하여라."

"예."

장천은 인사를 하고는 겨우 밖으로 나올 수 있었다.

'어쩌다가 이렇게 됐는지…….'

쌍도문으로 돌아온 후 이제 마음 편하게 있을 수 있다고 생각했는데, 자신의 혼사 문제로 인해 또다시 마음 둘 곳이 없어져 장천으로선 입맛을 다실 수밖에 없었다.

이런저런 생각을 하며 걷고 있을 때 그의 앞으로 한 사람의 모습이 보였으니 그 사람은 금오각으로 오기 전에 만났던 신비스러운 여인이었다.

다소곳한 자세로 버드나무를 바라보고 있는 그녀를 보며 장천은 마음이 흔들림을 느낄 수 있었다.

'이상하군. 저 여인만 보면 나도 모르게 가슴이 뛰니…….'

일단 직접 대면해 보는 것도 나쁘지 않다는 생각에 장천은 천천히 그녀의 곁으로 다가갔고, 인기척에 여인은 고개를 돌려 장천 쪽으로 시선을 돌렸다.

"쌍도문의 장천이라 하외다. 소저의 방명을 알 수 있겠소이까?"

"소저, 은모연이라 합니다."

"은모연이라… 무엇인가 사연이 있는 듯한 이름이군요."

하지만 그의 물음에 모연은 살짝 미소만을 짓고는 천천히 버드나무 쪽으로 고개를 돌렸다.

장천은 아름다운 외모에 신비스러움까지 갖추고 있는 그녀에게 끌려 자신도 모르게 근처 바위로 가서 앉았다.

장천이 그녀 옆에서 사색에 잠기려는 순간 모연을 부르며 비파를 들고 한 소저가 다가왔다.

"모연 언니."

"아, 정화로구나."

"응?"

은모연은 다가오는 정화의 모습을 보며 미소를 지었다.

순간 장천은 들려오는 이름에 격동할 수밖에 없었다. 자신의 첫사랑이기도 한 여인의 이름이었기 때문이다.

천천히 고개를 돌려보니 역시나 아리따운 자태를 보이고 있는 여인은 과거에 보았던 어린 정화 소저의 모습을 그대로 간직하고 있었다.

"어머!"

모연의 옆에 남자가 있자 정화는 조금 놀라는 표정을 지었다.

장천은 미소를 지으며 자리에 일어나서 포권을 하고는 말했다.

"정화 소저, 오랜만이군요."

"저를 아시나요?"

"하하하. 시간이 꽤 지났으니 잊어버릴 만도 하군요. 쌍도문의 장천
이라 합니다."

"아! 장 소협이셨군요."

정화는 그가 장천이라는 말을 듣고 놀라지 않을 수 없었다.

아직도 어려 보이는 외모이기는 하지만 꼬마 같았던 과거의 모습에
비한다면 크게 성숙한 모습이기 때문이다. 십 대 중반 정도의 외모를
하고 있는 장천은 아직도 그때의 귀여운 모습을 간직하고 있었지만 전
체적인 모습은 의젓한 장부와도 같았기에 그녀는 자신도 모르게 얼굴
이 빨개져 고개를 돌리고 말았다.

"모연 소저, 그럼 저는 이만 물러가도록 하지요."

그 말에 모연은 천천히 고개를 숙여 인사하니 장천은 아쉬움을 남기
며 물러설 수밖에 없었다.

장천의 모습이 사라지자 정화는 떨리는 가슴을 진정시키고는 모연
의 곁에 앉아서는 말했다.

"장 소협의 모습이 많이 변했어요. 과거에 봤을 때는 어린애 같았는
데……."

"사람이란 변하는 것이란다."

정화의 말에 모연은 미소 지으며 답하고는 다시 버드나무를 바라보
았는데, 정화는 그제야 생각이 났는지 들고 있던 비파를 그녀에게 내밀
며 말했다.

"모연 언니, 오늘은 비파를 켜준다고 약속하셨잖아요."

"아! 그랬었구나."

정화의 말에 그제야 생각났는지 모연은 미소를 짓고는 그녀가 내민
비파를 받아 들었다. 모연은 한참 무엇인가를 생각하는 듯하더니 이윽

고 천천히 비파를 켜기 시작했다. 영롱한 음이 흘러나와 주위로 퍼져 나갔다.

"아!"

정화는 비파와 금을 가지고 다닐 만큼 음에 대해 관심이 많았는데, 지금 모연이 타는 비파 소리를 들으니 그녀의 솜씨가 예사롭지 않다는 것을 알 수 있었다.

그와 함께 나직한 목소리로 그녀가 여인이 떠나간 님을 그리워하는 노래를 부르자 영롱한 비파의 음과 함께 조용히 울리는 은모연의 노랫소리가 어우러져 마치 환상과도 같은 분위기를 자아내고 있었다.

그리고 정화는 그녀의 노래에 나오는 여인의 마음이 되어 가슴을 졸이다 이내 눈물을 흘리고 말았다.

"언니, 너무… 아!"

정화가 너무나 아름다운 노랫소리에 입을 열려는 순간 모연의 눈에서 눈물이 흘러내렸다. 정화는 그만 말을 잊고 말았다.

"언니……."

"미안하구나, 정화야."

은모연은 천천히 비파를 건네주고는 다시 바람에 하늘거리는 버드나무를 보며 조용히 사색에 잠기기 시작했다.

'언니에겐 무슨 사연이 있구나.'

말하지 못할 가슴 아픈 사연이 모연에게 있다는 것을 깨달은 정화는 조용히 그녀의 곁에 앉아서 슬픈 얼굴을 지그시 바라볼 뿐이었다.

한편 그녀의 노래를 듣고 있던 사람이 있으니, 그는 담벼락에 등을 기대 힘없이 주저앉아 있었다.

'왜… 왜 나의 마음이 이렇듯 떨린단 말인가…….'

그녀의 슬픈 노랫소리에 주저앉아 떨리는 가슴을 진정시키지 못하고 있는 남자, 그는 바로 장천이었다.

멀리서 정화가 그녀에게 비파를 켜달라 하는 말을 듣고 그녀의 앞에 다시 나타나기가 두려워 담벼락 뒤에 숨어서 들었던 것인데, 그 순간 마음이 크게 흔들리며 다리의 힘이 빠져 움직이지도 못하는 꼴이 되어 버린 것이다.

'누군가… 누군가 나를 기다리는 듯하구나……'

언제부턴가 그의 꿈속에선 모습을 알 수 없는 여인의 모습이 보이고 있었다. 안개와 같이 흐릿하기만 한 꿈속의 영상에서 그녀의 모습은 확연히 드러나지 않았지만, 알 수 없는 그리움이 꿈에서 깰 때마다 그의 가슴을 아프게 했다.

그리고 오늘 모연의 노래를 들은 후에도 꿈에서 깰 때와 같이 가슴이 아파왔다.

"어라? 천아, 여기서 뭐 하고 있냐?"

"아! 무진 형!"

생각에 잠겨 있던 장천이 누군가 자신을 부르는 소리에 고개를 들어 보니 곽무진인지라 자리에서 일어났다.

"여기서 뭐 하는 거냐?"

"아니에요. 잠시 생각 좀 하고 있었어요."

"하하하. 별나기도 하군. 아! 사부님께서 널 찾고 계시더라."

"그래요? 가봐야겠어요."

고개를 끄덕이고는 멀어져 가는 장천의 뒷모습을 보던 곽무진은 고개를 갸우뚱거릴 뿐이었다.

"뭐 잘못 먹기라도 했나?"

하지만 곽무진은 담을 지나 걸어갔을 때 얼굴을 익히 알고 있는 사람의 모습을 발견할 수 있었기에 그제야 이유를 짐작할 수 있었다.

"아! 저 녀석. 참!"

곽무진의 눈에 보이는 것은 바로 정화 소저였다.

과거 장천이 정화 소저를 좋아했다는 것을 알고 있었던 곽무진은 그가 정화에게 차마 말은 붙이지 못하고 숨어서 지켜보고 있었다고 생각한 것이다.

제4연무장으로 간 장천은 그곳에서 광무자와 이준 사형이 무엇인가를 이야기하는 것을 보며 다가가서는 인사를 했다.

"사형들께 인사드립니다."

"아! 장 사제, 시숙모님은 만나뵈었는가?"

"예."

"당문의 소저도 왔다고 하니 아무래도 그쪽으로 마음을 돌리신 모양이로군."

"일단 당문이라면 가문 하나만으로 충분하다 할 수 있으니까요."

유운의 말에 이준은 고개를 끄덕이며 말했다.

"그래, 자네의 생각은 어떤가?"

"그게… 좀."

"하하하! 하루빨리 마음을 정하도록 하게. 가문이 어떻든 자네가 마음에 드는 여인이라면 시숙모님께서도 흔쾌히 찬성을 하실 것이네."

"……."

유운의 말에 장천은 아무 말 없이 고개를 끄덕였다.

"그런 이야기는 나중에 하도록 하고, 이 사제에게 들어보니 자네가 검술을 익힌 적이 있는 것 같다는데 사실인가?"

"자세히는 모르겠지만 검이 낯설지 않다는 생각이 듭니다."

"음… 한번 보여줄 수 있겠나?"

"예."

광무자의 말에 장천은 고개를 끄덕이고는 병기대에서 검을 하나 뽑아 이준에게 보여주었던 때와 같은 검법을 시전하기 시작했다.

수많은 검영이 난무하는 모습을 보며 광무자는 크게 탄성을 지를 수밖에 없었으니 장천이 검법을 끝내자 박수를 치며 말했다.

"좋아좋아, 아주 좋네!"

"사형께서는 장 사제의 검법이 무엇인지 아시겠습니까?"

이준은 광무자가 무공에 대해 박식하다는 것을 알고 있었기에 장천의 검술에 대해서 물어보았다.

"음… 확실히 맞다고는 할 수 없지만, 장 사제의 검술은 아무래도 마교의 홍련십팔검 같군."

"홍련십팔검이오?"

"마교에서 어느 정도 직급이 있는 자만이 익힐 수 있다는 검술인데, 화산파의 매화검법의 검리(劍理)와 비슷하다 알려져 있는 검법이네."

"음… 그런 것을 본다면 장 사제는 마교에서 검법을 꽤 익혔다는 것이군요."

"확실히 모르겠지만 검의 경지에서만 본다면 상당한 수련을 거쳤다는 것을 알 수 있네."

두 사람의 이야기를 들으며 장천은 자신이 검으로 상당한 수련을 했다는 생각에 과거의 기억이 더 궁금할 수밖에 없었다.

"그렇다면 유 사형께서 창안하시는 이론에 부합되는 사람은 장 사제 겠군요."

"음."

이준의 말에 장천은 광무자가 생각하는 이론이 무엇인지 궁금했기에 그에게 물어보았다.

"유 사형께서 창안하시는 이론은 무엇입니까?"

장천의 물음에 이준은 미소를 지으며 그것에 대해서 말해 주었다.

"유 사형께서 지금까지 얻어온 무공을 토대로 만들고 있는 것은 바로 좌검우도의 이론이다."

"예? 좌검우도요?"

좌검우도, 그것은 말처럼 쉬운 것이 아니었다.

검과 도는 그 사용법이 다른 만큼 검로 역시 다를 수밖에 없었기 때문이다.

이런 이유로 쌍검이나 쌍도를 사용하는 자들은 많으나 이것을 병행하는 이들은 거의 전무한 것이다. 한데 광무자가 좌검우도의 이론을 창안하고 있다니 어찌 놀라지 않을 수 있겠는가?

"장 사제는 무림에서 좌검을 사용하는 이를 본 적이 있는가?"

"직접 본 적은 없지만 유명한 살수 중에 좌검을 사용하는 자가 있다는 말을 들어본 적이 있습니다."

"그렇지. 하지만 살수를 제외하곤 좌검으로 무림의 고수가 된 이는 없네. 그 이유를 알고 있는가?"

"음… 일단 강호의 무공은 대부분 우검을 중심으로 만들어져 있는 만큼 좌검을 연성하기 위해선 그 검로를 역으로 행해야 하는데, 그럴 경우 일반적으로 우검을 생각하며 만들어진 무공의 검로는 달라질 수밖에 없는 것이 아닐까요?"

"너의 말대로다. 단순히 검을 바꾸고 초식을 좌로 바꾼다고 해서 해결될 문제가 아니지. 하지만 만약 좌검의 이치를 깨우쳐 몸에 익힌다면 우검을 사용하는 무사들은 좌검의 검로에 현혹되어 자신의 기량을 제대로 펼치지 못하는 장점도 있다네."

이준의 말에 장천은 고개를 끄덕이며 수긍을 했다.

"이런 이유로 정교한 공격을 할 수 있는 좌검을 사용하여 적을 현혹하고 우도로 일격을 가한다고 생각한다면 어떻겠는가?"

"아!"

"물론 유 사형이 창안하시려 하는 좌검우도의 묘리는 이것뿐만이 아니지만, 일단은 이것만으로도 충분한 무공의 무리가 만들어지지 않는가?"

"그렇군요."

"하지만 검과 도의 초식 문제뿐 아니라 내공을 사용함에 있어서도 여러 가지 문제가 있어 아직 이론만이 있을 뿐 그 무리는 진전이 없는 상태라네."

"음… 그렇다면 분심공이 필요하겠군요."

장천의 말에 이준은 흡족한 미소를 지으며 말했다.

"장 사제의 말이 맞네. 이 좌검우도를 제대로 행하기 위해선 반드시 분심공과 같은 것이 필요하다네. 그래서 우린 무당의 양의심공에 큰 관심을 가지고 있지."

"아!"

"만약 양의심공을 얻을 수 있다면 유 사형의 좌검우도의 원리는 큰 발전을 볼 수 있을 것이라 생각하고 있었지."

하지만 일은 그렇게 쉬운 것이 아니었다.

무당파의 양의심공은 장로급 이상의 인물이나 정제자들이 아니고는 익힐 수가 없는 심법이기에 그들이 쌍도문의 한 제자를 위해 심공의 구결을 건네준다는 것은 있을 수 없는 일이었다.

"무당이 아닌 다른 곳의 분심공은 어떻습니까?"

그 말에 이준은 고개를 저으며 말했다.

"다른 곳의 분심공은 초기에는 도움이 될 수도 있겠지만, 그 후 내공이 크게 늘어난다면 그것을 받쳐 줄 수가 없으니 무공의 진전은 포기할 수밖에 없게 되네."

"그렇군요."

한쪽은 검을 다른 한쪽은 도를 이용한 내공이 공존하기 위해선 분심공이 필요한데, 그것이 분심공의 한도를 넘어선다면 두 개의 내력이 어지럽게 얽히어 주화입마에 걸릴 수도 있다는 것을 깨달은 장천이었다.

"일단은 비학선인님께 도움을 요청하고는 있지만, 그분께서도 어렵다고 하시더구나."

"그렇겠지요."

무당의 비학성인이 아버지의 친구라는 것은 알고 있지만, 사문의 비밀을 그렇게 마음대로 할 수 있는 위치는 아니기 때문에 장천도 이해할 수 있었다.

"장천, 신검 진인을 한번 만나뵙지 않겠느냐?"

광무자가 갑자기 자신을 보며 신검 진인에 대한 이야기를 하자 장천은 되물을 수밖에 없었다.

"신검 진인이라면?"

"그래, 현 무당에서 최고의 고수라고 할 수 있는 분이지."

"무진 사질에게 듣자 하니 신검 진인께선 천무성자님과 함께 태사부님과 의형제를 맺었다고 들었다."

"예."

"천무성자께서 너에게 화룡신도를 건네신 것을 감안한다면 분명 태사부님과 무슨 약조가 있을 듯하니 신검 진인께 간다면 무엇인가 도움을 얻을 수 있지 않을까 하는 생각이 들어서 해본 말이다."

"음……."

광무자의 말에 장천 역시 생각에 잠길 수밖에 없었다.

그때는 몰랐지만 실제로 화룡신도를 주었다는 것은 공동파의 비급을 하나 건네준 것과도 같은 큰일이라는 것을 알았기 때문이다.

화룡신도는 단순한 명도가 아니라 천무성자 양세기의 신물과도 같기 때문이다.

그런 것을 내어줄 정도면 분명 오립산 태사부와 무슨 연관이 있는 것은 확실하다는 생각을 한 장천이었다. 또 무림의 태산북두 중 하나인 무당파가 궁금하기도 했기 때문에 장천은 무당산으로 가는 것도 그리 나쁘지 않다는 생각이 들었다.

"음… 가까운 시일 안에 무당을 한번 방문해 보도록 하겠습니다."

"어떤 결과가 있을지는 모르지만, 일단 무당을 방문하는 것은 큰 경험이 될 것이네."

"우리가 구파일방의 자리를 탐내고 있다고는 하지만 실재로 무당과 비교한다면 엄청난 차이가 나니까. 그들은 구파의 최고 자리에 있고 우린 그 말석조차 미치지 못하는 문파이니 반드시 얻는 것이 있을 것이다."

"알겠습니다."

광무자와 이준은 좌검우도에 관하여 무엇인가 토의할 것이 있는지 돌아갔기에 연무장에는 장천 혼자만이 남았다.

'음, 좌검우도라……'

쌍도를 사용하는 본 문이니만큼 한번 해보는 것도 그리 나쁘지 않다는 생각에 장천은 천천히 병기대에서 검과 도를 집어 들었다.

"차압!"

장천은 오른손으로 먼저 청풍도법을 시전해 보고는 그 사이사이마다 광무자가 홍련십팔검이라 이야기했던 무공을 좌검으로 시도해 보았는데, 아니나 다를까 한 초식도 끝나기 전에 손발이 뒤엉키고 말자 생각보다 어렵다는 것을 알 수 있었다.

'이거 마음대로 되지를 않는걸? 하긴 쉽게 할 수 있었으면 유 사형이 그리 고심할 필요도 없었겠지.'

장천은 다시 한 번 좌검우도를 시도해 보았지만 역시나 한 초식이나 두 초식 후에는 반드시 손이 엉켜 버리는지라 한숨이 나왔다.

"하하하! 천아, 뭐 하는 거냐?"

그때 남자의 목소리가 들려왔다. 소리가 들려온 쪽으로 고개를 돌린 장천은 그 사람이 등평이라는 것을 깨닫고는 급히 포권을 하며 인사했다.

"문주님께 인사를 드립니다."

"하하하, 되었다. 그런데 좌검우도라니 꽤 재밌는 것을 하는구나."

"아! 유 사형과 이 사형님께 들은 것이 있어서 한번 시도해 본 것입니다."

"광무자와 이준 말이냐?"

"예."

"녀석들이라면 그런 것을 생각하고도 남겠지. 무공에는 광무자, 무의 이론에는 이준이니 이거, 대단한 것이 나올 수도 있겠군."

등평은 그들이 좌검우도에 대해서 연구한다는 말에 꽤 관심을 가지는 표정을 지었다.

"모습을 보아하니 오늘 처음인 모양이구나."

"그렇습니다."

"음… 천아, 좌우쌍박(左右雙拍)에 대해서 들어봤느냐?"

"좌우쌍박이오?"

"지금은 사라진 전진의 한 도사가 만들어낸 수법인데, 그는 두 손으로 각기 다른 무공을 시전할 수 있었다고 하더구나."

"아!"

등평이 말하는 것이 좌검우도와 많은 관련이 있는 것을 깨달은 장천은 탄성을 내질렀다.

"애석하게도 전진이 사라지면서 좌우쌍박의 묘리도 사라지긴 했다만, 내가 보기엔 일단은 병기를 들고 있는 것보다 권법을 통해 손을 익혀두는 것이 나중을 위해 더 편할 듯하구나."

"감사합니다, 문주님."

"별말을. 그나저나 네 짝을 고르는 것은 어떻게 되었느냐?"

"예? 그것이……."

"하하하. 평생을 같이할 반려자를 고르는 것이니 어려울 테지. 천아, 난 네가 무가의 여식이 아닌 평범한 여인을 고른다고 해도 반길 터이니 너무 형식에 얽매이지는 말아라. 무학이든 여인이든 상승의 경지에 이르기 위해선 형식에 얽매여서는 안 되는 것이니 말이다."

반려자를 구하는 것에서 상승의 경지를 따지는 것이 조금 우스꽝스럽기는 하지만 무학이란 것이 평범한 일상 속에서도 존재하는 것이기에 고개를 끄덕이는 장천이었다.

"명심하도록 하겠습니다."

"그래야지."

등평이 말을 마친 후 걸음을 옮겨 사라져 가자 혼자 남은 장천은 그가 한 말에 대해서 곰곰이 생각해 보았다.

'좌우쌍박의 묘리라……'

병기를 사용함에 그것은 단순히 손발이 길어진 것에 지나지 않을 것이라고 생각하고 있었던 장천이었지만, 그의 생각은 틀렸다.

중원의 병기는 많은 변화를 가지고 있었기에 길어진다는 것을 벗어나 또 다른 팔이 생겨나고 관절이 생기는 것과 같으니 그 무로 역시 크게 바뀌어질 수밖에 없었기 때문이다.

그런 이유로 병기를 들고 무공을 연성하는 것은 손발을 놀려서 사용하는 무공에 비해 쉽게 익숙해지지 못하는 것이 당연한 일이었으니, 장천은 등평의 말대로 일단은 병기가 아닌 맨손으로 사용할 수 있는 무공을 연습하기로 했다.

물론 좌우쌍박의 수법 역시 쉽게 이루어지는 것이 아니었으니 장천은 달밤에 체조하는 모양으로 반 시진 정도를 연성하다가 포기할 수밖에 없었다.

제4연무장을 나온 장천은 금오각으로 돌아왔다. 한데 그곳에서 꼬마가 목도를 들고 엉성하게 무공을 연성하는 것을 보자 웃음이 나올 수밖에 없었다.

"하하하."

"앙! 외숙뿌!"

"연아, 뭐 하느냐?"

"나도 빠빠처럼 멋지게 할라구."

곽연의 말에 장천은 지소를 지으며 연이를 안고는 근처 바위 위에 앉았다.

"벌써부터 무공을 익히려고?"

"앙! 엄마랑 할무니는 내가 지킬 꼬야."

"후후후, 착한 연이로구나."

곽연이 작은 손으로 가슴을 두드리며 하는 말을 들은 장천은 도저히 미소를 지울 수가 없었다.

한편 이 두 사람이 놀고 있는 모습을 담장 뒤에 숨어서 지켜보는 이들이 있었으니, 바로 은모연이란 여인과 그가 데리고 온 수행원이었다.

"이 부단주."

"예."

한참 그렇게 두 사람을 바라보던 은모연이 수행원에게 말을 건네자 수행원은 정중한 자세로 대답을 했다.

"쌍도문 소주의 품에 안겨 있는 저 아이를 납치해라."

"예?"

"저 아이를 납치한다면 분명 쌍도문에선 외부로 수색이 나올 것이 분명하니 그때 본 교의 배신자를 처리하도록 하자."

"알겠습니다."

대답과 함께 그가 몸을 날려 사라지자 그녀는 천천히 몸을 돌려서는 자신이 머무는 거처로 걸음을 옮겼다.

'두형······.'

마교에서의 장천 이름을 알고 있는 여인, 그 이름을 떠올린 모연의 눈에선 한줄기의 눈물이 흘러내리고 있었다.

제24장
납치된 곽연

다음날 장천은 평상시와 같이 새벽에 금오각의 연못 근처에 앉아 운기조식을 하고 있었는데 그때 남궁소화가 누군가를 찾고 있는 모습을 볼 수 있었다.

"휴."

천천히 내식을 가라앉힌 장천은 고개를 돌려 남궁소화를 보며 물었다.

"소화 누나, 무슨 일이에요?"

"연이가 안 보이네. 이 시간에 어디를 간 거지?"

"어제 보니 무공을 익히고 싶어하던데, 새벽에 운기조식이라도 하러 간 것이 아닐까요?"

평소에 장난을 잘 치는 곽연이었기에 장천은 농담을 하듯 말했다.

"연무장에라도 갔나?"

"제가 한번 가볼게요."

"부탁한다, 천아."

"예."

장천은 자리에 일어나서는 가볍게 몸도 풀 겸 경공을 사용해서 가장 가까운 곳에 위치한 제3연무장으로 향했다.

새벽임에도 불구하고 십여 명의 삼대제자들이 무공을 연마하고 있는 모습이 보였는데, 장천이 다가오자 삼대제자들은 포권을 하며 인사를 했다.

"수고들 하네. 혹시 연이가 이곳에 오지 않았는가?"

"연이요?"

제3연무장은 쌍도문에서 십 년 이상 수련한 제자들만이 오는 곳이기에 모두들 곽무진의 아들인 곽연에 대해 잘 알고 있었다.

그런 이유로 서로의 얼굴을 쳐다보며 연이에 대해서 이야기를 나누다가 그중 한 사람이 장천을 보며 말했다.

"제가 가장 먼저 이곳에 왔지만 연이는 보지 못했습니다."

"음, 어디 간 거지?"

제3연무장을 제외하곤 모두 대문을 지나야 하는 곳이기에 곽연은 다른 연무장으론 갈 수가 없었기에 장천은 고민할 수밖에 없었다.

"미안하지만 자네들 좀 도와주지 않겠는가?"

"알겠습니다."

제자들 사이에서 귀여움을 독차지하고 있는 곽연이었기에 그들은 무공을 연성하던 것을 멈추고 문 내를 돌아다니면서 아이를 찾기 시작했다.

하지만 한 시진 이상이 지나도 곽연의 모습은 보이지 않으니 장천으로선 다급할 수밖에 없었다.

'무슨 일이 생긴 거 아니야?'

안 좋은 기분이 든 장천은 급히 금오각으로 향했는데, 이미 그곳은 난리가 난 상태였다.

남궁소화와 곽무진은 물론 장천의 어머니인 임아란과 장춘삼까지 아이를 찾고 있었다.

"소화 누나, 연이는요?"

"흑흑… 천아, 어떡해, 연이가 보이지를 않아……. 연아! 연아!"

곽연이 보이지 않자 소화는 눈물을 펑펑 흘리고 있었다.

"일단 누나는 안으로 들어가 계세요. 몸도 안 좋은데……."

"어떻게 내가 안으로 들어갈 수 있겠니. 흑흑."

그때 장춘삼이 그에게 와서는 물어보았다.

"금오각 밖은 찾아보았느냐?"

"삼대제자 열 명 정도와 함께 찾아보고는 있지만 아직……."

"이런, 안 되겠다. 사형에게 말해 사람들을 더 동원해야겠다."

"그동안 전 금오각 외의 다른 곳을 찾아보도록 할게요."

얼마 지나지 않아 곽연이 없어졌다는 이야기를 들은 등평은 쌍도문의 비상종을 울려 모두를 모이게 한 후 문 내의 곳곳을 뒤지게 했지만 두 시진이 지나도 곽연은 발견되지 않았다.

"곽 사제!"

"이 사형!"

이준은 연공관에서 책을 읽고 있다가 소란을 접하고는 급히 금오각으로 온 것이다.

"어떻게 되었는가?"

"문 내의 사람들이 모두 찾아보고 있지만 연이의 모습은 보이지가 않습니다."

"이런……."

세 시진 동안을 뒤졌는데도 곽연이 나오지를 않자 남궁소화는 혼절까지 하고 말았으니 금오각에선 정신이 없을 정도였다.

"대체 두 살짜리 아이가 어디로 갔다고 문도들을 전부 동원했는데도 못 찾는단 말인가!"

외손자가 없다는 말에 평소에 조용하던 장춘삼은 화가 나 사람들을 다그치기 시작하니 그 모습을 본 이준은 천천히 앞으로 나아가서는 말했다.

"아무래도 문 외로 나간 것이 아닐까 싶습니다."

"문 외라니! 아이가 담장이라도 넘어 사라졌단 말인가?"

"그것이 납치가 아닐까……."

"아!"

그 말에 임아란 또한 기절을 하고 마니 놀란 장춘삼과 장천은 급히 그녀에게 뛰어갔다.

"부인! 부인!"

"흑흑흑… 연이에게 무슨 일이 생겼으면 어떡해요. 흑흑."

"아무 일도 없을 테니 걱정 마시오! 천아, 어머니를 방으로 모셔다 드려라."

"예."

장천은 급히 대답을 하고는 어머니를 방으로 모시고 갔다.

측간의 변까지 뒤적이며 찾아보았음에도 연이의 모습이 보이지 않으니 장춘삼은 이준의 말대로 외부의 누군가에 의해 납치되었다고밖에 생각할 수 없었다.

"으드득! 어떤 놈인지 모르지만 연이에게 무슨 일이라도 생긴다면 사지를 찢어주마!"

쌍도문이 다른 대문파와 다른 점이 있다면 그것은 바로 삼류문파에서 단시간에 대문파로서의 성세를 이루어냈다는 점이다.

이런 이유로 온갖 고생을 같이한 문도들 간의 우애는 거의 가족과 같은 것이었으니 사형, 사제들의 일은 곧 자신의 일과 같다고 생각하는 이들이 대부분이었다.

평상시에는 조용하고 인자한 장춘삼이라고는 하지만 이런 문파의 기질을 고스란히 가지고 있었기에 곽연이 납치되었을지도 모른다는 생각을 하자 노기를 터뜨리고 있는 것이다.

"이 사질!"

"예, 사숙!"

"유 사질에게 즉시 사람들을 모아 외부로 수색을 나가라 지시해라!"

"예!"

장춘삼의 명을 받은 이준은 대답을 하고는 급히 광무자를 향해 뛰어가니 장천은 그 모습에 한숨을 쉴 수밖에 없었다.

"휴……."

그때 무엇인가가 빠른 속도로 장천을 향해 날아오자 장천은 급히 몸을 돌려 날아온 물건을 쳐냈다.

챙그렁!

"누구냐!"

장천은 날아온 것이 수전이라는 것을 깨닫고는 날아온 방향을 향해 소리쳤다. 하지만 수전을 날린 자는 찾을 수가 없었고, 수전에 종이가 묶여 있는지라 천천히 그것을 들어서는 종이를 펴보았다.

　꼬마는 우리가 데리고 있다. 미시까지 영천산 송화정으로 와라. 반
드시 혼자 올 것이며 만약 다른 이를 대동할 시에는 꼬마의 시체를
보게 될 것이다.

　"큭!"
　서한을 읽은 장천은 노기가 치솟아오를 수밖에 없었다.
　'나를 노리기 위해 연이를 납치한 것인가!'
　자신과 연이의 사이를 자세히 알고 있는 것을 보며 장천은 내부자의
소행이라는 것을 알 수 있었지만, 자신의 성혼을 위해 많은 문파에서
사람이 왔기 때문에 도저히 누구인지 짐작도 가지 않았다.
　하지만 연이의 시체를 볼 생각은 없는지라 어쩔 수 없다고 생각한
그는 급히 자신의 방으로 들어가 쌍도를 등에 메고는 녀석들이 오라는
장소로 향할 수밖에 없었다.
　곽연을 구해야겠다는 생각에 장천은 온 힘을 다해 영천산에 있는 송
화정으로 향했다.
　장천은 종이에 적혀 있는 약속 시간보다 반 시진 일찍 도착할 수 있
었고, 그곳에서 한 여인이 비파를 켜고 있는 모습을 볼 수 있었다.
　"응?"
　여인의 모습을 본 장천은 낯설지 않은 사람이라는 것을 알 수 있었
으니, 바로 자신과의 성혼을 위해 쌍도문으로 온 은모연이라는 여인이
었다.
　'은모연? 설마 저 여인이……!'

하지만 장천으로선 도저히 믿을 수가 없었다.

그렇게나 아름다운 노래를 부른 여인이 어린아이를 납치한 사람이라고는 믿어지지 않았던 것이다.

은모연은 전에 들었던 것과 같은 영롱한 음색을 내며 비파를 타고 있었기에 장천은 천천히 그녀의 앞으로 걸음을 옮겼다.

은모연은 비파를 켜던 것을 멈추고 다가오는 장천을 바라보았는데, 그런 그녀의 눈에는 슬픈 빛이 가득해 있었다.

"은 소저, 이곳에는 어인 일로?"

하지만 그녀는 장천의 말에 아무 대답도 하지 않고는 다시 비파를 켜기 시작하니 슬픈 음색의 비파음이 송화정의 주변으로 조용히 흐르기 시작했다.

부드럽게 흘러내리는 흑발의 밑으로 흐르는 그녀의 손가락을 보며 장천은 뭐라 말할 수 없는 기분을 느꼈다.

애타게 연모하던 임 떠나셨기에
오늘도 임 오시기를 기다리며
떠나신 강 너머를 바라봅니다.
먼 곳으로 떠난 임 오실 적에
물결치는 파도 멈추게 하시오소서.
임께서 저를 쉬이 볼 수 있도록.

감미로운 목소리로 떠나간 임을 기다리는 노래를 부르고 있는 모연의 모습을 보며 장천은 또다시 가슴이 아리는 것을 느꼈다.

"다, 당신은 도대체……."

떨리는 손을 들어 장천은 그녀를 가리키며 물었는데, 순간 비파의 줄이 끊어지며 날카로운 소리가 송화정을 울렸다.

챙!

"헉!"

그 순간 장천은 기혈이 크게 뒤집어지는 듯한 충격을 받고 무릎을 꿇고 말았다. 내상에 의해 기침을 하자 입에서 붉은 핏줄기가 흘러나왔는데, 그것을 보는 모연의 눈은 크게 떨리는 듯했다.

"다, 당신은 도대체 누구십니까."

모연이 천천히 그의 앞으로 다가가 백옥 같은 손가락을 들어서 그의 볼을 쓸어 만지며 조용히 말했다.

"애타게 기다리던 나의 임……."

"큭."

장천이 멍한 눈으로 그녀를 쳐다보는 그때 볼에서 통증이 느껴졌다.

볼을 쓰다듬던 모연의 손톱은 장천의 볼에 상처를 냈고, 그녀의 긴 손가락의 끝에는 붉은 피가 맺혀 있었다.

"부단주!"

그녀가 천천히 걸음을 옮기며 소리치자 숲에서 하나의 인영이 빠른 속도로 튀어나와서는 그녀의 앞에 부복했다.

"예, 단주님."

"헉!"

장천은 크게 놀라지 않을 수 없었다. 그 인영의 품에 조용히 잠자는 듯 한 아이가 안겨 있었기 때문이다.

"연아! 큭!"

장천은 그 아이가 곽연이라는 것을 깨닫고는 일어서려 했지만 비파

줄이 끊겼을 때 내상을 입었는지 강한 통증 때문에 다시 주저앉을 수밖에 없었다.

"아이를 이리 다오."

"예."

곽연을 건네받은 그녀는 아이를 안은 채 송화정에 살며시 앉아서 아이의 볼을 한번 쓰다듬었다.

"무엇을 하려고 하는 것이오!"

그녀의 손끝에 묻은 장천의 피가 아이의 볼에 네 줄기의 혈선을 그어놓았기에 장천은 크게 놀라서는 소리쳤다.

"귀여운 아이군요."

"제길……."

장천은 내상으로 인해 몸을 움직이지 못하자 노기가 치밀어 오를 수밖에 없었다.

"도대체 나에게 무엇을 바라는가!"

장천이 모연을 향해 소리치자 그녀는 아이를 보던 얼굴을 들어서는 살짝 미소를 지으며 말했다.

"당신의 목숨."

"큭."

역시나 그녀가 노렸던 것이 자신이라는 것을 안 장천은 이를 악물 수밖에 없었다.

"마, 마교의 사람이었는가?"

자신이 마교에서 있었음을 알고 있었고, 상처가 마교의 무사들에게 얻은 것일 수 있다 생각해 본 적이 있기 때문에 장천은 그녀를 보며 말했다.

"전 마교 백화당 한녀단(恨女團)의 단주랍니다."

"한녀단."

"듣자 하니 당신의 기억은 사라졌다더군요."

"……."

"두형, 아직도 저를 기억하지 못하시나요."

"두형……."

그녀가 자신을 부르는 이름을 듣는 순간 장천은 머리가 부서지는 듯한 아픔을 느껴야 했다.

하지만 기문숙이 마교로 잠입시킬 때 사용한 이름이라는 것을 알고 있었기에 그녀와 자신이 무슨 관계가 있다는 것을 알 수 있었다.

"내, 내가 소저에게 무슨 짓을 저질렀는지는 알 수 없지만… 원한다면 나의 목숨을 가져가시오. 다만 연아의 목숨만은……."

자신이 죽는 한이 있어도 곽연의 생명만은 구하리라는 생각에 그렇게 말하자 그녀는 크게 교소를 터뜨렸다.

"호호호호호!"

교소를 멈춘 그녀는 살기가 어린 눈으로 장천을 노려보고는 한 맺힌 목소리로 소리쳤다.

"자식까지 버려두고 도망친 자가 조카의 목숨은 그렇게 중하십니까?"

"헉!"

그녀의 말을 듣는 순간 장천은 크게 놀라지 않을 수 없었다.

자신이 자식까지 버려두고 도망쳤다는 말에 어찌 놀라지 않을 수 있겠는가?

"무, 무슨 말이오, 자식을 버려두고 도망쳤다니……!"

떨리는 그의 말에 은모연은 눈물을 흘리며 말했다.

"당신의 그 파렴치한 행동으로 인해 예아는… 스스로 목을 매어 자결했다는 것을 아나요?"

"끄억!"

그 순간 장천은 머리의 고통이 더욱 심해져 도저히 참을 수 없게 돼 땅에 머리를 박을 수밖에 없었다.

"사랑하는 남편을 태어날 아이를 위해 어떻게든 붙잡으려 했던 예아는 자신의 선택으로 인해 사랑하는 이가 죽었다는 충격을 이기지 못하고 죽음을 선택했습니다. 당신의 그 비열한 행동으로 인해… 아이와 예아는 이제 돌아올 수 없는 유부의 강을 건넜습니다. 그런데도… 그런데도 당신은……"

은모연은 더 이상 말을 잇지 못하고 눈물을 흘리니 천천히 고개를 든 장천은 그녀를 보며 중얼거렸다.

"느, 능예가 죽었단 말인가……."

"예. 당신 같은 비열한 자를 죽음으로 몰아넣었다는 죄책감 때문에 예아는 스스로 목을 매달았지요."

유능예가 죽었다는 이야기를 들은 장천, 그는 이제 마교에서의 모든 기억이 생각났다. 처음 마교에 가입하기 위해 사천의 지부를 찾아갔을 때부터 임신한 아내를 두고 나오는 그 순간까지 모두 기억하게 된 장천은 자신의 눈앞에 있는 은모연, 아니, 은영영의 말을 도저히 믿을 수가 없었다.

아니, 지금 그는 믿고 싶지 않은 심정이라 해야 할 것이다.

"은… 은영영… 거, 거짓이라 말해 주지 않겠나……"

부정하고 싶은 그녀의 말에 장천은 자신도 모르게 그렇게 중얼거리고 말았다.

현실을 부정하는 그의 모습에 은영영은 측은함이 들기도 하였지만, 그보다는 분노의 감정이 더욱 크게 들었다.

자신이 사랑했던 남자가, 그리고 유능예가 사랑했던 남자가 자신들에게 불행을 안겨준 채 현실을 부정하려는 모습에 크게 실망을 했기 때문이다.

"가련한 자! 그 따위로 현실을 부정하는 자가 자신의 자식과 아내를 버렸단 말이냐!"

"아……."

하지만 그녀의 말은 장천의 귀에 들리지 않고 있었다.

내상으로 인한 신체의 붕괴와 함께 정신적인 충격이 같이 밀려오면서 그의 몸은 모래성이 무너지는 것같이 무너지고 있었기 때문이다.

마교에서의 기억을 찾은 것은 일각도 되지 않은 시점, 그 시점에서 은영영이 밀어붙이고 있는 충격은 아직 정신적으로 완전히 성장하지 못한 그로서는 감당할 수 없었기 때문이다.

"크크크크……."

장천은 서서히 웃음을 터뜨리기 시작했다. 은영영은 노기에 검을 뽑아 들어 그를 베어버리려 했지만, 잠시 후 그 웃음의 정체를 파악하곤 힘이 빠져버리고 말았다.

"아……."

엄지손톱을 깨물며 웃음을 흘리고 있는 장천은 이제 자신의 불안한 마음을 건디지 못하고 스스로를 가두기 시작했다.

"단주, 서두르십시오."

그녀의 옆에 있던 부단주는 쌍도문의 무사들이 이곳으로 찾아올지 모른다는 생각에 은영영에게 배신자 장천의 처리를 서두르게 할 수밖에 없었다.

"이자에겐 죽음에 대한 아량도 아까울 뿐이다."

"……."

그녀의 말뜻을 알아들은 부단주는 조용히 고개를 숙이고는 천천히 그에게 다가가 점혈을 했다.

"끅."

마혈이 점혈된 장천이 그 자리에서 쓰러지자 은영영은 자리에서 일어나서는 말했다.

"이자를 본 교로 압송한 후 불괴곡(不壞谷)에 가두도록 해라!"

"예!"

불괴곡은 마교의 일급 죄인들 중 죽음의 아량마저 받지 못한 자들이 갇히는 곳이었다.

수백 장 높이의 절벽 아래에 위치한 불괴곡은 일 년 내내 어둠만이 존재하는 곳이기에 마교의 인물들이 불괴곡에 갇히느니 스스로 죽음을 선택할 정도였기에 은영영이 장천에게 내리는 벌은 실로 사랑하던 사람에게 내리는 형벌치곤 가혹하다고 할 수 있었다.

마혈을 짚인 장천과 함께 은영영과 부단주가 어린 곽연을 버려둔 채 떠나가고 얼마 후 그곳으로 두 명의 인영이 모습을 드러내었다.

"쯧쯧, 여인이 한을 품으면 오뉴월이 서리가 내린다고 하더니 그 말이 틀린 말은 아닐세."

낡은 누더기 옷을 입은 노인은 혀를 차며 중얼거리고는 송화정의 바닥에 쓰러져 있는 곽연을 안아 들었다.

"음… 독에 중독된 듯하군."

"그 여아의 손톱에 극독이 묻어 있는 듯하다. 그 아이야 화기의 내식을 익혔으니 문제없을 테지만, 이 아이는 이대로 두면 목숨을 부지하기 어려울 것 같군."

곽연이 독에 중독된 것은 바로 손톱에 묻었던 피 때문이었다.

은영영의 손톱에 묻은 독이 상당히 강한 독이었기에 피부 위에 묻었지만 아이의 약한 피부를 뚫고 들어간 것이다.

누더기를 입은 노인이 허리에 차고 있던 호로병 뚜껑을 열어서는 아이의 입에 그것을 흘려주고 내공으로 약효를 빠르게 돌게 하니 곽연의 파르스름하게 변한 피부는 서서히 원래의 불그스름한 피부로 돌아오기 시작했다.

"다행이군. 만약 이 아이가 죽었다면 천이는 정신을 차린 후에도 죄책감에 방황을 했을 테니 말이야."

"아이가 죽었다 해도 그것이 운명이라면……."

"매정하기는. 자네는 언제까지 그 아이에게 시련만을 줄 것인가?"

"때가 될 때까지."

"쯧쯧. 차라리 지금 이대로가 더 좋을 수도 있는 것을……."

노인은 매정하게 말하는 그를 보며 말했지만, 노인의 말에 그는 아무런 대답을 하지 않았다.

"근처 마을 사람들에게 아이를 데리고 오는 것같이 모습을 보였으니 얼마 지나지 않아 쌍도문의 무사들이 이곳에 당도할 것이다. 이만 돌아가도록 하지."

"……."

그의 말에 노인은 아이를 조심스럽게 내려놓고는 자리에서 일어나 그에게 말했다.

"이번에는 불괴곡으로 가야 될 텐데… 아이가 많이 힘들어하겠군. 잘 견딜 수 있을지……."

"견디지 못하면 죽어야겠지. 그리고 그 아이가 풀지 못한 한은 내 손으로 해결해야 할 테고 말이야."

"……."

노인이 할 수 없다는 듯 고개를 내젓고는 경공을 사용하여 몸을 날리자, 아이를 잠시 내려다본 그 역시 노인의 뒤를 따라 사라졌다.

제25장
불괴곡

마교의 중죄인만을 가두는 불괴곡에서는 소란스러움이 가득했다.

칠흑 같은 어둠만이 존재하는 곳이지만 이곳에 있는 이들은 어둠이 전혀 문제가 되지 않았다. 한데 무슨 연유에서인지 지금 그들은 크게 당황한 모습들이 역력했다.

돌로 엉성하게 만든 의자에 흰 수염을 길게 늘어뜨린 노인이 앉아 있었는데, 그의 앞으로 얼굴 가득 텁수룩한 수염이 난 중년 남자가 황급히 뛰어와서는 무릎을 꿇으며 소리쳤다.

"불괴대제님! 녀석이 또 습격해 왔습니다!"

"큭! 오늘이 보름이었던가?"

"예."

"피해는 어느 정도나 되는가."

"귀살수와 지옥도가 이십여 명 정도를 이끌고 나갔는데 모두 전멸했다 합니다."

"멍청한 것들! 내 그 녀석이 올 때는 절대 나서지 말라 지시했거늘!"

불괴대제라 불리는 자는 노기가 치솟아오르는지 손에 힘을 주니 돌로 만들어진 받침대가 우두둑 소리와 함께 부서져 버렸다.

"이번에는 본좌가 직접 가겠다!"

"불괴대제님, 그것은 너무 위험합니다!"

"언제까지 녀석에게 당하고만 살 것인가! 녀석을 죽이지 않는다면 불괴성에는 단 한 사람도 살아남지 못할 것이다!"

"그건······."

"큭. 내 이번에야말로 그 악독한 녀석의 머리를 부수어놓으리라!"

노인이 부하들을 습격한 자를 생각하며 크게 살기를 뿜고 있자 중년인은 한숨을 내쉴 수밖에 없었다.

불괴곡의 회원단(回怨壇). 마교도의 손에 죽는 것이 차라리 낫다고 할 수 있는 불괴곡에 빠진 무인들이 훗날 마교에 대한 복수를 다짐하며 세운 제사를 위한 단이 존재하는 곳이었다.

불괴곡에 있는 모든 자들이 복수를 다짐한 재단이 있는 이곳은 곡내에서 가장 많은 무인들이 속해 있는 불괴대제의 영역이었는데, 그곳에서 인간으로서 차마 눈 뜨고는 보지 못할 일이 벌어지고 있었다.

"우걱. 우걱."

사방이 붉은 피로 뒤덮여 있는 곳곳에는 불타 버린 흔적과 함께 이십 명이 넘는 사람들의 시체가 여기저기 널려 있었다. 그리고 그 한편에선 누군가가 시체 위에 앉아서 무엇인가를 먹고 있는 모습이 보였는데 놀랍게도 그가 먹고 있는 것은 죽은 자의 시체였다.

헝클어진 긴 머리로 얼굴 전체가 가려져 있는 그는 굶주린 듯 죽은 자의 몸을 뜯어 먹고 있었기에 마치 모든 것을 먹어치우는 아귀가 아닐까 하는 생각이 들 정도였다.

"염아귀(炎餓鬼)!"

그때 그를 향해 오랜 시간 동안 빨지 않아 시커멓게 변해 버린 누더기를 입은 한 중년인이 큰 소리를 지르며 달려왔다. 그에 놀란 염아귀는 먹던 것을 멈추고는 빠른 속도로 뒤로 몸을 날렸다.

"끄아악!"

인간의 음성이라고 듣기에는 너무나 역겨운 괴성을 지르는 염아귀였으니, 그는 중년인이 무서운 듯 네발짐승의 뛰는 모습으로 도망을 가기 시작했다.

하지만 염아귀의 행동도 재빠르기는 하지만 중년인 역시 만만치 않은 경신술을 지니고 있었기에 어느새 염아귀의 뒤로 중년인이 쇄도해 들어와서는 그대로 일각(一脚)을 내려쳤다.

"끼우욱!"

쿵!

엄청난 기세로 내려치는 발차기에 놀란 염아귀가 급히 몸을 날려 피하자 중년인의 발차기 기세는 그가 있던 곳의 대지를 박살 내며 큰 구덩이를 만들어 버렸다.

"언제까지 도망갈 수 있으리라 생각하느냐! 선풍절각(仙風絶脚)!"

하지만 중년인의 기세는 거기에서 멈추지 않고 염아귀가 옆으로 몸을 피하자 내려친 발을 중심으로 왼발을 빠르게 회전하여 휘두르니 염아귀는 어깨에 그의 강한 일각을 격중당해 비명을 지르며 근처의 벽에 처박히고 말았다.

"꾸엑!"

쿵!

만괴곡을 뒤흔들 듯한 굉음과 함께 벽에 처박혀 버린 염아귀였지만, 바위를 일격에 부수어 버리는 발차기를 정통으로 맞았음에도 불구하고 그는 박힌 몸을 빼어서는 급히 중년인에게서 달아나기 시작했다.

"어딜! 암영만방퇴(暗影萬方腿)!"

염아귀가 다시 도망가려 하자 그는 암영만방퇴의 각법을 사용했다. 순간 수십 개의 다리가 생겨나는 것처럼 변해서는 염아귀의 주위를 완전히 봉쇄해 버렸다.

"꾸아악!"

염아귀는 도망갈 곳이 막히자 순간 온몸의 힘을 주어서는 괴성을 질렀고, 그 순간 그의 몸에서 뜨거운 염화가 형성되면서 사방으로 밀려가기 시작했다.

"칫! 하지만 이번에는 당하지 않는다! 회풍각(回風脚)!"

염아귀의 몸에서 뜨거운 불길이 밀려오자 입술을 깨물고 소리친 그는 온몸을 비틀어 공중에서 빠른 속도로 회전했다. 순간 그의 몸에서 거대한 돌풍이 형성되어 염아귀의 몸에서 나온 불길을 쓸어버리고는 회원단의 한편으로 날려 버렸다. 하지만 애석하게도 그사이에 염아귀는 중년인의 눈에서 완전히 벗어나 버렸으니 그로선 이를 갈 수밖에 없었다.

"젠장할! 이번에도 놓쳤는가!"

보름에 한 번 있는 이 기회를 놓치게 되면 염아귀를 잡을 기회가 없다는 것을 아는 중년인으로선 분통이 터질 수밖에 없었다. 그때 수십 명의 인영이 빠른 속도로 회원단으로 뛰어오는 모습을 볼 수 있었다.

선두에 선 자는 긴 수염을 늘어뜨린 풍채 좋은 노인이었는데, 바로 이곳 세력의 대장이라고 할 수 있는 불괴대제였다.

불괴대제는 사방에 흩어져 있는 시체와 함께 중년인의 모습을 보고는 이를 갈며 말했다.

"염아귀를 또 놓쳤는가?"

"보시다시피."

"큭! 도대체 뭐 하는 짓인가! 염아귀를 죽일 수 있는 충분한 실력이 있으면서도 왜 그자를 사로잡으려 하는 게지? 그 녀석 때문에 이백 명이 넘는 사람이 죽었다는 것을 알면서 말이야!"

"죽여? 흥! 웃기는 소리! 죽이려면 차라리 염아귀의 밥이 될 네 녀석들을 죽이고 말겠다!"

"크으윽… 만근퇴 우경!"

불괴대제는 노기가 치솟아올랐지만 현재 불괴곡에 자신의 눈앞에 있는 만근퇴 우경이란 자의 무공을 넘어서는 고수가 없었기에 그로서도 이를 갈 뿐 섣불리 덤비지 못하고 있었다.

만근퇴 우경은 한때 마교 내에서 신각(神脚)이라는 또 다른 이름으로까지 불린 초고수로 교 내의 권력 싸움에서 천마 문천익과 구시독인 예운의 합공에 밀려 버린 후 불괴곡에 떨어진 인물이었다.

홍련교에서 교주와 부교주, 그리고 총사 다음의 직급이라 할 수 있는 좌우사자 중 우사자의 자리에 있었던 인물이니 현재 팔십이 넘어서고 있는 고령이었지만 그 상승의 무공으로 인해 중년의 외모를 유지하고 있었다.

불괴곡 내의 무공 서열에서 미루어본다면 불괴대제와 쌍벽을 이룬다고 할 수 있었지만, 불괴대제가 근래에 들어서 주화입마의 위기에 빠진 후 내력이 크게 소모되어 실질적으로는 만근퇴 우경이 제일의 고수라 할 수 있었다.

'염아귀로 인해 내공이 소실되지만 않았다면… 으드득……'

사실 불괴대제의 내공이 크게 소모된 것은 염아귀의 탓이었으니 그로선 자신의 부하들은 물론 내공에마저 크게 손실을 가져온 녀석을 죽이고 싶은 심정이었다.

하지만 염아귀는 엄청난 내공을 가지고 있는 것은 물론 화의 무공마저 익히고 있었기에 보통의 무인들로는 상대가 되질 않았다.

그를 쓰러뜨릴 수 있는 이는 자신과 만근퇴 우경뿐이지만, 우경은 그를 잡으려고만 할 뿐 죽일 생각은 없고 불괴대제는 주화입마로 인해 장기의 손상으로 내공이 크게 손실되었는지라 이렇듯 사람이 죽어가고 있음에도 손을 쓰지 못하고 있는 것이다.

자신의 힘으로 염아귀를 죽인다는 것은 힘든 일이라는 것을 알고 있는 불괴대제로선 죽이지 못한다면 우경의 손에라도 녀석을 잡아두어야겠다는 생각이 들었다.

일단은 이렇게 계속 부하들이 희생된다면 훗날 있게 될 마교에 대한 복수는 어렵게 될 것인데다 자신의 목숨마저 위태로울 수 있기 때문이다.

자신이 우경과 손을 잡을 경우 염아귀에 의해 부하들이 죽는 것을 막을 수 있을 뿐만 아니라 녀석에 의해 우경이 불괴곡의 일에 관여할 기회는 줄어들 것이라 생각한 그는 한참 후 말했다.

"그래, 잡았다 해도 녀석이 다시 날뛰면 진정시키기 어려울 텐데 무슨 방도라도 있는가?"

"음……."

사실 우경으로선 날뛰는 염아귀를 잡으려고만 할 뿐 잡은 후의 방도에 대해선 생각하고 있지 않은지라 그의 말에 아무 말도 할 수 없었다. 그런 것을 아는지 불괴대제는 미소를 지으며 말했다.

"천잠사를 아는가?"

"천잠사!"

천잠사는 설산에 사는 영물인 천잠이 설련실과 빙매실을 먹이로 성장한 후 토해내는 일종의 비단 실인데 질기고 단단하기가 천하에 비할 바가 없는 보물이었다.

그것으로 염아귀를 묶는다면 제아무리 강한 내공을 지니고 있다 해도 벗어나지 못할 것이니 우경으로선 탐나는 물건이라 할 수 있었다.

"음… 조건이 있을 테지."

"불괴곡의 패권."

그의 말에 우경은 고개를 끄덕이며 말했다.

"좋다. 어차피 불괴곡의 패권 따위에는 본래부터 신경을 쓰지 않았으니 상관없지."

"크크크. 그렇다면 계약 성립이다. 다음 보름이 오기 전에 사람을 시켜 천잠사를 보내마."

"알겠다. 그럼."

어느 정도 용건이 끝나자 우경은 경공을 사용하여 사라지니 불괴대제의 옆에 있던 무인이 조심스럽게 말했다.

"대제님, 우경이란 자가 약속을 지킬까요?"

"물론이다. 교 내의 패권 싸움에서 밀리기는 했지만 만인지상의 자리를 노리던 인물. 그런 자가 거짓을 말할 리가 없다."

"음."

불괴대제의 말이 맞는 말이라고는 할 수 없었지만 그 역시 우경이란 사람을 알고 있었기에 고개를 끄덕이고는 물러섰다.

'앞으로 일 년. 일 년만 있으면 염아귀 녀석 때문에 소실된 내공을 되찾을 수 있을 뿐 아니라 준비했던 일도 끝을 맺을 것이다. 그때는 이따위 좁은 곡에서 우경 따위와 패권을 다투는 것이 아닌 무림을 상대로 천하의 패권을 다투게 될 것이다. 크크크크.'

거대한 야망을 가지고 있는 불괴대제, 과연 그의 야망은 성공할 수 있을는지…….

한편 불괴곡의 남쪽 끝으로는 작은 틈새가 있었는데, 약 십여 장가량의 어린아이 정도의 몸집을 가진 사람만이 통과할 수 있는 작은 틈새를 지나면 또다시 넓은 공간이 나온다. 이곳의 사람들은 이 공간을 염아동(炎兒洞)이라고 부르고 있었으니 바로 염아귀가 살고 있는 집과 같은 곳이다.

"꾸어어."

피가 묻은 찢어진 옷 더미 위에서 헝클어진 머리를 한 자가 연신 옆구리를 보며 괴성을 지르고 있었다. 바로 염아귀였다.

염아귀는 우경에게 쫓겨 이곳으로 급히 도망 왔는데, 얼마 지나지 않아 몸에서 통증이 일어나자 멍이 든 옆구리를 보며 아파하고 있었던 것이다.

그때 동굴 한편에서 누군가가 염아귀의 곁으로 다가왔다. 오랫동안 정리하지 못한 듯 지저분한 머리를 한 중년 여인이었다.

"꾸어억."

염아귀는 그 여인이 다가오자 옆구리를 손가락으로 가리키곤 괴성을 지르며 울먹였다. 중년 여인은 미소를 지으며 다가가서는 옆구리를 쓰다듬어 주며 말했다.

"소교주님, 또 밖으로 나가셨군요. 콜록콜록… 밖은 위험하니 나가시면 안 됩니다."

"꾸어억. 꾸어억."

염아귀가 무엇인가를 말하는 듯 짐승의 소리를 내자 중년 여인은 고개를 끄덕이며 말했다.

"보름날만 되면 마성을 조절하지 못하시는 것은 콜록콜록, 화의 무공의 부작용입니다. 제대로 된 심결만 손에 얻으면 콜록… 그런 부작용은 없을 테니 때를 기다리십시오, 소교주님."

자상한 중년 여인의 말에 그는 고개를 끄덕였고, 그런 염아귀를 보며 그녀는 사랑스러운 듯 천천히 머리를 쓰다듬어 주었다.

염아귀는 중년 여인의 손길에 얌전하게 앉아 있었다.

'놈만 아니었으면 본 교의 지존이 되었을 것을……. 이 못난 유모를 용서해 주십시오, 도련님.'

안타까운 눈빛을 하고 있는 중년 여인이었다.

염아귀의 처지를 안타까워하고 있을 때 갑자기 허공에서 파공음이 들려왔고, 하늘에서 무엇인가가 이들 앞에 있는 못에 떨어져 내렸다.

풍덩!

"웅?"

이들이 있는 곳은 마교에서 공식적으로 중죄인을 떨어뜨리는 곳과 다른 곳이기에 그녀는 또다시 비밀리에 마교 내에서 숙청된 사람이 불괴곡으로 떨어졌음을 알 수 있었다.

"쯧쯧."

헛바닥을 찬 중년 여인이 천천히 걸음을 옮기니 놀랍게도 등평도수의 신법이었다.

물 위에 떠 있는 그자를 끌어낸 그녀는 옷 무더기 위에 내려놓고는 염아귀를 보며 말했다.

"도련님, 이자에게 화기를 전해주세요."

여인의 말에 고개를 끄덕인 염아귀는 그의 맥문을 잡고는 화기를 불어넣어 주었다. 그 순간 뜨거운 열기가 일렁이며 그의 몸을 따뜻하게 만드니 옷이 마르면서 수증기가 피어오르기 시작했다.

얼마 지나지 않아 몸이 따뜻해지고 옷이 모두 마르자 고개를 끄덕인 그녀는 염아귀에게 화기를 전해주는 것을 멈추게 하고는 그의 모습을 살펴보았다.

"쯧쯧. 아직 열다섯 정도의 아이인데 무슨 연유로 불괴곡에 떨어졌을까."

기절해 있는 얼굴은 귀엽게 생긴 동안의 소년이었으니 중년 여인은 자신이 모시고 있는 도련님과 같은 희생자가 아닐까 하는 생각에 안타깝게 생각하고 있었는데, 염아귀는 무엇인가 고개를 갸우뚱거리고는 중년 여인에게 손짓을 하며 짐승 소리를 내었다.

"우허어엉… 끄어엉……."

다른 사람들은 짐승의 소리로밖에는 들리지 않았겠지만 여인은 그 의미를 알아듣는 듯 조금 놀라는 표정을 짓고는 급히 누워 있는 소년의 맥문을 잡았다.

"아! 도련님을 돕고자 하는 하늘의 뜻이란 말인가!"

그동안 염아귀를 보살피며 살아왔던 여인은 그 소년의 맥문에 흐르는 기운이 염아귀가 익힌 것과 같은 화의 무공이라는 것을 알 수 있었다.

염아귀가 여러 가지 수법을 통해 화의 무공을 몸에 지닌 채 태어났지만 정확한 진기의 흐름을 몰라 보름마다 식인귀가 되었던 것인데, 이제 또 다른 화의 무공을 익힌 자가 나타나 진기의 흐름을 알 수 있으니 그녀가 모시는 도련님의 병을 고칠 수 있게 되었던 것이다.

떨어진 자는 몸에 그리 큰 외상은 없었지만 내기가 크게 흔들린 상태였기 때문에 여인은 천천히 그를 일으켜 가부좌를 틀게 하고는 염아귀에게 말했다.

"도련님, 이 사람의 몸에 기를 불어넣어 주세요. 도련님의 내력이라면 이자의 내식을 안정시켜 줄 수 있을 거예요."

염아귀가 고개를 끄덕이고는 그의 뒤로 돌아가서 천천히 내력을 넣어 기를 도인해 주기 시작했다.

"윽……"

그리고 잠시 후 그는 작은 신음을 질렀고, 점차 얼굴의 표정이 평온해졌기에 내기가 안정을 찾기 시작하고 있다는 것을 알 수 있었다.

일주천이 끝나 사내가 안정되는 것을 보자 여인은 염아귀에게 기의 도인을 끝내게 한 후 천천히 자리에 눕게 했다.

이마에 가득 흐른 땀을 닦으며 염아귀는 여인에게 무엇인가를 말했다.

"우허엉."

"예, 괜찮을 거예요. 내식이 안정을 찾았으니 내일 정도면 정신을 차릴 수 있을 겁니다."

여인은 염아귀에게 대답해 주고는 천천히 손을 들어 쓰러져 있는 자의 땀을 닦아주었다.

'화의 무공을 익힌 자… 그렇다면 이자는 교주의 좌를 이을 사람이란 것인데, 어떻게 이런 자가 이곳으로 떨어진 것일까?'

하지만 자신들과 이자의 상황이 크게 다르지 않다는 것을 짐작할 수 있었던 여인은 염아귀의 병을 치료하고 밖으로 나간 이후에도 그가 염아귀의 힘이 되어줄 것이라는 것을 의심치 않았다.

다음날 여인과 염아귀가 지켜보는 가운데 녀석은 드디어 잠에서 깨어났다.

"아우! 잘 잤다!"

"……."

은영영에게 받은 충격과 기혈이 뒤틀리며 잠시 정신이 어긋나가던 장천이었지만, 화의 무공을 가진 염아귀가 그를 안정시키면서 다시 본래의 정신을 찾을 수 있었다.

하지만 장천의 모습을 보고 있던 두 사람은 마치 한숨 잘 자고 일어난 것과 같은 그의 모습에 황당함이 밀려왔다.

녀석은 자리에서 일어나서는 무엇인가가 이상하다는 것을 느끼고는 여기저기 돌아보더니 자신을 바라보는 두 사람을 보며 천천히 물었다.

"저… 누구세요? 그리고 여기가 어디죠?"

'잠자다가… 당한 녀석이란 말인가?'

자신이 어디에 어떻게 떨어진지도 모르는 녀석을 보며 여인은 잠시 할 말을 잃고 있다가 정신을 차리고는 천천히 말했다.

"여기는 마교의 불괴곡이다."

"불괴곡이요?"

"마교 내에서 큰 죄를 짓거나 권력 투쟁에서 밀린 사람들이 갇히는 곳이지."

"헉! 어쩌다가 내가 이런 곳으로 왔지? 난 분명히 쌍도문에 있었는데?'

아무것도 모르는 자, 그는 바로 장천이었다.

하지만 잠시 후 하나둘씩 기억이 돌아와 은영영과 있었던 일은 물론이요 마교에서의 탈출과 함께 자신이 처했던 모든 상황이 떠오르니 금세 침울해질 수밖에 없었다.

"아!"

탄식을 내뱉은 장천은 의기소침해져 고개를 무릎 속으로 숨기고 말았고, 이자의 변화하는 모습에 여인은 황당할 뿐이었다.

'도대체 이놈은 무슨 사연으로 떨어진 거지?'

여인과 염아귀는 장천을 보며 한참 조용히 있다가 천천히 입을 열었다.

"본녀는 구천신녀 모란이라 한다. 네 녀석의 이름은 무엇이냐?"

여인의 물음에 장천은 침울한 목소리로 말했다.

"장천이요."

"장천… 본 교와 관련된 것 같은데, 네 녀석의 직책은 무엇이더냐."

"귀옥각주였어요."

"귀옥각주?"

"마교의 현 교주가 천마와 구시독인의 세력에 대항하기 위해서 만든 귀영당에서도 무공이 높은 인물들만을 모아놓은 곳이 바로 귀옥각이에요. 전 그곳에 귀옥각주였고요."

그 말에 여인은 무엇인가 크게 놀라는 듯하다가 떨리는 목소리로 물었다.

"처, 천마님이 교주의 좌에서 물어났단 말이냐?!"

"예, 현재의 교주는 유문영이에요."

"천마님의 부교주였던 자 말이냐?"

"예. 전에는 부교주였다고 들었어요."

"아! 역시 천마님께서……!"

그 말에 여인은 크게 탄식을 지르고 말았으니 장천은 그 모습에 이 여인이 천마 문천익과 무슨 관련이 있다는 것을 알 수 있었다.

"당신은 천마와 무슨 관련이 있나요?"

"갈!"

장천의 말에 그녀는 손을 들어서는 그의 뒤통수를 갈겨 버렸다.

"끄윽… 왜 때려요!"

"감히 천마님의 이름을 함부로 부르다니! 버르장머리없는 놈!"

"크윽……."

천마와 깊은 관련이 있다면 그의 명호를 함부로 부르는 것에 화가 나는 것은 당연하다는 생각에 장천은 뒤통수를 쓰다듬으면서 다시 물었다.

"크윽. 그럼 천마님과 무슨 관계이신가요?"

"흠흠. 본녀는 천마님의 아드님이신 문성님의 유모다."

'쳇! 유모 주제에… 잠깐! 천마 문천익에게 아들이 있다고?'

유모라는 말에 투덜거리던 장천이었는데, 천마에게 아들이 있다는 말에 조금 놀라지 않을 수 없었다.

과거 교 내의 권력 투쟁에서 천마가 교주의 좌에서 물러날 때 부교주에게 교주의 좌를 물려준 것은 부교주의 세력이 중립 세력이었던 탓도 있지만, 그 외에 천마에게는 자식이 없었던 것도 하나의 이유가 되었기 때문이다.

"말도 안 돼요. 천마님에게 아들이 있다는 말은 들어보지 못했어요!"

"그럴 만도 하지. 대외적으로 천마님의 아드님은 태어나자마자 죽었다고 알려져 있으니까."

"예?"

"천마님께선 자신이 화의 무공에 대해서 알지 못하는 것이 정통성에서 벗어난다는 것을 알고는 갓 태어난 아드님에게 대법을 펼쳐 화의 무공을 집어넣으셨지만 악독한 구시독인이란 놈이 그것을 알고는 문성님을 납치해 불괴곡에 떨어뜨렸다."

"아!"

교 내의 알지 못했던 비사에 장천은 놀라지 않을 수 없었다.

"본녀는 그것을 알아채고는 급히 녀석들을 쫓아갔지만 이미 문성님은 불괴곡으로 떨어지셨으니 천마님의 명을 수행하지 못했다는 생각에 본녀는 문성님의 뒤를 따라 이곳으로 뛰어내린 것이지."

"그렇다면 저 아이가?"

"그래, 바로 이분이 천마님의 아드님인 문성님이시다."

그녀가 자신의 옆에 있는 염아귀를 가리키며 말하자 염아귀는 장천은 보며 미소를 짓고는 손을 흔들었다.

"음……."

생각지도 못한 곳에서 생각지도 못한 사람을 만나게 된 것이니, 한참 가만히 두 사람의 모습을 지켜보는 장천이었다.

"자네가 떨어졌을 때 내상을 입고 있었으니 한번 운기조식을 해보도록 하게나."

여인의 말에 장천은 고개를 끄덕이고는 가부좌를 틀고 앉아 운기조식을 시작했는데, 몇 군데의 혈에 통증이 느껴지는 것을 알 수 있었다.

"휴우."

계속 운기조식을 하다가는 치료되지 않은 혈맥으로 인하여 주화입마를 할 수 있었기에 천천히 내식을 가라앉히고는 숨을 내쉬었다.

"어떤가?"

"아직 몇 군데 통증이 남아 있습니다."

"보아하니 음공 계열에 의해 내상을 입은 것 같은데?"

여인의 말에 장천은 은영영에게 당했던 상황을 깨닫고는 그녀에게 말해 주었다.

"비파를 듣던 중 갑작스럽게 현이 끊어졌는데, 그 순간 내상을 입고 말았습니다."

"오! 만화당의 비전절기 중의 하나인 파현절맥공(破絃絶脈功)에 당했군."

"파현절맥공이요?"

장천의 물음에 그녀는 고개를 끄덕이며 말했다.

"만화당의 당주였던 만음귀녀가 창안한 초식인데 음공으로 상대의 내식을 자신의 뜻대로 조절한 후 현을 끊는 파열음으로 내식을 흩뜨리는 음공이다. 익히는 것은 상당히 난해하지만 한번 익혔다면 그 수법을 알지 못하는 자는 거의 대부분 내상을 면치 못하는 절기이지."

"그렇군요."

자신이 당하기 직전 은영영의 비파음에 완전히 심취되었었다는 것을 깨달은 장천은 고개를 끄덕이며 수긍했다.

"한번 당하거나 그 음공에서 몸을 보호하고 있으면 파훼할 수 있는 음공이기에 한번 당한 네 녀석이 주의만 잘 기울인다면 다시는 당하지 않을 초식이다. 이런 이유로 절기라고는 하지만 만화당 내에서 익힌 자는 소수에 지나지 않지."

"구천신녀께서도 만화당에 계셨던 모양이군요."

장천의 물음에 그녀는 고개를 끄덕이며 말했다.

"본녀가 도련님을 모시기 전에는 만화당의 단주 직에 있었다."

"아!"

"나 역시 파현절맥공을 익혔으니 그것에 대한 치료법을 알고 있다. 나의 말을 따른다면 일주일 이내에 그 내상을 말끔히 치료할 수 있을 것이다."

"알겠습니다."

구천신녀와 이야기를 나누면서 장천의 침울한 분위기는 많이 사라졌다.

하지만 유능예와 아기를 죽였다는 죄책감은 아직도 마음속에 가득했다.

'불괴곡에서 나의 죄를 씻으라는 것인가… 은영영, 네가 원하는 대로 해주지.'

자신의 죄에 대해서 느끼고 있는 장천이었다.

"그나저나 아이야, 너의 몸에서 화의 무공에 대한 기운이 흐르던데, 어찌 된 일이냐?"

"아! 귀영당에 있을 때 암영자에게서 화의 무공을 배울 수 있었습니다."

"암영자라… 음. 역시나 암영자에 의해서 차대 교주로 추천을 받고 있었던 모양이구나."

장천의 말에 상황을 알 수 있었던 그녀는 고개를 끄덕이고는 계속 말을 이었다.

"그렇다면 화기의 내식은 어느 정도 수준에 이르렀더냐?"

"미숙하긴 하지만 조화의 초입 단계까지 이르렀습니다."

"아! 4단까지 이르렀단 말이냐!"

"예."

"하늘의 도움이로구나. 아이야, 화의 무공의 구결을 말해 주지 않겠느냐?"

"예?"

여인의 말에 장천으로선 되묻지 않을 수 없었는데, 그를 보며 그녀는 그 이유를 설명해 주었다.

"우리 도련님께서 화의 무공은 대법을 통해서 주입받았다고는 하지만, 그 후 구결에 따라 화기를 도인해야 했음에도 그것을 알지 못하여 보름달이 뜰 때면 광기에 사로잡히게 되셨다."

"아!"

"네가 화의 무공에 대한 구결을 안다면 우리 도련님의 화기를 올바른 길로 도인하게 하여 병을 치료할 수 있으니 어찌 하늘의 도움이 아니겠느냐?"

"음… 저의 생명을 구해주셨으니 저 역시 보답을 해야겠지요. 도련님에게 성심성의껏 화의 무공에 대한 구결을 전수하도록 하겠습니다."

장천의 말에 여인은 감격에 두 손을 잡고는 감사의 인사를 전했다.

"고맙네. 도련님과 본녀는 자네의 은혜를 절대 잊지 않을 것이네."

"별말씀을 다 하십니다. 생명의 은인이신 걸 생각한다면 이런 것은 하찮은 일일 뿐입니다."

이렇게 해서 장천은 염아귀, 구천신녀와 함께 불괴곡에서의 삶을 시작하게 되었다.

하지만 장천과 같은 사람이 이런 좁은 곳에서 산다는 것은 여간 갑갑하지 않았다.

장천이 있는 곳은 불괴곡 내에서도 막힌 공간이었다. 다행히도 그 안에 물과 함께 물고기들이 있었고 식량으로 사용할 수 있는 이끼들이 자라고 있어 그것을 먹으며 살 수는 있었지만, 그 외에는 아무것도 할 수가 없었다.

다른 불괴곡의 공간으로 빠져나가기 위해선 바위틈 새를 빠져나가 야 하는데, 지금 그곳을 빠져나갈 수 있는 이는 몸집이 작은 염아귀 한 사람뿐이었다.

장천의 경우에는 축골공을 사용한다면 어떻게든 빠져나갈 수 있겠 지만, 축골공을 사용할 경우 운신하기가 어려웠기에 어려운 상황이었 다.

"이 바위틈 밖으로 또 다른 사람들이 있다는 것입니까?"

"그렇다네. 우리들이 있는 곳은 불괴곡에서도 비밀리에 숨겨진 곳으 로 우리와 같이 겉으로 드러나서는 안 되는 사람들을 떨어뜨리는 곳이 지만, 저쪽 너머에는 대외적으로 숙청을 당하여 불괴곡으로 떨어진 사 람들이 모인 곳이지."

"그렇군요."

"본녀 역시 저쪽 너머의 상황은 어떻게 돌아가는지 모르고 있네만, 도련님께서 한번 나갈 때마다 큰 상처를 입고 오시는 것을 보니 좋은 상황은 아닌 것 같구나."

"음……."

그녀의 말에 장천은 고개를 끄덕이긴 했지만, 사람이 많은 곳에 가 고 싶은 것은 어쩔 수 없었다.

"홍염만화(紅炎萬化)!"

한달 정도 후 어느 정도 내상이 치유되자 장천은 문성에게 화의 무공을 전수하기 시작했다.

조화의 초입 단계에 있는 장천의 화의 무공은 실로 놀랍다고 할 수 있었다. 무천무급으로 인하여 내력의 조절 또한 완벽하게 이루어지고 있는 장천의 화의 무공은 모든 것을 태워 버릴 듯한 기세를 보일 정도였다.

"우아아!"

문성이 지금까지 한 것은 태어나자마자 받은 대법으로 인하여 화기를 내뿜는 것에 지나지 않았으니 장천이 무공을 통하여 뿜어내는 화기에 비해선 조족지혈이라고 할 수 있었다.

홍련교의 총단을 빠져나갔을 때보다 한층 성숙해져 있는 장천은 문성에게 무공을 전수하면서부터 화기의 내식이 점점 익숙해지고 있었다.

"휴우……."

홍염만화의 초식을 끝낸 장천은 가볍게 숨을 내쉰 후 문성을 보며 말했다.

"잘 보았겠지?"

장천의 물음에 문성은 고개를 끄덕였다.

"화기를 조절하지 못한다면 노(怒)의 감정에 의해 한 달에 한 번 광기에 빠져들게 된다. 아마 너의 증상은 이런 이유가 아닐까 생각되는데, 화의 무공을 통해서 화기를 조절한다면 광기와 말을 못하게 되는 증상은 충분히 고쳐질 수 있으리라 생각된다."

잠시 화의 무공에 대해서 설명을 한 장천은 문성에게 복습을 하게한 후 근처에 있던 못으로 걸음을 옮겼다.

"으, 차가워라."

못의 물은 상당히 차가웠기에 이런 곳에서도 물고기가 산다는 것이 신기할 뿐이었다.

'그나저나 물고기가 산다면 빠져나갈 구멍이 있다는 것이 아닐까?'

이런 생각에 장천은 천천히 몸을 풀고는 옷을 벗고 물속으로 들어가려고 했는데, 그때 뒤에서 그를 만류하는 목소리가 들렸다.

"못으로 빠져나가는 구멍이 있기는 하지만 포기하는 것이 나을 것이다."

"구천신녀님?"

장천의 곁으로 다가온 그녀는 고개를 저으며 말했다.

"나 역시 이곳에 물고기가 산다는 것을 깨닫고 이곳을 빠져나갈 생각을 해본 적이 있다. 하지만 이내 포기할 수밖에 없었지."

"막혀 있나요?"

그의 물음에 구천신녀는 고개를 저으며 말했다.

"아니, 분명히 사람 한 명이 빠져나갈 수는 있다."

"그런데 왜?"

"백 장 이내 정도라면 옷 속에 공기를 가두어둔 후 그것을 통해 빠져나갈 수 있겠지만, 이 동굴의 길이가 그것을 넘어선다면 어찌하겠느냐?"

"설마?"

"불괴곡의 물은 아마 이곳에서 이십 리 정도 떨어진 빙호(氷湖)와 연결되어 있을 것이다. 차가운 수온과 물고기가 빙호와 연결되어 있다는 것을 증명해 주고 있지. 예상대로라면 빙호까지의 거리는 이십 리, 그 사이에 공기가 있는 공간이라도 있으면 모를까 단순히 옷 속에 공기를 넣어가는 것으로 갈 수 있는 거리가 아니다."

"그렇군요."

이곳에서 오래 갇혀 있던 구천신녀가 이런 곳을 살펴보지 않을 리 없다는 생각에 고개를 끄덕이는 장천이었다.

"하지만 방법이 없는 것은 아니지."

"예?"

"홍련교의 무공 중에선 화어공(化魚功)이라는 것이 있다. 화어공은 다른 수공과는 달리 피부 호흡을 통해 물속에서도 숨을 쉴 수 있는 수법이 적혀 있다고 하지."

"아!"

"하지만 화어공을 익혔다고 해도 문제는 있다. 바로 이 수온이 문제지."

"수온이요?"

"사람의 몸이란 것은 일정한 정도의 체온을 유지하고 있다. 그 체온이 떨어지게 되면 몸의 움직임이 둔해지고 맥 역시 약해지며 일정 한도 이상으로 떨어질 시에는 몸의 기능이 완전히 마비가 되는 것이다. 이십 리 정도의 길에서 제대로 된 체온을 유지하고 이 차가운 물을 헤엄쳐 빙호까지 갈 수 있다 생각하는가?"

"……."

만만치 않은 문제였다. 조화의 단계에 이른 장천이라면 가능하기는 하겠지만, 그렇다고 화어공을 운공하면서 화의 무공을 운용한다는 것은 분심공을 수련하지 않고서는 불가능한 일이었기에 한숨을 내쉴 수밖에 없었다.

'이번에도 분심공이 문제로군.'

여러 가지 문제가 있었기에 장천은 밖으로 나가는 것을 포기하고 자신의 무공 연성에 심혈을 기울일 수밖에 없었다.

무천무급상의 무공은 물론 화의 무공, 비도문에서의 심득까지 모두 생각이 난 장천은 그 무공들을 십성 이상의 경지로 끌어올리는 것에 몰두하기 시작한 것이다.

이런 무공들은 홍련교의 귀옥각주로 있을 때는 남들의 눈 때문에 연성을 소홀히 했다는 것을 감안한다면 불괴곡에서의 시간은 무공을 위해선 참으로 좋은 시간이라 할 수 있었다.

불괴곡에서 시간을 보낸 지 한 달. 이제 그의 무공들은 조금은 숙련된 단계에 오를 수 있었다.

"차압!"

쿠구구궁!

불괴곡의 바위를 다듬어서 만들어낸 돌단검을 사용하여 비도술을 사용하자 엄청난 위력과 함께 단검은 바위를 부수며 안으로 박혀 들어갔다.

화의 무공으로 인하여 단검의 주위에 강한 화기가 담겨져 있었기에 그 위력은 실로 놀랍다고 할 수 있었으니 그것을 보고 있던 문성은 박수를 치며 어수룩한 목소리로 말했다.

"괴, 굉장하군요."

"하하하. 그저 그런 것일 뿐이지."

몸 안의 화기가 안정되자 문성은 한 달에 한 번 있던 광기가 사라졌고, 말 또한 어수룩하기는 하지만 대충 할 수 있게 되었다.

물론 이곳에 있는 세 사람은 불괴곡의 한쪽에서 염아귀가 나오기를 눈 빠지게 기다리는 우경과 불괴대제를 모르고 있었다. 뭐, 알았다고 해도 그리 달라질 행동은 없었겠지만 말이다.

"나, 나도 그것을 배울 수 있을까?"

문성이 비도를 던지는 법을 배우고 싶다고 말했지만 장천은 고개를 저었다.

"절대불가! 넌 밖으로 나간다면 홍련교의 교주가 될 사람이라고. 교주가 되기 위해선 화의 무공을 극성으로 익힐 필요가 있어. 이런 무공으로 화의 무공을 소홀히 하면 안 되지."

그 말에 문성은 조금 실망한 표정을 지었지만, 장천이 말하고 있는 바를 이해하고 있었기 때문에 그 마음을 지울 수밖에 없었다.

어렸을 때부터 자신을 키워준 구천신녀에게 보답하기 위해서라도 자신은 교주가 되어야 한다 생각하고 있었기 때문이다.

"지난 한 달 동안 화의 무공에 대한 진기의 움직임과 초식 등은 거의 다 배웠으니 이제는 네가 얼마나 깨달음을 얻느냐에 따라 화의 무공을 극성까지 익힐 수 있는지 없는지가 달려 있다. 현재 화기의 내식의 양만이라면 넌 내 수준을 크게 뛰어넘고 있지만, 일단 내식이 불안정하고 초식 또한 완벽하지 못하니 그것에 대해 신경을 쓰도록 해."

장천의 말에 문성은 고개를 끄덕이고는 가부좌를 틀고 앉아 몸 안의 화기를 정리하기 시작했다. 각 세맥에 화기가 많이 남아 있었기에 그것을 단전으로 모으는 작업을 계속하고 있었던 것이다.

만약 세맥에 흩어져 있는 화기를 모두 단전으로 모으고 초식과 진기의 흐름을 완벽하게 익힌다면 문성은 초고수로 탈바꿈을 하게 될 것이다.

'녀석보다 뒤처지면 자존심이 상하겠지?'

현재 장천은 문성에 비해서 두세 수 정도 높은 단계였기에 뒤처지지 말아야 한다는 생각에 자신의 수련에 박차를 가하기 시작했다.

이렇게 되니 세 달 정도가 지나자 두 사람의 무공은 일취월장하여 그것을 지켜보던 구천신녀가 탐복할 정도가 되었다.

혼자 있을 때는 무공의 진전이 느렸었는데 두 사람이 서로 선의의 경쟁을 하니 그 진전이 빠를 수밖에 없었던 것이다.

"아! 하늘이시여, 감사합니다. 저런 복덩이를 저희 도련님에게 보내주시다니⋯ 흑흑흑."

감탄의 눈물을 흘리는 구천신녀였다.

하지만 그녀의 눈물도 이 불괴곡에 갇혀 있다면 아무런 의미가 없는 것이기에 구천신녀로서는 이제 바위틈 너머로 두 사람을 보내야 한다는 생각이 들었다.

이곳은 모르겠지만, 바위틈 너머라면 이곳보다 몇십 배는 넓은 곳이기에 빠져나갈 방도가 있으리란 생각이 들었기 때문이다.

'도련님, 제가 없더라도⋯ 꿋꿋하게 살아가세요. 흑흑흑.'

이런 생각을 하며 구천신녀는 두 사람이 무공을 익히고 있는 곳으로 천천히 걸음을 옮겼다.

"구천신녀님 오셨습니까?"

"유모."

"두 사람은 이쪽으로 와 앉으세요."

그녀의 말에 그들이 자리에 앉자 구천신녀는 잠시 두 사람을 쳐다보고는 미소를 지으며 말했다.

"무공은 진전이 있습니까?"

"미흡하지만 약간의 진전이 있었습니다."

"유, 유모, 나도."

무공에 진전이 있다는 말에 미소를 지은 구천신녀는 다시 비장한 얼굴을 보이고는 말했다.

"그렇다면 본녀 역시 마음을 놓을 수가 있겠군요. 이제 이곳을 떠나도록 하십시오."

"예?"

구천신녀의 말에 두 사람은 놀라지 않을 수 없었다.

"무슨 방도라도 있으십니까?"

그 말에 구천신녀는 고개를 저으며 말했다.

"물론 이곳에선 방법이 없어요. 하지만 이곳 너머로 간다면 분명 빠져나갈 곳이 있으리라 생각되는군요. 일단 많은 사람들이 살고 있으니까 말이에요."

"그렇군요."

구천신녀의 말에 고개를 끄덕인 장천이었다.

"이곳에서 유일하게 그곳으로 갈 통로는 두 분이 잘 아는 바위틈밖에 없어요."

"예?"

장천 역시 그곳을 모르는 바는 아니지만 워낙 협소한지라 축골공을 사용하면 간신히 들어갈 수는 있겠지만, 운신이 어려워 자칫하면 바위틈에 끼어 움직이지도 못하고 죽을 수도 있는 곳이었다.

거기다가 워낙 작다 보니 몸집이 작은 편에 속한 문성이나 장천은 모르겠지만 구천신녀의 경우에는 들어갈 엄두도 내기 어려운 곳이었다.

애석하게도 구천신녀는 풍만한 몸매의 여인이기 때문이다.

"하지만 구천신녀께선 그곳으로 빠져나가지 못하시지 않습니까?"

장천의 말에 그녀는 고개를 끄덕이며 말했다.

"예. 하지만 본녀가 나가지 못한다고 해서 도련님을 언제까지 이곳에 모시고 있을 수는 없는 일이 아니겠어요?"

"음……."

구천신녀의 입장이라면 그런 말을 하는 것은 당연하긴 했지만, 장천은 물론 문성 역시 그러한 그녀의 결정에 수긍할 수 없었다.

만약 자신들이 나간다면 그녀는 이곳에 홀로 남아 있어야 한다는 것을 알기 때문이다.

하지만 그런 생각을 아는지 그녀는 미소를 지으며 말했다.

"만약 두 분이 불괴곡에서 나가시고 도련님께서 교주의 좌에 오르신다면 본녀 하나쯤은 충분히 구하실 수 있으실 텐데 무엇을 그리 걱정하시는지 모르겠군요."

"아!"

그 말에 두 사람은 그제야 수긍할 수 있었다.

"알겠습니다. 반드시 밖으로 나가 소교주님이 교주의 좌에 오를 수 있도록 최선을 다하도록 하겠습니다."

장천의 말에 구천신녀는 감사의 표시로 고개를 숙여 인사하고는 자리에서 일어나며 말했다.

"자, 이제 바위틈으로 가도록 하지요."

"예."

그녀의 말에 두 사람은 자리에서 일어나 바위틈으로 걸음을 옮겼다.

다른 공간으로 빠져나갈 수 있는 바위틈은 역삼각형 모양으로 되어 있었다.

그런 이유로 기어서 빠져나가기조차 어렵거니와 힘을 소진하기라도 한다면 그 사이에 끼어 죽음을 당할 수도 있는 위험한 길이었다.

"문성이 이곳을 빠져나갔다니… 놀랍군요."

장천으로선 어떻게 이곳을 빠져나갔을까 감탄밖에 나오지 않았다.

거리로 보면 길이가 족히 십 장은 되어 보이는 길이었기에 한숨을 쉬고 있었는데 그때 구천신녀가 와서는 문성에게 떨어진 옷을 두텁게 입히는 것을 볼 수 있었다.

"무엇을 하실 생각입니까?"

"기공을 사용하여 도련님을 저 끝으로 밀어버릴 생각이에요."

"아!"

구천신녀의 말대로 벽의 틈새는 그리 굴곡이 있어 보이지 않았다.

물론 이런 굴곡 때문에 기어서 지나는 것은 잡을 곳이 없기에 상당히 힘든 일이었지만, 기공을 통해서 미끄러지게 한다면 충분히 가능하다는 생각이 들었다.

"그렇군요."

고개를 끄덕인 장천은 문성의 모습을 지켜보기 시작했다.

구천신녀는 미끄러지기 쉽게 옷을 입혀 벽에 마찰되면서 상처를 입지 않게 만든 후 천천히 문성을 들어서는 바위틈으로 올려 보냈다.

"유모."

"도련님… 반드시 교주의 좌에 오르세요."

떨리는 목소리로 말한 구천신녀는 그대로 문성의 몸에 기공을 집어넣어서는 밀어버리니 그는 미끄러지듯 틈새를 빠져나가서 그 너머로 내려갔다.

"호오."

장천은 그 모습에 잠시 감탄을 할 수 있었다.

"이제 당신 차례예요. 축골공을 운기하세요."

"예."

그녀의 말에 장천은 축골공을 사용하여 관절을 빼서는 몸을 작게 만들었다. 축골공 자체는 무공을 어느 정도 익히고 있는 이라면 특이한 골형만 아니라면 누구나 사용할 수 있기 때문에 축골공을 운용하는 데는 큰 문제가 없었다.

그의 위로 구천신녀는 옷을 두텁게 입히면서 말했다.

"도련님을 잘 부탁해요. 물론 천마님에게 데리고 간다면 괜찮을 수 있겠지만, 본녀는 지금에 와선 혹시 도련님을 이곳으로 떨어뜨린 사람이 천마님이 아닐까 하는 생각이 들어요."

"예?"

그녀의 말에 장천은 놀라지 않을 수 없었다.

"도련님의 생명을 노리는 구시독인의 무리들을 본녀는 주의 깊게 살피고 있었지만, 그것과는 전혀 다른 순간에 도련님이 이곳으로 떨어지셨어요. 그것을 감안한다면 내부에서 도련님의 생명을 노렸다고 볼 수 있는 것이지요."

"설마……."

"어쩌면 천마님은 자신의 아들을 희생하여 그때까지 중립에 있던 사람들을 자신의 휘하로 끌어들이려고 했는지 모르지요."

"그런……."

믿어지지 않는 말이었다.

자신의 아들을 희생하여 세력을 모았다는 말을 어떻게 믿을 수 있단 말인가.

"구시독인을 주의하는 것과 함께 천마님을 조심하세요. 무서운 분이니까요."

그 말과 함께 구천신녀는 장천의 몸을 들어서는 그대로 틈새 사이로 기공을 사용하여 밀어붙였다.

슈우욱!

장천의 몸은 틈새를 타고 미끄러지듯이 빠져나갔고, 얼마 지나지 않아 틈새를 빠져나와 땅으로 떨어져 내렸다.

"도련님을 부탁해요!"

틈새 사이로 여인의 목소리를 들으며 장천은 천천히 축골공을 풀어서는 자리에서 일어났다.

"알겠습니다!"

"흑흑흑……."

멀리서 들리는 여인의 울음소리, 그녀가 이제 얼마나 오랜 시간을 홀로 저곳에서 보내야 할지 모른다는 생각에 장천은 하루빨리 이곳을 빠져나가 구천신녀를 구해야겠다는 생각이 들었다.

"문성."

"응."

"너의 유모를 반드시 구출해야 한다."

"알았어."

"…가자."

이렇게 해서 장천과 문성은 불괴곡의 갇힌 공간을 빠져나갈 수 있게 되었다. 장천이 들어선 불괴곡의 공간은 전에 있었던 곳과는 전혀 달랐다.

물론 어둠에 속해 있는 곳이라는 것은 같지만 그 공간이 훨씬 더 넓었다.

"이곳에서 만난 사람들 중 생각나는 사람이 있니?"

장천의 물음에 문성은 고개를 저으며 말했다.

"아니. 광기에 젖어 있었기 때문에 내가 무슨 일을 저질렀는지, 누구에게 당했는지도 몰라. 다만 이곳을 다녀오면 온몸이 피에 젖어 있었다는 것밖에."

"음."

그로선 문성이 광기에 젖어 있을 때 이곳에서 무슨 일을 했는지 궁금하지 않을 수 없었다.

한참을 그렇게 걸어 들어가자 사람들의 모습이 보이기 시작했기에 장천은 천천히 그들에게 다가가서는 손을 흔들었다.

"어이!"

장천의 외침에 그들은 고개를 돌려 두 사람을 쳐다보았는데, 그 순간 얼굴빛이 푸르스름하게 변하기 시작하더니 급기야는 한 사람이 더 이상 서 있지를 못하고 쓰러져 버렸다.

"응?"

왜 저들이 자신들을 보고 저런 표정을 짓는지 모르는 장천으로선 황당할 수밖에 없었는데, 쓰러진 사람이 뒤로 황급히 기어가더니 몸을 일으켜서는 소리를 질렀다.

"염아귀다! 염아귀가 나타났다!"

"우아아!!"

비명을 지르며 염아귀가 나타났다는 말과 함께 도망치는 사람들을 보며 장천으로선 영문을 알 수 없었다.

"뭐야, 도대체?"

분명 자신은 이곳으로 들어온 후 문성과 구천신녀 외에는 누구도 만난 적이 없었기 때문에 그들이 말하고 있는 사람은 문성이 분명하다고 생각했지만 염아귀(炎餓鬼)라는 이름은 이해를 할 수가 없었다.

자신이 알고 있는 문성은 구천신녀에게 조기 교육을 제대로 받아 심성이나 행동거지가 바른 아이였기 때문이다.

한참을 그렇게 있자 그들이 도망친 곳에서 수십 명의 사람들이 엉성하게 만든 석기를 들고 몰려오니 장천은 그제야 상황이 좋지 않다는 걸 깨달았다.

'도대체 이게 무슨 영문이냐.'

하지만 이대로 물러설 수는 없기 때문에 급히 자신 역시 돌로 만든 단검을 손에 들어서는 그들을 노려보며 소리쳤다.

"무슨 짓들이냐!"

"염아귀다!"

"진짜 염아귀다!!"

"보름도 아닌데 염아귀가 나타나다니!"

"빨리 불괴대제님께 알려라!"

자신의 말에는 아랑곳하지 않고 자신들끼리만 떠들고 있으니 더 이상 뭐라고 말을 할 수가 없는 장천은 한참 그렇게 그들을 쳐다보고 있었는데, 그때 멀리서 큰 웃음소리가 들려오기 시작했다.

"크하하하하! 염아귀여! 드디어 모습을 드러냈는가!"

"응?"

웃음소리가 들리는 곳을 향하여 고개를 돌리자 그곳에서 엄청나게 빠른 경공을 사용하여 한 남자가 자신들을 향하여 뛰어오고 있는 것을 볼 수 있었다.

"굉장히 빠르군!"

장천은 그의 경공술에 탄성을 내지를 수밖에 없었는데, 그는 십여 미터 정도를 앞에 두고는 공중에서 몸을 회전시켜서는 땅으로 안착했고, 그 순간 뿌연 먼지가 일대를 뒤덮기 시작했다.

"콜록콜록… 보기에만 멋있는 경공이었군."

공기를 오염시키는 경공술을 보며 기침을 할 수밖에 없는 장천이었다.

"염아귀야! 이제야 나타났구나!"

"……."

문성은 무엇인가 알 수 없는 두려움에 장천의 뒤로 몸을 숨길 수밖에 없었다.

장천은 자신의 뒤로 숨는 문성을 보며 한숨을 내쉬고는 그를 보며 말했다.

"당신은 누구시오."

"응? 처음 보는 놈이군."

왜 염아귀와 함께 있는지는 모르지만 일단은 말이 통하는 상대였기에 자신의 이름을 말해 주었다.

"본좌는 만근퇴 우경이라 한다."

"본인은 장천이라 하오. 당신들이 왜 이런 행동을 하는지 영문을 알 수가 없구려."

"응? 무슨 소리냐?"

"우린 방금 저쪽 동굴에서 빠져나와 이곳 사람들과 만나기 위해서 왔는데, 왜 이들이 병기를 들고 우리를 둘러싸는 것이오?"

"오라! 네 녀석 역시 염아동에서 나온 염아귀의 동료로구나! 그렇다면 네 녀석 역시 염아귀일 터! 본좌의 발 맛을 보여주마!"

그 말과 함께 만근퇴 우경이 다짜고짜 달려드니 장천은 문성을 옆으로 밀어 넣고는 자신 역시 그를 향해 일장을 날렸다.

"호오! 무골장이로구나!"

장천이 날린 장법을 보며 감탄하듯 중얼거리는 우경이었는데, 순간 빠른 속도로 쇄도하던 그는 가볍게 발을 굴러서는 장천의 머리 위로 뛰어오르더니 그대로 발을 날렸다.

"낙성각(落星脚)!"

"헉!"

우경이란 자가 자신의 머리 위로 뛰어올라 무골장을 피하고는 발뒤꿈치를 사용하여 그대로 머리를 향해 찍어내리니 장천은 크게 당황해서 옆으로 몸을 틀었지만 어깨를 강타당하고 말았다.

픽!

"끄윽!"

다행히 급히 자세를 무너뜨리면서 그의 각법의 위력을 최소화할 수 있었지만 상당한 고통이 밀려오고 있었다.

"되돌려 주마! 승룡파천각(乘龍破天脚)!"

쌍도문 문주의 딸인 등소소의 장기가 각법인만큼 장천 역시 그녀에게 대항하기 위하여 각법을 익히고 있었다.

어깨를 강타당하여 몸이 기울어진 장천은 급히 몸을 눕힌 후 그대로 튕겨져 올라가 그를 향하여 승룡파천각을 시전하니 우경은 장천에게서 날아오는 발을 밟고서는 그 반동을 사용하여 하늘 높이 뛰어올라 몸을 피했다.

"파천용각공(破天龍脚功)! 정파의 인물인가!"

만근퇴 우경은 각법에 한해서는 정사마의 거의 모든 무공을 알고 있었기에 장천을 보며 소리쳤다.

"정파인지, 사파인지, 홍련교 출신인지 한번 알아맞혀 보시지!"

"흥! 재밌는 녀석이군! 본좌에게 각공을 사용하여 덤비는 것이 얼마나 멍청한 것인가를 가르쳐 주지!"

우경은 장천을 보며 소리 지르고는 다시 앞으로 뛰어오더니 이 장 정도의 사이를 두고는 갑자기 몸을 낮추어서 회전하기 시작했다.

"독사운격(毒蛇運擊)!"

좌우로 빠른 속도로 움직이며 회전하는 그의 주변에는 자욱한 흙먼지가 일기 시작하니 먼지 속에서 빠른 속도로 장천을 향해 공격이 쇄도해 들어왔다.

먼지로 가려져 있는 공간에서 방향을 알 수 없게 들어오는 공격에 장천은 조금 당황할 수밖에 없었다.

"백영각(白影脚)!"

일단은 공격의 시작 지점을 알지 못했기에 백영각을 사용하여 녀석이 있다고 생각하는 부분을 모두 공격할 수밖에 없었다.

하지만 장천의 백영각과 우경의 독사운격은 그 강도 면에서 차이가 날 수밖에 없었으니 독사운격의 각공과 마주친 장천은 발목이 부서지는 듯한 충격을 받을 수밖에 없었다.

"큭!"

발목에 충격을 받은 장천이 뒤로 물러서자 우경은 독사운격의 공격을 멈추고는 신형을 바로 세우고 말했다.

"각공의 조예는 그리 높지 않은 듯하군."

오랜만에 각공을 하는 사람을 만났다는 생각에 좋아했던 우경이었지만, 장천이 그리 조예가 깊지 않다는 것을 알고는 조금 실망하는 표정을 지었다.

등소소의 각공과는 전혀 다른 위력을 지녔기에 현재 장천의 발목 쪽에는 상당한 통증이 일고 있었다.

'크윽. 괜히 각공으로 싸웠네. 아이구, 발목아……'

우경이 보는 앞에서 아픈 척은 못하지만 통증 때문에 속으로 앓고 있는 장천이었다.

"보아하니 원래의 무공은 각공이 아닌 것 같은데, 이제 본격적으로 해보는 것이 어떤가?"

"말하지 않아도 할 참이다!"

우경의 말에 소리를 친 장천은 넘어오기 전에 만들어놓았던 두 개의 석도를 들었다.

물론 대충 만들었기에 모양은 엉성하기 그지없었지만, 날카롭게 갈아진 날은 상대를 베어버리기에는 전혀 문제가 되지 않을 듯했다.

"오호! 쌍도를 쓴단 말인가? 무림에 쌍도를 잘 쓰는 문파가 있었던가?"

"소식이 깜깜하군!"

"하긴 50년이나 이곳에 갇혀 있었으니 그동안 쌍도를 잘 쓰는 문파가 나타났을 수도 있겠지."

"잔소리는 그만 하고 내 도나 한번 받아보시지!"

우경에게 소리친 장천은 태극일기공을 끌어올린 후 우경을 향해 빠른 속도로 쇄도해 들어갔다.

"흥!"

하지만 각공을 사용하는 우경이니만큼 경신술이나 경공술 역시 뛰어날 수밖에 없었다. 그가 가볍게 발을 튕기자 그의 몸은 사오 장은 족히 되는 높이로 뛰어올라서는 근처의 벽을 박차고 더욱 높이 올라갔다.

"뭐야, 저건!"

십 장 가까운 높이로 뛰어오르는 우경을 보며 황당한 표정을 지은 장천은 그의 이어지는 공격에 대경실색을 할 수밖에 없었다.

"낙뢰신각(落雷神脚)!"

하늘로 뛰어오른 그가 장천을 향해 발을 뻗자 순간 엄청난 강기가 형성되며 내리꽂히니 크게 놀란 장천은 빠른 속도로 옆으로 몸을 날렸다.

쿵!

엄청난 굉음과 함께 강기가 땅에 꽂혀 폭발하니 장천으로선 그의 각 공에 할 말이 없을 정도였다.

"각공을 사용하여 강기를 사용한단 말인가!"

강기라는 것은 아무나 사용할 수 있는 것이 아니었다. 무공에 대한 깨달음을 얻지 못한다면 아무리 내공이 높아도 구사할 수 없는 것이 강기였기 때문이다.

그렇게 생각한다면 현재 장천의 위에 날고 있는 우경은 각공 하나로 무림 서열 오십 위 안에 들 정도로 엄청난 자라 할 수 있는 것이다.

마교 내에서라면 족히 무공 서열 오위 안에는 들 정도의 실력자이니 도대체 이런 자가 불괴곡 안에 있다는 것이 이해가 되지 않았다.

'아무래도 상대를 잘못 고른 것 같은데…….'

장천은 무공이 크게 성장했다고는 하지만 아직 이런 초고수와 상대하기에는 부족한 실력이기에 이를 악물 수밖에 없었다.

하지만 문성을 위해서라도 물러설 수는 없는 일. 장천은 들고 있던 석도 중 하나를 집어넣은 후 품에서 단도를 꺼내어 들었다.

"호! 장도와 단도를 함께 사용할 생각인가?"

"당신이 머리 위에 존재하니 나 역시 방법을 조금 달리하려 하는 것뿐이다."

"하하하! 그래, 한번 해보게나."

"차압!"

순간 장천은 기다리지도 않는다는 듯이 오른손에 들고 있던 단도를 머리 위에서 벽을 차고 날고 있는 우경을 향해 집어 던지니 순간 돌로 만든 단도에는 불길과도 같은 화기가 일렁이며 그를 향해 쇄도해 들어왔다.

"헉!"

그 기세가 장난이 아닌지라 우경은 급히 내공을 돌워 빠른 속도로 몸을 움직이며 공격을 간신히 피했다. 허벅지 쪽의 바지가 불에 그슬린 듯 시꺼멓게 변해 있었다.

"비도술!"

벽을 차며 땅으로 착지한 우경은 자신의 상처를 보고 크게 놀라는 표정을 지으며 장천을 노려보며 소리쳤다.

"일단은 비도에도 한 수 재간이 있지요."

"…우습게 볼 녀석이 아니구나! 어디서 그 비도술을 배웠는지 모르지만 본좌를 상대로 그렇게 쉽게 통하지는 않을 게다!"

우경은 조금 화가 났는지 가볍게 제자리에서 발을 구르다가 빠른 속도로 좌우를 몸을 이동시키더니 장천에게 가까이 다가왔다.

"흥! 회선비도(回線飛刀) 연환(連環)!"

좌우로 그가 몸을 움직이며 자신의 비도에 대항하여 다가서자 장천은 다시 왼쪽에 들고 있던 석도를 집어넣고는 두 손에 비도를 들어 본격적으로 비도문에서 배운 수법을 사용하기 시작했다.

장천의 손에서 벗어난 비도는 우경이 있는 곳에서 벗어난 쪽으로 향했기에 그는 실소를 흘리려 했지만, 이내 귀에서 들리는 파공음이 이상하자 크게 놀라서는 급히 발을 휘둘러 몸을 피했다.

"회풍각(回風脚)!"

공중에서 두 발을 연차적으로 뻗으며 몸을 수평으로 회전시켰기에 양 옆에서 쇄도해 들어오던 비도는 마치 묘기라도 부리는 것처럼 다리 사이를 빠져나갔다.

"비도운행(飛刀運行) 낙(落)!"

우경이 회전하는 것을 보며 다시 품에서 비도를 꺼내 든 장천이 그의 머리를 향해 도를 날리자 그는 급히 몸을 뒤로 젖혀 피했는데, 한순간 비도가 밑으로 꺾이며 날아오니 크게 대경한 그는 급히 두 다리를 양쪽으로 차며 피했다.

"쌍격파(雙擊破)!"

쌍격파의 초식을 사용하자 떨어지던 비도는 그의 가랑이 사이로 박혀 버리니 그는 뒤로 물러서는 기세를 타며 공중회전을 하고는 신형을 바로잡았다.

하지만 비도의 공격에 크게 당황했는지 이마에는 식은땀이 가득했다.

'도대체 이 비도술은 뭐란 말인가! 설마… 혈비도?!'

무림의 내로라하는 고수들이 혈비도에게 제대로 된 대적도 하지 못한 채 비도술에 죽임을 당할 수밖에 없는 이유는 그 비도의 방향을 예측할 수 없기 때문이다.

내공마저 절정에 다다른 혈비도의 비도는 그 속도나 위력이 병장기로 쳐낼 정도가 아니기에 피할 도리밖에 없었다. 그것은 손에 들고 있는 비도의 숫자를 생각한다면 좋은 방법이라 할 수 있었지만, 공중에서 어느 누구도 예상하지 못하게 방향이 돌변하는 것이 혈비도 무랑의 비도술이었다.

그리고 그 때문에 그를 상대하는 이들은 삼 초식 안에 죽임을 당하지 않는 이가 없었다.

이런 것을 알고 있는 우경이기에 장천이 사용하고 있는 무공이 혈비도 무랑의 무공이라고밖에 생각할 수 없었다.

"꼬마야, 네가 어떻게 혈비도 무랑의 무공을 알고 있는 것이냐!"

"글쎄요. 그것은 나를 이겨야 알 수 있는 문제가 아닐까요?"

우경을 몰아붙이자 조금 자신감을 얻은 장천이 건들거리며 말하니 우경은 입술을 깨물고는 살기를 띠며 말했다.

"좋다. 네 녀석에게 불괴곡에서 얻은 나의 심득을 보여주도록 하지."

'괜히 건드렸나?'

그의 말대로라면 지금까지는 아직 모든 것을 보여준 것이 아닌 것인지라 장천은 긴장감에 식은땀이 흘러내릴 수밖에 없었다.

"이곳에서 불괴대제 외의 이에게 이 수법을 사용한 이가 없으니 영광인 줄 알거라!"

"쳇. 영광입니다."

"으드득."

자신의 말에 건방진 대꾸를 하는 녀석을 보며 이를 간 우경은 이래서는 안 된다는 것을 깨닫고는 천천히 심호흡을 하며 마음을 가라앉혔다. 무인에게 흥분만큼 나쁜 독은 없기 때문이다.

천천히 심호흡을 하여 마음을 가라앉히자 그의 주위에선 지금까지 느낄 수 없던 기도가 흘러나오기 시작했다.

"자, 이제 시작해 볼까."

"음."

장천이 그의 조용하고 차분한 말에 긴장을 하며 자세를 잡자 그의 몸이 자연스럽게 앞으로 기울어지는 듯 움직이기 시작했다.

자연체의 움직임, 온몸에서 허점이 보이기에 그는 더욱 긴장할 수밖에 없었다.

물이 흐르는 듯한 움직임을 보인 그는 천천히 흘러가는 모습과는 달리 한순간에 장천과의 거리가 일 장으로 좁혀지더니 그 순간 장천의 눈앞에서 그의 모습은 사라져 버렸다.

슈우욱!

미약한 파공음이 밑에서부터 들려오자 장천은 크게 놀라지 않을 수 없었으나 피할 생각도 못하고 일격에 턱을 강타당해서는 뒤로 나둥그러지고 말았다.

"뭐야!"

단 한 번의 공격이었음에도 제대로 방어조차 하지 못한 장천은 황당함을 느낄 수밖에 없었다.

급히 몸을 일으키자 자신이 있던 위치에서 우경이 왼발을 높이 들어 올리고 있는 모습을 볼 수 있었다.

"회선비도!"

그를 보며 장천은 손에 들고 있던 비도를 던졌지만, 그는 그런 것에 아랑곳하지 않는지 마치 바람에 갈대가 흔들리는 듯한 움직임으로 회선비도를 피해서는 또다시 장천의 정면으로 흘러 들어왔다.

"칫!"

급히 석도를 꺼내어 든 장천은 도를 횡으로 휘둘러 그의 몸을 베어

버리려 했지만 또다시 순식간에 눈앞에서 사라진 그였으니, 미약한 파공음과 함께 장천은 옆구리를 강타당해서는 또다시 나뒹그러져 버렸다.

"끄윽!"

상당한 충격이기에 갈비뼈가 두세 대는 나갔다는 것을 알 수 있는 장천이었다.

"도, 도대체 그 무공은 뭐지?"

"상대와 겨룸에 그 초식은 정해진 형태가 없이 때에 따라 변화하니 본좌는 이것을 무형신각(無形神脚)이라 부르고 있네."

옆구리를 움켜쥐며 괴로워하는 장천의 물음에 우경은 미소를 지으며 말했다.

"무형신각… 과연 명불허전이군요. 하지만 당신이 문성에게 하려는 일이 무엇인지 알지 못하는 이상 저 역시 물러날 수가 없습니다."

그를 보며 고통스러운 표정으로 말을 한 장천은 천천히 자리에서 일어나서는 나머지 한 자루의 석도를 뽑고는 천천히 눈을 감고 호흡을 정리하기 시작했다.

'음… 쓸 만한 아이로군.'

자신의 무형신각에 갈비뼈가 부러졌음에도 고통을 참으며 내식을 정리하는 것을 본 우경은 감탄하지 않을 수 없었다.

"하압!"

장천은 내식을 정리하자 몸 안의 내력을 끌어올리며 화의 무공의 심결을 사용하니 그 순간 그가 들고 있던 석도에선 뜨거운 화기가 타오르기 시작했다.

"화의 무공!"

뛰어난 아이이기는 하지만 설마 화의 무공을 익히고 있으리라고는 생각지도 못한 우경은 걱정스러운 표정을 지으며 장천을 보고 있는 문성에게 시선이 돌아갈 수밖에 없었다.

'화의 무공을 익히고 있는 사람이 염아귀뿐이 아니었단 말인가? 도대체 저 녀석의 정체는 뭐지? 염아귀와는 다르다… 안정된 심결을 보면 분명 전대 교주가 사용하시던 화의 무공과 다르지 않다. 염아귀가 아니라 저 녀석이 본 교의 진정한 후계자였단 말인가……'

그가 처음 염아귀를 봤을 때 죽이지 않고 잡으려 했던 이유가 바로 화의 무공 때문이었다.

화의 무공은 홍련교의 교주만이 익힐 수 있는 무공이기에 분명 외부의 간계로 인하여 소교주가 이곳으로 떨어졌고, 화기에 의해 광기에 젖어 있다는 생각을 했기 때문이다.

이런 이유로 그는 염아귀의 화기를 가라앉게 하여 불괴곡을 빠져나간 후 그를 교주의 좌에 앉히고는 다시 홍련교의 일인지하 만인지상의 자리를 차지하리라 생각하고 있었는데, 눈앞에 새로운 교주의 후보가 나타나자 지금까지의 생각에 혼선이 생길 수밖에 없었던 것이다.

"어떻게 화의 무공을?!"

"당신이 알 필요는 없소."

우경의 말에 조용히 대답을 한 장천은 불길이 넘실거리는 석도를 들고는 천천히 앞으로 다가서기 시작했다.

"흥! 화의 무공을 익혔다고 해도 나의 무형신각에 상대가 되지는 못할 것이다!"

자신의 무공에 자신이 있는 우경은 또다시 흐르는 듯한 움직임으로 접근하기 시작하니 장천은 심호흡을 한 번 한 후 가장 자신있는 무공인 쌍용승천도법을 사용하였다.

"호변풍랑!"

두 개의 도를 휘두르며 빠른 속도로 회전하는 장천의 주위에 불길의 회오리가 형성되며 일대를 휘감기 시작하니 앞으로 쇄도해 들어가던 우경은 가던 것을 멈추고는 뒤로 물러설 수밖에 없었다.

화의 무공은 따로 초식이 있기는 하지만 다른 무공과도 혼합하여 쓸 수 있는 장점을 지니고 있다.

이런 이유로 장천의 쌍용승천도법은 두 배의 위력을 발휘될 수 있었던 것이니 우경은 그의 주위를 맴돌고 있는 뜨거운 불길에 조금 당황하지 않을 수 없었다.

"흥! 하압!"

하지만 이렇게 물러설 수는 없는 노릇이기에 내력을 크게 끌어올리니 그의 몸에서 호신강기가 형성되기 시작했다.

'호신강기!'

우경의 몸에서 호신강기가 형성되며 자신의 화기를 밀어내자 역시나 만만치 않은 자라 생각하며 장천은 그를 향해 도를 휘둘렀다.

"패룡포효!"

패룡도법의 초식인 패룡포효가 시전되자 화기를 머금은 검기가 우경을 향해 날아갔고, 그는 호신강기가 검기를 막는다고 해도 상당한 충격이 있을 것이란 생각에 빠른 속도로 공중으로 뛰어올랐다.

"출운승천!"

하지만 그가 자신의 공격을 피할 것이라 생각하고 준비하고 있었던 장천은 출운승천의 초식을 사용해 하늘로 박차올라 두 개의 도를 연환하여 내찔렀다.

그러자 마치 두 마리의 용이 화염을 뿜는 것같이 우경의 호신강기를 강타했다.

"크윽!"

엄청난 화염의 기운을 호신강기가 막기는 했지만 큰 충격으로 인하여 그의 몸은 튕겨져 나가 절벽의 벽에 쾅음을 내며 박히고 말았다.

"크윽! 엄청난 힘이군……."

내력을 더욱 강한 힘으로 끌어올리는 화의 무공에 의해 벽에 박혀 버린 우경은 신음을 내며 천천히 박힌 몸을 빼어서는 땅으로 착지했다.

"헉헉."

화의 무공을 극성까지 사용한 장천은 힘에 부치기 시작했는데, 그런 충격을 받았음에도 우경은 아무렇지도 않은 모습을 유지하고 있었다.

"지칠 만도 하겠지, 화의 무공은 엄청난 내력을 필요로 하니 말이야."

장천의 상황을 예측하고 있던 우경은 미소를 지으며 중얼거렸다.

"천이 형, 괜찮아?"

옆에서 두 사람의 싸움을 보고 있던 문성은 장천이 걱정되는지 급하게 뛰어와 물어보았기에 그는 고개를 끄덕이며 말했다.

"아직까지는 견딜 만한데… 만만한 상대가 아니야."

우경을 노려보는 것을 멈추지 않으며 장천은 문성에게 조용히 말했다.

한편 그런 두 사람을 지켜보고 있던 우경은 품에서 하나의 물건을 꺼내었으니 그것은 바로 은색의 빛을 띠고 있는 밧줄이었다.

"자, 이제 끝을 내보도록 할까?"

"음."

우경의 말에 장천은 작은 신음을 내지르며 천천히 석도를 들어서는 반격의 준비를 했다.

"차압!"

땅을 박차고 하늘로 뛰어오른 그는 공중에서 공중회전을 하며 일각을 내질렀다.

"반월낙천각(牛月落天脚)!"

반월낙천각의 초식을 시전하자 반월형의 강기가 두 사람을 향해 내리꽂히자 장천은 문성을 옆으로 밀고는 쌍도를 십자의 모양으로 포개어 검기를 날렸다.

"패룡십자쌍도!"

반월형의 강기에 대항하기 위해 패룡십자쌍도를 펼치니 십자의 강한 검기가 강기를 향해 날아갔다.

쿠구궁!

패룡십자쌍도의 검기는 강한 힘으로 반월낙천각의 강기를 공중에서 소멸시키는 것에 성공했지만, 워낙 큰 기술이기에 순간 장천의 몸에 허점이 드러났고 우경은 그것을 놓치지 않았다.

"차압!"

우경은 밧줄을 장천에게 던져 내력을 돋워 꽁꽁 묶어버리기 시작했다.

"크윽!"

장천은 크게 놀라 내력을 돋워 밧줄을 끊어버리려고 했지만 우경이 사용한 밧줄은 천잠사를 꼬아서 만든 것이기에 장천의 힘으로 끊는다는 것은 불가능한 것이었다.

급히 내력을 돋워 석도를 사용하여 밧줄을 내려쳤지만 역시 아무 소용이 없자 장천은 크게 당황해서는 문성을 보며 소리쳤다.

"성아, 도망가라!"

"형아!"

"빨리 도망가라고!"

그의 손에서 벗어나지 못한다는 것을 깨달은 장천은 문성을 보며 소리쳤지만 마음이 여린 그는 장천을 버리고 도망을 가지 못하니 이윽고 우경의 밧줄이 머뭇거리던 문성에게도 던져졌다.

"홍! 어디를 도망가려고!"

"악!"

밧줄이 자신을 향해 날아오자 문성은 크게 놀라서는 소리 지를 수밖에 없었는데, 그것을 막기 위해 장천은 몸을 띄워서는 그대로 회전했다.

"헉!"

장천이 회전을 하자 천잠사는 장천의 몸에 감기기 시작하니 공중에서 문성을 향해 밧줄을 던지던 우경의 몸은 그대로 땅으로 떨어졌고, 문성을 향하던 밧줄은 그에게 미치지 못하고 땅에 떨어지고 말았다.

"빨리 도망을 가라고!"

"형아! 흑흑!"

문성은 장천의 절규에 가까운 외침에 한참을 망설이다가 몸을 날려 불괴곡의 한편으로 도망을 갔다.

"크윽!"

장천을 손에 잡아두고 있던 우경은 그를 쫓을 수 없는지라 이를 갈 수밖에 없었고, 다른 불괴곡의 무인들은 문성의 경공을 따라잡지 못하기에 멍하니 그가 사라진 방향을 쳐다보고 있을 뿐이었다.

"쓸모없는 녀석들!"

문성이 도망치는 것을 지켜보고만 있는 무사들을 보며 소리친 우경은 잡혀 있는 장천에게 다가가서는 일각을 날려 그의 손에 들려 있는 석도를 떨어뜨렸다.

"크윽!"

손목에 강한 충격이 오자 장천은 신음을 낼 수밖에 없었다.

"염아귀는 놓쳤지만 네 녀석만 있으면 염아귀를 잡는 것은 문제가 아니지."

"크윽!"

장천의 혈도를 짚어 움직이지 못하게 만든 우경은 그를 어깨에 짊어지고는 무사들을 보며 소리쳤다.

"불괴대제에게 전해라! 이 녀석은 내가 데리고 간다고 말이다!"

"아, 알겠습니다."

무사가 대답을 하자 우경은 몸을 날려 불괴곡의 한쪽으로 사라져 갔다.

"형아……."

한편 사람들의 눈에 띄지 않는 곳에 숨어 장천이 잡혀가는 것을 보고 있는 문성은 눈물을 흘리며 장천을 구해내겠다는 생각에 주먹을 쥐며 투지를 다졌다.

우경이 장천을 데리고 간 곳은 처음 그들이 싸웠던 곳과 한참 떨어진 곳이었고, 이 장 정도 넓이의 바위틈을 빠져나가자 엉성하게 만들어져 있는 움막들이 널린 곳에서 수십 사람의 모습이 보였다.

"어르신, 오셨습니까."

"내가 없는 동안 다른 일은 없었느냐?"

"예."

"알았다. 입구를 잘 지키도록 하여라! 나의 뒤를 따라 누군가 접근할 수도 있으니 말이다."

"알겠습니다."

입구의 근처에서 몸을 숨기고 있던 무사의 인사에 고개를 끄덕이며 몇 가지 말을 전한 우경이 움막이 있는 곳으로 몸을 날리니 그곳에 있던 많은 사람들이 우경을 보며 인사를 하기 시작했다.

'이곳의 우두머리인가 보군.'

장천은 우경이 이곳을 다스리고 있는 사람이라는 것을 알 수 있었다.

사람들의 인사를 받으며 걸어간 우경은 한 천막 안으로 들어섰는데, 그곳에서 열다섯 정도의 소녀가 우경을 보며 공손히 절을 하고는 옥구슬 굴러가는 듯한 아름다운 목소리로 말했다.

"아버님, 다녀오셨습니까?"

"그래, 매아야. 웃차!"

소녀의 말을 들은 장천은 예쁘게 생긴 소녀가 우경이란 자의 딸이라는 것을 알 수 있었다.

'쳇! 이런 자에게서 저런 예쁜 딸이 나오다니 신기하군.'

투덜거리는 장천을 알기나 하는지 그를 움막의 한편에 던져 넣는 우경이었다.

'크윽… 젠장할, 좀 살살 던지라고!'

하지만 아혈이 짚여 있는지라 장천은 소리를 지를 수 없었다. 매아라 불리는 소녀는 장천을 보며 조심스럽게 물었다.

"아버지, 이자는?"

"염아귀와 같이 있던 녀석이다."

"아!"

그녀 역시 염아귀에 대해서 어느 정도 들었는지라 크게 놀라는 듯한 표정을 지으며 물었다.

"그럼 이자도 사람을 잡아먹나요?"

"글쎄다. 아직 먹는 것은 못 보았으니 모르겠다만."

"이를 어쩌죠? 사람 고기를 구할 방도가 없으니……."

"하하하, 그런 것을 던져 줄 필요는 없다. 그냥 이끼나 물고기를 던져 주도록 해라."

"예."

매아의 말에 미소를 지으며 대답하던 우경은 천천히 장천의 곁에 와서는 말했다.

"어떠냐? 소리를 지르지 않는다면 아혈 정도는 풀어줄 수 있는데 말이다. 내 말을 듣겠다면 눈을 깜빡여 보도록 하여라."

몸을 움직이지 못하는 것은 둘째 치고라도 말을 못한다는 것은 갑갑할 수밖에 없었기에 장천은 눈을 깜빡였고, 그 모습에 미소를 지으며 우경은 혈도를 짚어 아혈을 풀어주었다.

"휴! 도대체 왜 나를 이곳으로 데리고 온 거지?"

아혈이 풀리자 장천은 숨을 내쉬고는 우경에게 물어보았지만, 그는 말할 필요도 없다는 듯이 매아를 보며 말했다.

"이자의 마혈을 절대 풀어주어서는 안 된다. 이곳에서 이 아비를 제외하고는 이놈을 제압할 녀석이 단 한 명도 없으니 말이다."

"예, 아버지."

"난 장노와 오노에게 잠시 갔다 오마."

"예."

우경을 보며 욕이라도 하고 싶은 장천이지만, 그렇게 되면 아혈을 다시 점할 것이라는 생각에 한숨을 내쉬며 조용히 누워 있을 수밖에 없었다.

한참을 그렇게 누워 있으려니 누군가의 시선이 따갑게 느껴졌다. 눈을 돌려보니 우경의 딸인 매아가 자신을 뚫어지게 보고 있었다.

"뭐야? 사람 처음 보는 거야?"

"그건 아닌데… 아무리 봐도 식인귀같이 생기지는 않았는데 왜 사람을 잡아먹는지 궁금해서."

"젠장! 누가 사람을 먹는다는 거야!"

"그럼 식인귀가 아니야?"

"왜 나를 식인귀라고 보는지 모르지만 사람 고기는 입에 대본 적도 없다고!"

"후후, 그럼 다행이네. 아버지 말씀대로 이끼랑 물고기만 주면 되겠다."

'이것이… 내가 기르는 개나 고양이 같은 짐승이라고 생각 하는 거 아니야?'

자신을 애완 동물 다루듯이 말하는 그녀를 보며 할 말을 잃고 만 장천이었다.

제26장
대탈출

"자, 먹어."

마혈이 짚인 데다가 천잠사로 묶여 있는 장천 앞에서 그녀는 참으로 잔인한 짓을 서슴지 않았다.

한 치 정도 앞에 물고기를 떨어뜨린 것이다.

"……."

배고픈 장천은 혓바닥을 사용하여 그것을 끌어당기려 했지만 애석하게도 소용이 없자 화가 날 수밖에 없었다.

"어이."

"왜?"

"마혈을 짚인 데다 천잠사에까지 묶인 내가 혼자서 어떻게 먹어!"

화가 난 장천의 외침에 그제야 깨달았다는 듯이 손바닥을 치는 매아였다.

"아! 그렇구나!"

'재 혹시 바보 아니야?'

하지만 이어진 그녀의 행동은 장천으로 하여금 눈물을 흘리게 만들었다.

물고기를 들어서는 머리 부분부터 그대로 장천의 입에 집어넣은 것이다.

"이 정도면 됐나?"

"우욱… 우우……."

"맛있나 보구나? 후후."

장천의 입보다 더 큰 생선을 그대로 입에다 집어넣었으니 얼마나 괴롭겠는가? 하지만 말이 안 통하는 그녀를 보며 눈물을 삼킨 장천은 그대로 생선 머리를 우걱우걱 씹어 먹었다.

"어머, 잘 먹네."

"으드득……."

생선 머리를 씹는 장천이지만 시장이 반찬인지라 그런대로 생선 머리도 먹을 만은 했다.

옆으로 뉘어진 상태에서 나머지 부분을 떨어뜨리지 않게 조심스럽게 입을 놀리며 한 마리를 해치워 버린 장천은 가볍게 트림을 한 번 했다.

"잘 먹었다. 꺼억!"

"호호호, 귀엽기도 해라."

"…미안하지만 내가 너보다 나이가 많은 것 같은데."

"정말? 난 열여섯 살인데?"

"난 올해 스물이다."

"그렇구나. 그럼 오빠라고 불러야겠네?"

의외로 쉽게 수긍을 하는 매아였다.

"그나저나 밧줄로 묶어놓았으니까 마혈이라도 풀어줘."

"마혈? 그게 뭔데?"

"휴… 점혈법을 모르는 거야?"

"응."

자신을 이런 처지로 만든 우경이란 자의 딸이면서 열여섯 살이 되도록 점혈법조차 모른다는 말에 한숨이 나올 수밖에 없었다.

"그럼 내공은 있어?"

"내공? 그게 뭔데?"

"젠장!"

무공이란 것은 아무것도 모르는 소녀였다. 매아를 꼬셔서 점혈을 풀 생각이었던 장천은 포기할 수밖에 없었다.

"좋아. 그런 것은 대충 집어치우고 일단 나를 앉혀주지 않을래?"

"알았어."

의외로 장천의 말을 잘 듣는 매아였다.

움막의 기둥에 매아가 자신을 기대어 앉히자 한숨을 내쉬는 그였다.

어떻게든 이곳을 빠져나가 문성을 만나야 한다는 생각이 들었기 때문이다.

"음."

한참을 그렇게 앉아 있던 장천은 소변이 마려워오기 시작하자 매아를 보며 말했다.

"매아."

"응?"

"소변이 마려워서 그런데 사람 좀 불러서 내 마혈 좀 풀어주면 안 될까? 도망가지 않겠다고 약속할게."

"음… 안 되는데… 아버지가 다른 사람에게 너를 보이면 안 된다고 했는데."

"젠장할! 죽겠단 말이야!"

소변을 참을 수 없어 장천은 소리를 지를 수밖에 없었는데, 어쩔 수 없다는 듯이 고개를 내저은 매아였다.

"할 수 없네. 애기는 아니지만 내가 도와줄게."

"응?"

그녀의 말에 장천은 깜짝 놀랄 수밖에 없었으니 자신에게 다가온 그녀가 손을 들어서는 바지를 벗겼기 때문이다.

"어이! 뭐 하는 거야!"

"오줌 마렵다며?"

"젠장! 넌 예의도 모르냐! 장성한 처녀가 어디 남정네의 바지를 벗기는 거야!"

"쉬아 하고 싶다며? 옆집에 사는 명아는 내가 이렇게 해서 쉬아 하게 해주는걸."

"그 녀석은 애고 난 어른이잖아!"

"무슨 소리야? 애나 어른이나 밥 먹고, 똥 싸고, 쉬아 하는 것은 다 똑같은데. 어리광 좀 피우지 말고 가만히 있어!"

의외로 매아가 장천의 투정 아닌 투정을 보며 강하게 나오니 그로선 황당할 수밖에 없었다.

"젠장! 하지 말란 말이야!"

"바지에다 오줌 싸면 어떡해? 네 살인 명아도 바지에다간 오줌을 안

씨는걸?"

"끄아악!"

"투정 부리지 말고 좀 참으라고!"

"으아악!"

"에잇!"

시끄러운 장천을 막기 위해 입에다 헝겊덩어리를 집어넣는 매아였다.

'흑흑흑……'

"음… 자자, 쉬~ 쉬~"

요강을 가져다가 장천으로 하여금 소변을 보게 하는 매아였으니 그의 눈에선 눈물이 흐를 지경이었다.

'흑흑흑… 어쩌다가 내가 이런 꼴이 되었단 말인가……'

어쨌든 급한 소변 문제는 해결되었지만, 장천은 헝겊 조각을 꺼내었음에도 아무 말도 못하는 멍한 상태가 되어버렸다.

"호호호. 역시 급한 소변을 해결하니 기분이 좋은가 보구나."

"……."

아무튼 이런 매아의 손에서 삼 일을 지내게 된 장천이었으니 이제는 그녀의 행동에 익숙해질 수 있었다.

"매아, 밥."

"매아, 오줌."

"매아… 응아……."

궂은 일임에도 매아는 그다지 싫어하는 기색 없이 장천의 수발을 다 들어주고 있었으니 이런 곳에서 살아 남자와 여자의 관계는 잘 모른다고는 하지만 그다지 심성이 나쁜 아이가 아니라는 것을 알 수 있었다.

"매아."

"응?"

"혹시 근처에서 열두 살 정도의 소년을 보지 못했니?"

"열두 살이라면 금명 아저씨네 금동이하고 음, 무강이도 있고…
음."

"아니아니, 이 근방에서 못 보던 열두 살 정도의 소년 말이야."

그 말에 매아는 고개를 저으며 말했다.

"아니, 보지 못했는데 왜?"

"휴… 이곳으로 잡혀올 때 두고 온 동생 같은 아이거든."

"아!"

"혼자서 지내야 될 텐데… 마음이 여린 그 아이가 잘 지내고 있을는
지."

장천의 눈에서 슬픈 빛이 새어 나오자 그녀는 머리를 쓰다듬어 주며
말했다.

"착하기도 해라."

"……."

"걱정하지 마. 우리 아버지한테 말하면 금방 데리고 오실 테니까."

"헉! 안 돼, 안 돼! 절대 내가 그런 말을 했다고 말하지 마!"

"왜?"

"이유가 있으니까 제발 부탁이야."

"알았어."

장천의 말에 매아는 영문을 모르지만 고개를 끄덕였다.

얼마 후 그녀가 일이 있다면서 나가자 장천은 몸의 내력을 찾기 위
해 움직이기 시작했다.

단전에서 느껴지는 따뜻한 기운이 점점 커지는 것을 느끼며 얼마 지나지 않으면 혈도를 뚫을 수 있는 내공이 생기리라는 것을 짐작할 수 있었다.

'부탁이다. 제발······.'

장천은 심호흡을 하며 내공을 끌어올리기 시작하니 얼마 지나지 않아 내공의 양은 커져 갔고, 드디어 마혈을 풀기 위해 내공을 움직였다.

점혈 수법은 각 문파마다 다르기는 하지만 그렇다고 완전히 다른 범주에 속한 것은 아니었다. 점혈이 다르다 하더라도 사람의 혈도가 이상하게 꼬일 리는 없기 때문이다.

대충 그가 짚었던 혈도를 생각하며 추측해 나간 장천은 점혈을 풀기 위해 힘을 다하니 약 반 시진 정도의 작업이 끝나자 손가락이 미세하게나마 움직이는 것을 느낄 수 있었다.

'성공이다!'

손가락이라도 움직인다는 것은 어느 정도 마혈이 풀렸다는 것이니 이제 내공을 더 가속화한다면 봇물 터지듯이 풀릴 것은 자명한 일이었다.

다시 한 번 내공을 끌어올려 장천은 작업을 계속 이어갔고, 얼마 지나지 않아 그의 마혈은 완전히 풀리게 되었다.

"성공이다!"

몸을 움직일 수 있게 되자 장천은 자리에서 일어날 수는 있었지만 천잠사가 묶여 있는지라 다시 그것을 푸는 작업에 들어갈 수밖에 없었다.

'합!'

천잠사는 한번 묶이면 쉽게 풀어지지 않는 밧줄이었지만, 장천에겐 그것을 풀어버릴 방법이 있었으니 바로 변태변골술이었다.

이 변태변골술은 장천이 감추어둔 삼 할의 범주에 속하는 것으로 기문숙을 제외하곤 어느 누구도 장천이 이러한 무공을 익혔다는 것을 알지 못했다.

변태변골의 수법을 사용하여 몸을 변형시킨 장천은 얼마 지나지 않아 천잠사의 속박에서 완전히 벗어날 수 있었다.

"휴!"

이제 완전히 자유의 몸이 된 장천은 눈물을 흐리며 기뻐하였지만, 지금 당장은 그것을 생각할 시간이 아니었다.

우경이란 자의 마을로 잡혀온지라 이곳을 빠져나갈 방도를 세워야 했기 때문이다.

'역시나… 매아를 이용해야 한단 말인가?'

지금까지 자신의 수발을 들어준 매아. 하지만 이곳을 빠져나가 문성에게 가기 위해선 어쩔 수 없이 매아를 이용할 수밖에 없었다.

장천이 조심스럽게 구석에 숨어 있은 지 한 시진 후 매아가 움막 안으로 들어섰다.

"어머?"

매아는 장천이 사라지자 놀라는 표정을 지었는데, 그녀가 무어라 소리치기 전에 그녀의 뒤로 급습해 들어간 장천은 그녀의 입을 막고 마혈을 짚었다.

"아!"

마혈이 짚이자 그녀의 몸은 볏짚 쓰러지듯이 쓰러졌으니 장천은 그녀를 조심스럽게 바닥에 뉘어놓고는 말했다.

"이게 마혈이야."

"아! 정말 움직이지 못하겠네."

생전 처음 마혈을 짚인 매아는 신기하다는 듯한 표정을 지으며 몸을 움직이려 하고 있었다.

"이제부터 내가 이곳에서 빠져나가기 위해 넌 인질이 되어줘야겠어."

"어? 정말?"

"응."

"이렇게 마혈을 짚인 채?"

"응."

"그럼 네가 밥도 먹여주고 얼굴도 닦아주고 대소변도 도와줘야겠네? 한번 그렇게 해보고 싶었는데, 재밌겠다."

"……."

자신이 처한 상황을 이해하지 못하고 있는 그녀였으니 장천으로선 아무 말도 할 수가 없었다.

'뭐 이런 여자가 다 있어?'

어쨌든 그녀의 말에 신경을 쓸 시간이 없는지라 조심스럽게 움막 밖을 쳐다본 장천은 사람들의 모습을 확인하고는 그녀를 어깨에 메고 말했다.

"이곳만 빠져나가면 풀어줄 테니까 안심하라고."

"수발은 안 해주는 거야?"

"…자꾸 그러면 콱 벗겨 버린다!"

"벗겨? 왜?"

여인에게 큰 두려움이 될 수 있는 협박을 잠시 해본 장천이었지만, 역시나 자신의 말을 알아듣지 못하는 매아였다.

얼굴은 예쁘장하게 생긴 것이 왜 이렇게 세상 물정을 모르는지 한숨이 나올 수밖에 없었다.

'하긴 외간 남자 뒤까지 아무 문제 없이 처리해 주는 아이니, 쩝.'

"숨 막혀."

"쳇!"

숨 막히다는 그녀의 말에 조금 자세를 편하게 해주며 말했다.

"그나저나 시집갈 나이가 된 여아가 이렇게 부끄러움을 모르냐? 남녀 사이란 유별해서 함부로 대해서는 안 되는 거야!"

"정말?"

"응."

"이상하네. 엄마가 아프서서 못 움직일 때는 아버지가 나처럼 수발을 해주셨는데."

"그건 부부 사이니까 그렇지. 부부끼리는 그래도 괜찮다고."

"응? 그럼 우린 부부 사이가 되는 거네?"

"……."

어쩌다가 이야기가 그렇게 흘러갔는지는 모르겠지만 잘못하면 코 꿸 수도 있다는 생각을 하는 그였다.

"잘됐다. 네 얼굴이 귀여운 게 마음에 들었는데. 우리 아들딸 둘만 낳고 잘살자."

"이것이!"

"왜? 우린 부부가 된 거 아니야?"

"휴……."

우경의 딸자식 교육에 대해서 상당한 의문을 느낄 수밖에 없었다.

정체도 모르는 남자에게 아무렇지도 않게 부부가 되자고 하는 여아가 이 무렵에 또 어디 있겠는가?

자신이 좀 잘나긴 했지만… 이라고 조금 인정해 버린 장천이었다.

'그러고 보니 예아가 생각나는구나. 예아, 걱정하지 마. 나에게는 너밖에 없으니까.'

저승에 있을 유능예를 안심시키듯 중얼거리는 그였다. 조심스럽게 밖을 살펴본 장천은 경신술을 사용하여 최대한 빨리 입구를 향해 뛰었지만, 사람들의 눈을 피해 빠져나가기는 어려웠다. 우매를 들쳐 업고 도주하는 장천을 본 여인이 소리치자 움막에서 사람들이 뛰어나오기 시작했다.

'칫!'

생각보다 일찍 사람들 눈에 띈 것에 장천은 미간을 찌푸릴 수밖에 없었다.

순식간에 장천의 주위를 이십여 명의 사람들이 둘러싸기 시작했기에 그는 몸을 묶었던 천잠사를 들어서는 미리 묶어놓았던 돌멩이를 추로 원을 그리듯 휘두르고는 소리쳤다.

"길을 비키지 않으면 우경의 여식은 나의 손에 저승길을 가게 될 것이다!"

"크윽!"

"매 아가씨!"

사람들은 장천의 말에 이를 갈면서도 뒤로 물러날 수밖에 없었으니 주위에서는 매아를 걱정하는 사람들의 목소리가 들려오고 있었다.

다행이 가장 꺼림칙한 인물인 우경의 모습이 보이지 않는 것으로 보아 이곳에 없다는 것을 알 수 있는 그였다.

장천이 천잠사에 돌을 묶어 만든 임시 유성추를 휘두르며 여차하면 그것을 날릴 준비를 하고 천천히 걸음을 옮기자 장천을 가운데 두고 이십여 명의 무인들이 일정한 거리를 유지한 채 움직이기 시작했다.

'이거 쉽게 놓아줄 모습이 아닌데.'

하지만 장천이 매아를 잡고 있는 이상 그들이 함부로 덤비지를 못하니 어느덧 입구에까지 다다를 수 있었다.

"하압!"

입구에 도착한 장천은 그대로 벽을 향해 일각을 날렸고, 쿵 하는 소리와 함께 벽의 일부가 부서져 나갔다.

"여기서부터 계속 나에게 따라붙는다면 이 벽처럼 이 아이의 머리를 부수어 버릴 것이다."

"크윽."

장천의 협박에 그들은 뒤로 물러설 수밖에 없었고, 기회라 생각한 그는 경신술을 사용해서 빠른 속도로 뛰어나갔다.

하지만 그가 잠깐 잊고 있었던 것이 있으니 입구에 숨어서 이곳을 지키는 문지기가 있었던 것이다.

"여기까지다!"

"혁!"

큰 목소리와 함께 벽에서 한 사람이 튀어나오니 급히 몸을 돌려 피하기는 했지만 그 순간 어깨에 짊어진 매아를 그가 낚아채고 말았다.

"당했다! 진천대지!"

매아를 빼앗긴 장천이 급히 진천대지의 초식을 사용하니 땅을 향해 진각을 날리자 큰 굉음과 함께 바닥의 파편과 함께 모래가 사람들을 뒤덮어 버렸다.

"크윽!"

"녀석을 잡아라!"

하지만 그들 역시 무공을 익힌 사람이라 장천이 날린 진천대지의 돌 파편을 막으며 앞으로 돌진해 들어오기 시작했다.

"훙! 연풍장(燃風掌)!"

연풍장은 장천이 화의 무공을 사용하여 청풍장을 변형시킨 장법으로 강한 화기를 뿜고 있는 장풍이었다.

뜨거운 연풍장이 밀려오자 사람들은 크게 놀라서는 뒷걸음쳤고, 그 틈을 놓치지 않은 장천은 몸을 날렸다. 그때 머리 위에서 날카로운 파공음이 들려왔다.

"큭!"

급히 몸을 숙인 후 발을 굴러서는 몸을 피하자 그가 있던 자리에는 쿵 하는 굉음과 함께 자욱한 먼지와 파편이 사방을 뒤덮였다.

"우경!"

"내 손에서 빠져나가려 하다니 우습구나!"

머리 위에서 들리던 파공음은 바로 우경의 일각이 뻗어 나온 소리였으니 장천으로선 상황이 별로 좋지 않다는 것을 알 수 있었다.

"크윽……."

"나의 점혈은 둘째 치고 천잠사를 벗어나다니 무슨 수법을 사용했는지 궁금하군."

도망가지 못하게 완벽하게 묶은 천잠사가 풀렸다는 것에 상당한 흥미를 느끼는 우경이었다.

"훙! 그까짓 밧줄로 나를 언제까지 잡아놓을 수 있다고 생각했는가!"

"하하하! 참으로 재밌는 녀석이로구나. 하지만 본인이 온 이상 네 녀석에게 더 이상의 기회는 없을 것이다."

"어디 한번 잡아보시지! 격류파암(激流破巖)!"

손에 들고 있던 천잠사를 길게 늘어뜨린 장천은 자신이 마교에서 익혔던 장하천형편술(長江千形鞭術)의 초식을 사용해서는 그를 공격해 갔다.

과거 독문의 고수가 행한 쌍연편에 의해 곽무진이 죽임을 당할 뻔한 것을 생각해 나중에 복수를 생각했던 장천은 마교의 연편 무공을 익혀 두고 있었던 것이다.

격류파암으로 날카로운 파공음을 내며 우경을 공격했지만 역시나 그의 빠른 발을 따를 수가 없었다.

"낙류승어(落流乘魚)!"

하지만 이미 우경이 피할 것은 예상하고 있었기에 급히 낙류승어의 초식을 사용해서 연편을 크게 튕기니 공중으로 날아오른 우경을 따라 천잠사 유성추도 솟구쳐 오르더니 그의 오른쪽 발목에 휘어 감겼다.

"헉!"

"굉음낙수(轟音落水)!"

우경의 발이 천잠사에 잡히는 것을 보며 굉음낙수의 수법을 사용하니 높이 뛰어올랐던 그는 빠른 속도로 밑으로 떨어지고 말았다.

쿵!

장천이 익힌 장강천형편술은 전후반 각각 아홉 개의 초식으로 이루어져 있었는데, 전반부는 강한 공격의 초식이었고 후반부는 지극히 조용하고 은밀한 공격이 주를 이루고 있었다.

전반부의 경우에는 장천이 익히기는 했지만 후반부의 아홉 개 초식은 상당히 난해한지라 아직 후반의 첫 번째 초식도 익히지 못하고 있었는데, 다행히 전반 구초식이 생각 외로 잘 통하자 안도의 한숨을 쉴 수 있었다.

하지만 밑으로 떨어진 우경이 자욱한 먼지 속에서 모습을 드러냈을 때 그는 실망하게 되었는데, 드러난 그의 모습에선 약간의 상처도 보이지 않았기 때문이다.

땅으로 떨어질 때 우경은 급히 각법을 사용해서 충돌 순간의 힘을 완화시켰던 것이다.

"각법, 비도술, 도법에 이어 유성추까지 잘 다루다니 몇 수 재간이 있는 놈이로구나!"

장천이 몸에 지닌 무공을 보며 감탄할 수밖에 없는 우경이었다.

그가 입에 담은 네 개 중 하나를 익히는 것도 어렵다고 할 수 있는데, 그것을 상당한 수준까지 익힌 장천을 보며 어찌 감탄하지 않을 수 있겠는가?

아직 어린 나이를 생각한다면 수십 년 후에는 천하제일고수로서의 성장도 어렵지 않으리라 생각되는 그를 보며 우경은 방향을 선회할 수밖에 없었다.

지금까지는 힘을 사용하여 그를 굴복시킬 생각이었지만, 이 정도의 무공을 익힌 자라면 자신에 대한 자긍심도 대단할 터였기 때문이다.

"아버지, 낭군을 너무 심하게 다루지 말아주세요!"

그때 멀리서 매아의 목소리가 들려왔는지라 우경은 고개를 끄덕이며 말했다.

"알았다. 살살 다루어주… 응?! 낭군?!"

무의식적으로 고개를 끄덕인 우경은 낭군이라는 말에 크게 놀라서는 그녀를 쳐다볼 수밖에 없었다.

"무슨 소리냐? 낭군이라니?"

"저 사람과 전 부부만 해야 하는 일을 했거든요."

"끄윽……."

그 순간 우경은 크게 노기가 치솟아오를 수밖에 없었으니 천천히 장천을 돌아보며 살기 어린 목소리로 말했다.

"네, 네 녀석… 매아가 말한 것이 사실이더냐?"

"그런… 말도 안 되는!"

장천은 황당함에 변명하려 했지만 성질 급한 우경은 그에게 변명할 기회조차 주지 않았다.

"이 자식! 죽여 버리겠다!"

"우아아!"

엄청난 내공이 실린 일각이 날아오자 장천은 비명을 지르며 몸을 피했다.

쿠구궁!

"헉!"

지금까지와는 상대도 되지 않는 어마어마한 공력이 실린 일각이 장천이 있던 곳의 벽에 일 척 정도의 구멍을 만들어 버리니 한 번이라도 몸에 허용했다가는 뼈도 못 추리겠다는 생각을 할 수밖에 없었다.

"크으윽! 파렴치한 색마 녀석! 교주고 뭐고 오늘 네 녀석을 가루로 만들어 버리지 않으면 성을 갈겠다!"

"젠장! 난 아무 짓도 안 했다니까!"

"사내자식이 자신이 한 일을 인정하지 않고 변명이나 지껄이다니! 속 알맹이부터 썩어버린 녀석이로구나!"

자신의 변명에 우경은 더욱 노기를 띠고 있었으니 그로선 답답할 노릇이었다.

하지만 이렇게 죽고 싶은 생각은 없었기에 천천히 공력을 끌어올리며 소리쳤다.

"당신이 정 그렇게 나온다면 나 역시 방법이 있지. 하압!"

온몸의 내력을 끌어올린 장천은 자신의 두 다리에 내력을 집중하고는 우경을 보곤 발을 구르며 몸을 날렸다.

"이 녀석이!"

그 모습에 우경은 크게 놀라서 소리쳤는데, 장천이 발을 구르며 몸을 날린 방향이 자신이 아닌 반대쪽이기 때문이다.

"뭣들 하느냐! 저 색마 녀석을 잡지 않고!"

"옛!"

장천이 도망가는 것을 보며 소리를 지른 그는 급히 벽에 박힌 자신의 발을 빼고는 도망친 그를 잡기 위해 몸을 날렸다.

약간의 시간 차를 두고 간신히 우경의 손아귀에서 벗어난 장천은 구석진 곳에 몸을 숨기고는 안도의 한숨을 내쉴 수 있었다.

'젠장. 어쩌다가 내가 이런 꼴이 되어버렸냐.'

얼마 후 조심스럽게 숨어 있던 구석에서 사방을 둘러보던 장천은 근처에 사람이 없다는 것을 깨닫고는 천천히 걸어나왔다.

'일단은 문성을 찾는 것이 급선문데… 어떻게 찾지?'

불괴곡 안은 상당히 넓었기에 그로선 도저히 문성을 찾을 수 있는 방도가 생각이 나지 않았다.

'그렇다면 우경이란 자와 다른 녀석들이 문성을 찾을 때까지 기다렸다가 잽싸게 가로채는 방법밖에 없겠군.'

우경이 자신과 싸움을 할 때 불괴대제라는 사람의 이름을 입에 담은 적이 있었기에 장천은 그에게 약간의 기대를 할 수밖에 없었다.

여기저기 숨어 다니며 문성의 소식이 들어오기를 기다리던 장천은 일주일간 이런 생활을 계속할 수밖에 없었으니 지금의 상태는 거지와도 같다고 할 수 있었다.

하지만 거지꼴이 싫다고 다시 우경에게 돌아갔다가는 색마의 누명을 쓴 채로 끔찍한 꼴을 당할 수도 있었기에 함부로 사람들 앞에 모습을 드러낼 순 없었다.

그가 도착하게 된 곳은 회원단이란 재단이 있는 곳이었는데, 그곳에서 이십여 명의 사람들이 무엇인가를 찾고 있는 것을 볼 수 있었다.

병장기를 들고 있는 것으로 보아 자신들에게 적인 존재를 찾고 있다는 것을 알 수 있었다.

지금까지 보아온 바에 따르면 우경 무리들과 사이가 좋지는 않았지만 대놓고 싸움을 하는 자들이 아니기에 문성을 찾는 것이 분명하다는 생각을 하고 숨어서 그들의 모습을 관찰했는데, 아니나 다를까 얼마 지나지 않아 소란스러운 소리와 함께 한쪽에서 소년이 그들을 상대로 화기를 뿜고 있는 것을 볼 수 있었다.

"문성!"

"형아!"

그 소년이 문성이라는 것을 깨달은 장천은 그의 이름을 소리치고는 뛰어나왔으니 문성은 자신을 부른 사람이 장천이라는 것을 깨닫고는 크게 기뻐하며 몸을 날렸다.

"염아귀의 동행이다! 저 녀석도 없애라!"

이십여 명의 무사들 중 대장인 듯한 자의 외침에 병기를 든 무사들이 돌격해 왔지만 장천은 문성을 자신의 뒤로 숨긴 채 천잠사를 휘둘러 녀석들을 쓰러뜨렸다.

"격류파암!"

격류파암의 초식으로 쇄도해 들어오던 녀석들의 발을 강타해 쓰러뜨린 장천은 왼손으로 연풍장을 사용하여 화기의 장풍을 내뻗으니 앞에 나와 있던 두 명의 무사가 연풍장에 당해 그대로 절명하고 말았다.

"헉!"

장천의 무공이 상당한 것을 본 무사들이 크게 놀라서 뒷걸음질치자 그는 문성을 잡고는 재빠르게 몸을 날렸다.

자신의 무공이 그들보다 높긴 하지만 저들 외에 다른 자들이 몰려올 수도 있었고, 그렇게 계속 시간을 끈다면 가장 꺼림칙한 상대인 우경이 올 수도 있기 때문이다.

"잡아라!"

장천이 문성을 안고 도망가자 무사들의 대장이 당황해서는 소리를 질렀지만, 자신들의 실력으론 그를 이길 수도 없을 뿐 아니라 상당한 경신공을 지닌 그를 쫓을 방도가 없었다.

간신히 불괴대제의 부하들에게서 문성을 구해낸 장천은 불괴곡의 한쪽에서 한숨을 내쉬곤 문성의 머리를 쓰다듬으며 말했다.

"휴! 그동안 고생했겠구나."

"형! 흑흑흑……."

문성은 장천의 말에 눈물을 흘리며 그에게 안겨왔다.

장천이 우경에게 잡혀간 후 문성은 사람들의 눈을 피해 숨어 살아야만 했다.

알지도 못하는 염아귀라는 이름을 부르며 자신을 쫓는 무사들을 피해 다니던 그는 광기에 있을 때의 강한 화기를 내뿜지 못했기 때문이다.

다행히 그들의 손에 잡히지는 않았지만 염아귀의 무공이 그렇게 높지 않다는 것을 깨닫고는 이십여 명 정도로 이루어진 몇 개의 단을 풀어 상당히 치밀한 수색을 했기 때문에 잠도 제대로 자지 못하고 있었다.

문성에게 그런 이야기를 들은 장천은 그의 머리를 쓰다듬어 주며 말했다.

"되었다. 이젠 나와 함께 있으니 별문제는 없을 거야. 그나저나 불괴곡을 벗어나기 위해 그들과 손을 잡으려고 했는데… 어렵게 되어버렸군."

구천신녀가 말했던 것과는 전혀 다른 신세가 되어버렸기에 그로선 한숨이 나올 수밖에 없었다. 하지만 원래 살고 있었던 곳으로 돌아갈 수도 없는지라 어떻게든 그들과 손을 잡기 위해 몸을 움직일 수밖에 없었다.

'아무래도 우경과 손을 잡기에는 너무 늦은 것 같고… 음. 역시 불괴대제와 손을 잡아야 한단 말인가.'

색마로 몰린 그로선 우경에게 갈 수 없었기에 이제 남은 한 편은 불괴대제밖에 없었던 것이다.

"문성이 너, 이곳에서 잠시만 혼자 남아 있을 수 있겠니?"

"형… 무서워. 흑흑흑."

"휴……."

불괴대제에게 가기 위해 문성에게 잠시 이곳에 남아 있으라고 말하려던 장천은 문성이 더 이상 떨어지기 싫다는 표정으로 눈물을 보이자 한숨을 쉴 수밖에 없었다.

"에이, 모르겠다! 잡혀서 죽든 어떻게 되든 같이 가지 뭐!"

이런 상태로 문성을 떨어뜨려 놓을 순 없는지라 문성과 같이 불괴대제에게 가야겠다는 생각을 하며 자리에서 일어났다.

불괴곡은 회원단을 중심으로 남쪽엔 우경의 세력이 북쪽엔 불괴대제의 세력이 위치해 있었다.

회원단을 중심으로 현재 장천 일행을 찾기 위해 상당한 수의 무사들이 포진해 있었는데 장천은 문성을 데리고 그들 앞으로 걸음을 옮겼다.

"염아귀 일당이다!"

장천과 문성이 나타나자 무사들은 크게 소리를 질렀다. 얼마 지나지 않아 회원단에는 백 명에 이르는 사람들이 몰려들어 그들을 당장이라도 공격할 모습을 취하고 있었다.

"본인은 홍련교에서 교주의 친위대라 할 수 있는 귀영당의 귀옥각주 두형이라 한다! 이곳의 수뇌인 불괴대제를 만나고 싶다!"

"흥! 염아귀의 일당이 무슨 염치로 대제를 만나려 한단 말인가!"

그동안 염아귀에 의해 많은 무사들이 죽임을 당했기에 그들은 장천의 말을 믿으려 하지 않았는데, 그 모습을 보며 장천은 코웃음을 치곤 말했다.

"본인과 대적하겠단 말인가? 흥! 그렇다면 우경이란 자의 세력으로 들어가 너희들을 모두 재로 만들어 버리겠다!"

그 말과 함께 장천이 오른손에 화의 무공을 돋워 그대로 일장을 내지르니 뜨거운 기운이 그들의 앞을 휘젓고 지나갔다.

"으악!"

"앗! 뜨거!"

화기에 놀란 그들은 비명을 지르며 뒤로 물러설 수밖에 없었다. 불괴대제의 명령으로 포위망의 지휘를 맡은 자는 그의 말에 고심했다.

무공의 정도로 본다면 과거의 염아귀에 비해 결코 낮다고 할 수 없었으니 그가 정말로 우경의 편에 붙는다면 자신들의 세력은 크게 위축될 수밖에 없기 때문이다.

"알겠다! 하지만 일단 불괴대제께 말씀드려야 하니 우리를 따라와라!"

"좋다! 하지만 허튼 짓을 했다가는 너희들 중 수십은 나와 함께 저승으로 가게 될 것이다."

"크윽."

장천의 말에 이를 갈았지만 그의 무공이 높은 것은 인정할 수밖에 없었다.

'일이 잘됐으면 좋겠는데.'

일단 불괴대제란 자와 이야기를 할 수 있는 기회가 왔다는 생각에 속으로 안도하는 장천이지만, 이들이 문성에게 상당히 원한을 가지고 있는 듯했기에 함부로 이들을 믿어서는 안 된다는 것을 잊지 않았다.

자신의 말에 대답한 무사의 뒤를 따라 장천은 불괴대제가 있는 곳으로 걸음을 옮겼다.

우경이 있던 곳과 마찬가지로 그들 역시 하나의 작은 입구를 지나자 많은 사람들이 살고 있는 모습이 보였는데, 다른 점이 있다면 불괴대제가 있는 곳은 상당히 공을 들인 석굴이라는 것이다.

우경이 작은 마을의 촌장과도 같은 직위라고 한다면 불괴대제는 이 부류의 왕과 같은 직위를 누리고 있다는 것을 알 수 있었다.

'쳇! 매아의 일만 아니었다면 우경이란 사람에게 도움을 청하는 것

이 더 나았을 텐데……'

이곳의 모습을 본다면 불괴대제란 자는 상당한 무공과 함께 이들을 다스릴 수 있는 지도력이 있는 사람일 것이다.

그런 자의 동료가 된다는 것은 자칫 잘못하면 하나의 조건에 얽매여 부하가 될 수도 있기 때문에 장천으로선 우경이 불괴대제보다 더 좋을 것 같다는 생각이 들었던 것이다.

석굴 안으로 들어가자 오랜 시간 작업을 했는지 여기저기 양각으로 만들어진 벽화가 모습을 드러냈고, 군데군데 상당한 무공을 가진 이들이 엉성하게 만들어진 철검을 들고 있는 것을 볼 수 있었다.

보통 다른 사람들이 석검이나 석도를 들고 있는 것을 감안한다면 무기의 제조도 가능할 정도의 수준까지 올라왔다는 것을 알 수 있었다.

대장간이야 만들 수 있지만, 쇠를 녹일 만한 연료가 없는 이곳에서 철검을 만들었다는 자체가 어쩌면 신기하다 할 수 있었다.

생각보다 석굴은 넓고 깊었는데, 한참 들어가자 거대한 석문의 모습이 보였다.

"이곳에서 잠시 기다리도록 하시오."

장천이 고개를 끄덕이자 그가 문을 지키고 있는 자에게 다가가서 무엇인가를 말하니 석문이 열렸다.

한 식경 정도가 지나 다시 나온 그는 장천에게 말했다.

"불괴대제께서 만나자고 하십니다."

"알겠소."

무사의 말에 고개를 끄덕인 장천은 천천히 석문 안으로 걸음을 옮겼다.

안으로 들어서자 거대한 대청의 모습과 함께 상당한 무공을 지닌 노인들이 양쪽으로 시립해 있었고, 그 끝으로 돌로 만든 석좌에 한 중년인이 앉아 있는 것이 보였는데, 다른 이들과는 달리 꽤 깨끗한 옷을 입고 있었기에 그가 불괴대제라는 것을 알 수 있었다.

일단은 자신이 나이가 어리니 장천은 그를 보며 가볍게 포권으로 인사를 한 뒤 말했다.

"홍련교의 귀영당 귀옥각주였던 두형이 불괴대제께 인사드리오!"

"귀영당? 처음 듣는군."

"현 교주가 천마 문천익과 구시독인 예운의 세력을 견제하기 위해 만든 교의 친위무사단이라 할 수 있소이다."

"음."

그 역시 천마와 구시독인을 알고 있는지 신음 소리를 내며 한참 장천을 보다가 천천히 입을 열었다.

"부하의 말을 들어보면 나와 손을 잡고 싶다고 하는데 사실이오?"

"그렇소."

"남쪽의 만근퇴 우경의 세력도 있을 터인데?"

"더 큰 세력을 지닌 건 불괴대제 쪽이기 때문이오. 불괴곡을 빠져나가기 위해선 어쨌든 손이 많이 있는 쪽이 유리한 것이 아니겠소이까."

"하하하. 불괴곡을 빠져나간다 했소이까?"

"그렇소."

"불괴곡이 생긴 지 백 년 동안 어느 누구도 이곳을 빠져나가지 못했다는 것을 알고 있소이까?"

"물론이오. 하지만 불괴대제께선 지난 백 년간 이곳에 갇혀 있던 멍청한 자들과 똑같은 사람은 아닐 테지요?"

불괴대제는 장천의 말에 재밌다는 표정을 지으며 말했다.

"본좌는 이곳이 마음에 드는데, 밖으로 나가 용의 꼬리가 되느니 차라리 이곳에서 뱀의 머리가 되는 편이 더 좋은 것 아니겠소?"

"좁은 공간에서 왕 노릇을 하기에는 당신의 야망이 너무 크지 않소이까?"

장천이 미소 지으며 말을 하니 그는 더 이상 참지 못하고는 크게 대소를 터뜨리며 말했다.

"하하하! 우경 이후로 이렇게 재밌는 자는 처음이군."

크게 웃음을 터뜨리던 불괴대제는 천천히 장천을 보며 말했다.

"묻겠다. 그대가 나의 힘을 원한다면 내게 무엇을 주겠는가?"

어느 정도 장천이 마음에 든 불괴대제는 이전까지와는 다른 말투로 말했고, 장천은 그런 그를 보며 회심의 미소를 지으며 말했다.

"당신 역시 화의 무공에 대해서 알고 있지 않소이까?"

"그렇지."

홍련교의 역대 교주들만이 익힐 수 있는 무공인 화의 무공을 그가 모를 리가 없었다.

"현재 홍련교 교주는 화의 무공을 익히지 못하고 있소이다. 그런 이유로 본 교의 교주는 이름만 있는 유명무실한 존재. 장로급 이상의 많은 무인들도 화의 무공을 모르고 있는 교주이니 자연히 충성심이 떨어져 있는 상태요."

"음."

일단은 가장 최근에 불괴곡으로 떨어진 사람이라고 해도 천마 문천익이 교주로 있을 때 떨어졌던 사람인지라 현재의 교주가 바뀌고 천마는 전대 교주의 직함으로, 구시독인은 태상장로의 직함으로 권력을 유지하고 있다는 것을 모르고 있는 상태였다.

"하지만 지금 화의 무공을 익힌 사람이 나타난다면 어떻겠소이까?"

"힘이 없는 자에게 교주의 상징이 있다 한들 무엇에 쓴단 말인가?"

"힘이라면 불괴대제께서 가지고 계시지 않습니까?"

"음……."

화의 무공을 익힌 자를 교주의 자리에 올리는 데 자신의 힘을 빌어 쓰고 싶다는 말인지라 불괴대제는 생각에 빠질 수밖에 없었다.

"설령 내가 자네를 도와준다 해도 나에겐 무엇이 돌아오는 것이지? 이득없는 싸움에 끼고 싶은 마음은 없네만?"

불괴대제의 말에 장천은 미소를 지으며 말했다.

"일인지하 만인지상의 자리를 드리겠습니다."

"하하하하! 나보고 자네의 밑으로 들어가란 말인가?"

불괴대제는 장천이 교주의 좌에 앉을 것이라 생각하고는 크게 웃음을 터뜨리며 말했는데, 그의 말에 장천은 고개를 저으며 말했다.

"물론 전 삼인자에 머무를 것입니다."

"응?"

"교주의 좌에 오르는 것은 바로 제 옆에 있는 문성이 될 것이니까요."

"문성?"

장천의 옆에 있는 사람은 염아귀인지라 그는 조금 놀란 표정을 지으며 말했다.

"염아귀가 화의 무공을 익힌 것은 알고 있지만, 아직 연륜이 부족한 나이가 아닌가?"

"불괴대제께선 그 편이 훨씬 좋지 않습니까?"

그의 말에 불괴대제는 고개를 저으며 말했다.

"새끼 호랑이를 키워 후환을 당하는 것보다 늙은 호랑이의 뒤에서 녀석이 죽기를 기다리는 편이 나로선 더 흥미가 있지."

"하하하! 과연 불괴대제시군요."

만만치 않은 인물인지라 장천으로선 조금 당황할 수밖에 없었다.

"제 생각엔 대제께서 바라는 것이 있으신 것 같은데 아닙니까?"

장천의 말에 그는 미소를 지으며 말했다.

"자네에게 도움을 줄 수도 있네. 단, 자네가 나에게 제시한 것과 함께 한 가지 더 주었으면 하네."

"한 가지라 하심은?"

"화의 무공."

그 말에 장천은 그의 야심을 짐작할 수 있었다.

"이런… 조금 까다로운 문제로군요. 하지만 불괴대제께선 화의 무공을 익히실 수 없을 텐데요?"

화의 무공은 아무나 익히는 것이 아니었다. 장천의 경우에는 천무신골이라는 희대의 무골을 지니고 있었기에 익히는 것이 가능했지만, 다른 사람의 경우에는 문성과 마찬가지로 태어나자마자 대법을 통해 전수받거나 전대 교주에게서 화의 내식의 내력을 받아야 하기 때문이다.

하지만 처음의 경우에는 불괴대제에겐 이미 시간이 지났고, 후의 경우에는 장천 자신이 화의 무공을 그에게 넘겨주어야 하는데, 그렇게 된다면 그 자신의 무공은 완전히 전폐되어 보통 사람의 몸을 지니기 때문에 둘 모두 들어줄 수 없는 일이었다.

"물론 내가 아니네."

"그렇다면?"

"나의 손자에게 그 힘을 물려주었으면 하는 것이지."

"후후후, 후대를 위함입니까?"

"난 이미 나이를 먹을 만큼 먹었네. 쓸데없이 오르지도 못할 나무를 쳐다보는 것보다는 그 편이 훨씬 더 효과적이지 않는가?"

그의 말이 틀린 것은 없는지라 장천은 한참을 생각하다가 고개를 끄덕이며 말했다.

"좋습니다. 제가 당신의 손자에게 화의 무공을 전수해 드리도록 하지요."

"하하하. 자네와 나의 계약 관계는 성립되었네."

이렇게 해서 장천은 불괴대제와의 계약을 끝낼 수 있게 되었다.

하지만 그를 신용할 수 있는 것은 아니었다.

그의 손자가 화의 무공을 익히게 된다면 불괴대제는 분명 차대 교주의 좌를 확실하게 차지하기 위해서 문성을 해하려 할 것은 분명한 사실이기 때문이다.

하지만 그에게도 다른 생각은 있었으니 바로 문성의 부친인 천마 문천익을 이용하는 것이다. 그 역시 자신의 아들이 교주의 좌를 차지하는 것을 싫어하지는 않을 터라 생각했기 때문이다.

천마 문천익의 세력을 이용하여 문성의 세력을 견고히 한다면 불괴대제를 충분히 막을 수 있다는 생각을 한 것이다. 하지만 그것도 쉽게 풀리지 않을 수도 있었으니 구천신녀가 말한 천마 문천익과 문성의 관계 때문이다.

만약 천마 문천익이 그녀의 말대로 문성을 자신의 자리를 위해 불괴곡으로 빠뜨린 것이라면 자신의 계획대로 되었을 시 더 위험한 인물은 불괴대제가 아닌 천마 문천익이기 때문이다.

하지만 그런 일들은 지금 생각해 봤자 확실히 알 수 없는 일. 일단은

이 불괴곡을 벗어나는 것이 가장 급선무였다.

불괴곡을 빠져나가지 않는 한 이러한 생각들은 망상에 지나지 않기 때문이다.

불괴대제에게서 하나의 움막을 얻을 수 있었던 장천은 그곳에서 문성과 함께 살면서 불괴곡을 빠져나갈 시간을 기다리는 한편 그의 손자에게 화의 무공을 전수하는 생활을 보내게 되었다.

그의 손자가 있는 곳은 장천이 있는 움막에서 별로 떨어지지 않은 곳이었다.

불괴대제의 손자 이름은 마운성으로 현재 열 살 정도의 나이였는데, 벌써 사서삼경을 땔 정도의 뛰어난 머리에다 근골 또한 무골이어서 화의 무공을 익혀 차대 교주의 좌에 오른다면 뛰어난 교주가 될 것이라 짐작할 수 있었다.

하지만 문제가 하나 있었으니 그가 전혀 무공에는 관심이 없다는 것이었다. 물론 이것이 장천으로선 훨씬 좋은 일이었지만, 성과를 이루게 하지 않는다면 불괴대제의 믿음을 살 수 없었기에 답답하기도 했다.

"진실로 무공을 익히고 싶은 마음이 없단 말이냐?"

"그렇습니다."

장천은 자신의 앞에 있는 소년을 보며 한숨을 쉴 수밖에 없었다.

긴 검미 밑으로 보이는 맑은 눈동자, 오뚝한 코의 마운성은 잘생긴 얼굴로 후에 불괴곡을 빠져나간다면 여자들에게 상당한 인기를 끌 그런 외모였다.

하지만 불괴곡은 여자의 수도 적을 뿐더러 아름다운 여인 또한 드물었기 때문에 이성에 대한 동경 같은 것은 전혀 없는 데다가 무공을 익히긴 했지만 도가의 심결을 익힌 덕에 차분하기 그지없었다. 물론 다른 말로 한다면 목석과도 같은 녀석이라고도 할 수 있을 것이다.

고수가 되고 싶은 욕심도 없는 데다 명예나 권력에 대한 욕심도 없으며 색에 대한 흥미도 없으니 장천으로선 고승이나 도인을 상대하는 것 같을 수밖에 없었다.

"네 조부의 말씀을 듣지 않겠다는 말이냐?"

"음……."

그 말에 그는 조금 고민하는 표정을 지었다. 들리는 말에 의하면 부모는 세 살 이전에 모두 병으로 죽고 불괴대제에게서 자라왔으니 자신을 키워주고 아껴준 불괴대제의 말을 쉽게 거역할 수 없었던 것이다.

한참을 고민하다 한숨을 크게 쉰 마운성은 장천을 보며 말했다.

"묻겠습니다. 도대체 무를 익혀서 무엇에 쓴단 말입니까?"

"자신의 몸과 마음을 수양하는 한편 외부의 위협으로부터 몸을 보호하며 나아가서는 다른 이들까지 보호할 수 있지 않느냐?"

"그렇다면 자신의 몸 하나를 지킬 정도의 무공이면 충분하지 않습니까? 당신이 제게 가르쳐 주시려 하는 무공은 절정의 무공입니다. 그러한 것은 오히려 화를 부를 수 있으니 차라리 익히지 않는 편이 나은 것이 아닙니까."

그의 말은 틀린 것이 아니다. 부호의 집에 대도가 들 수는 있지만 가난한 집에 대도가 들 일은 없었기 때문이다.

'맞는 말이긴 한데… 이거 불괴대제 같은 녀석한테 어떻게 이런 손자가 있을 수 있는 거지?'

장천으로선 마운성이 신기할 수밖에 없었다. 하지만 이렇게 가만히 둘 수는 없는 일인지라 한참을 생각하다 말을 했다.

"네가 되고 싶은 것이 무엇이냐?"

그 말에 마운성은 한참을 생각하며 망설이다가 그에게 말했다.

"신선이 되고 싶어요."

"신선?"

설마 신선이 되고 싶어하리라고는 생각지도 못한 장천이었지만, 일단 녀석의 말을 들어보고 결정하자는 생각에 관심을 기울이는 표정을 지었다.

자신의 말에 관심을 가져주는 것 같자 마운성은 눈을 빛내며 자신이 하고 싶은 말을 하기 시작했다.

"조금 막연하기는 하지만 신선이 되고 싶어요. 도가의 심법을 배울 때 사부님이 신선의 이야기를 해주셨는데, 세상을 초월하여 우화등선 하게 되면 상천에 살 수 있다고 했어요. 그래서 갈홍(葛洪)이 지은 포박 자(抱朴子)도 열심히 읽고 있어요. 이곳을 벗어나면 제일 먼저 단약을 만들어볼 생각이에요."

역시나 어린아이인지라 생각하는 것이 아직 치기가 가득했다. 자신이 관심있어하는 것을 말할 때는 어른스러운 말투가 사라져 그 또래 아이들의 모습으로 변하는 것을 보며 조금은 대화가 통하겠다는 생각에 안심할 수 있었다.

'휴.'

하지만 도가의 일은 장천이 들어주기 어려운 것이니, 도문에 관련된 집안에서 태어났더라면 좋으련만 아쉽게도 현재 도문에 관련된 문파는 모두 정파이니 마교에 속한 이 아이가 자신의 꿈을 이루는 것은 힘들기 때문이다.

마운성을 한참 지그시 쳐다보며 잠시 생각에 잠겼던 장천은 천천히 그를 보며 말했다.

"만류귀종(萬流歸宗)을 아느냐?"

"모든 흐름은 하나로 통일된다는 것 아닙니까."

"그렇지. 무당파를 아느냐?"

"정파에서 소림과 함께 양대산맥이라 불리는 문파입니다."

"그렇지. 그들이 추구하는 것 역시 너와 같이 도를 닦아 우화등선하는 것이다."

"아!"

"하지만 너와 다른 점이 있다면 그들은 무에서 도를 추구하여 그것을 이루려 한다는 것이지."

"음."

그 말에 마운성은 한참을 생각에 잠기게 되었다.

"내가 만류귀종을 언급한 것은 어떠한 것이든 그것을 최후의 경지까지 수련한다면 네가 말하는 우화등선의 경지에까지 이를 수 있다는 것을 말하기 위함이다."

"그런가요?"

"어찌 너에게 거짓을 말하겠느냐? 운성아, 지금 네가 서 있는 곳에서 신선으로 가는 가장 가까운 길은 무공이니 그것을 통해 네가 바라는 우화등선의 경지에까지 이르는 것이 어떠냐? 무당의 장삼봉 진인이 우화등선한 예를 보더라도 현재 너는 무를 통해 도를 얻는 것이 가장 쉬울 듯하구나."

역시나 어린아이인지 쉬울 것이라는 말에 잠시 생각에 잠기다가 고개를 끄덕이고는 말했다.

"알았어요. 사부의 말대로 무를 한번 익혀볼게요."

"잘 생각했다."

이렇게 해서 마운성과의 일은 어떻게든 해결이 됐으니 불괴대제는 자신의 손자가 과거와는 달리 무공을 익히는 것에 집중하자 장천에 대한 신임이 더욱 두터워질 수밖에 없었다.

마운성을 가르친 지 이 주일이 넘었을 때 불괴대제는 장천을 불러서는 불괴곡의 다른 사람들과 함께 회의를 가졌다.

"불괴곡을 벗어나는 것입니까?"

"그렇다네."

장천은 이 회의가 불괴곡을 벗어나기 위한 대책을 협의하는 회의인 것을 알고는 조금 놀라는 표정을 지었다.

"이미 만근퇴 우경이 있는 곳 역시 불괴곡을 탈출하기 위한 작업을 목전에 두고 있다는 소문이 있으니 우리 역시 조금 서두르기로 결정을 했다네."

"음, 그렇군요."

만근퇴 역시 불괴곡을 빠져나갈 준비를 해왔다는 것에 고개를 끄덕이는 장천이었다. 불괴곡에서 불괴대제와 숙적이라 할 수 있는 그가 상대의 움직임에 손을 놓고 있을 리는 없었기 때문이다.

불괴대제가 이곳을 빠져나가려는 방법은 과거 장천이 시도하려던 방법과 그리 다르지 않았다.

"하지만 얼음처럼 차가운 통로를 빠져나간다는 것은 인간의 힘으론 불가능한 것이라 생각하는데요?"

"그렇지. 하지만 인간이 아니라면 가능하지 않겠는가?"

"인간이 아니라면?"

"강시."

"아!"

그 말에 장천은 크게 놀라지 않을 수 없었다.

물론 강시라면 차가운 물에서도 아무 문제가 없을 테지만, 설마 불괴대제가 강시를 만들었으리라고는 생각하지 못했기 때문이다.

"어떻게 강시를?"

"마교의 역사는 피로 물든 역사라 할 수 있네. 그중 가장 치열하게 벌어졌던 싸움이 바로 혈교와의 싸움이지."

"설마 혈교의 잔당이 이곳에 있다는 말씀입니까?"

그 말에 불괴대제는 고개를 저으며 말했다.

"물론 혈교의 잔당은 죽었다네. 하지만 그런 자가 이곳에 떨어진 적은 있었고 그의 품에서 강시의 제조 비법을 알아낼 수 있었다네."

"그렇군요."

"하지만 강시 제조 비법은 반은 우경이 가지고 있었기에 상당히 많은 시간이 흘러 버린 거라네."

그의 말대로라면 우경 역시 강시를 이용하여 이곳을 빠져나가는 방법을 취할 것이란 생각이 들었으나 이해가 되지 않는 것이 있는지라 그를 보며 물었다.

"일단 강시가 빠져나가는 것은 가능할 테지만, 시야에서 벗어난 강시를 조종할 수가 있습니까?"

"물론 보통의 강시로는 불가능하지만 혈강시라면 가능하네."

"혈강시?"

"혈강시는 살아 있는 자를 강시로 만드는 대법이지. 약간의 이지는 남아 시전자에게 절대 충성하는 강시라고 할까?"

"음……."

인간의 윤리로 허용될 수 없는 일이었지만 일단 이곳을 빠져나가야
한다는 생각에 그에게 뭐라 말을 할 수 없는 그였다.

"혈강시의 제조가 끝난 것입니까?"

"혈강시를 만들던 중 염아귀의 습격으로 주화입마에 빠질 뻔해 우경
녀석보다 늦었지만, 내일이면 완성될 것이라 생각하네."

"그렇군요."

염아귀가 바로 문성이라는 것을 아는 장천은 더 이상 말을 하지 않
는 게 낫다는 생각을 하며 입을 다물었다.

다음날 불괴대제들은 혈강시들과 함께 계곡의 물이 통하는 입구로
모여들었다.

"우리가 왜 그토록 많은 시간을 들여 완벽한 혈강시를 만들려고 했
는지 아는가?"

"글쎄요?"

"보고 있게나."

불괴대제가 혈강시에게 지시를 하니 녀석은 물속으로 천천히 걸어
들어가기 시작했고, 얼마 지나지 않아 놀라운 일이 벌어졌다.

녀석이 들어간 후 무엇인가 물 위로 떠오르기 시작했기 때문이다.

"물고기? 그럼!"

"그렇다네. 혈강시의 몸에는 시독이 가득하기 때문에 물에 들어간다
면 모든 생물을 죽이고 말지."

"그렇군요. 실패했을 시에는 이곳에 사는 모든 사람들이 굶어 죽을
수밖에 없다는 거군요."

"그렇지."

물론 물고기 외에 이끼를 먹고 살 수는 있지만, 가장 중요한 물이 없

기 때문에 이곳에 있는 사람들은 모두 죽을 수밖에 없다.

"이제부터는 혈강시가 얼마나 빠른 시간 안에 이곳을 빠져나가느냐가 문제네. 만약 혈강시가 실패한다면 불괴곡에 있는 모든 사람들은 죽을 수밖에 없다네."

"자유가 아니라면 죽음밖에 없다는 것이군요."

장천의 말에 고개를 끄덕이는 불괴대제였다.

이미 불괴대제는 만반의 준비를 해두고 있었다. 혈강시의 몸에 잠재되어 있는 시독으로 물을 오염시키기 전 많은 양의 식수를 확보한 상태였기 때문이다.

다행히 불괴곡 자체가 기온이 낮은 곳이었기에 물이 상할 염려는 없었지만, 오백 명이 넘는 사람들이 살고 있었기 때문에 물의 양은 빠른 속도로 줄어들었다.

혈강시가 외부로 나간 지 삼 주일째 불괴대제는 물의 소비를 최대한 줄여 시간을 늘릴 수밖에 없었다.

"불괴대제님!"

"무슨 일인가!"

"만근퇴 우경 쪽에 있는 자들이 모두 자취를 감추었습니다."

"음……."

자신들보다 먼저 손을 썼다는 것은 알고 있었기에 그는 고개를 끄덕일 뿐이었다.

"만근퇴 우경이 저희들이 이곳을 빠져나가는 것을 방해하지 않을는지."

그의 곁에 있던 측근들은 혹시나 하는 생각에 불괴대제를 보며 말을 했지만, 그는 고개를 저으며 말했다.

"만근퇴 우경이 우리를 싫어한다 하나 치졸한 자는 아니다. 우리를 도와주지는 않겠지만 방해할 인물도 아니다."

"예."

그의 측근 역시 그러한 것들을 알고 있었지만 불안한 마음을 감출 수 없었던 것이다.

물론 이러한 마음은 불괴대제 역시 다르지 않았다.

이렇게 일주일만 더 지난다면 저장해 놓은 물이 모두 떨어질 것을 알고 있었기 때문이다.

하지만 신은 그들을 버리지 않았는지 이틀 후 드디어 기다리던 소식이 들려왔다.

"대제! 드디어! 드디어!!"

"무슨 일인가?"

"혈강시가 밧줄을!"

"아!"

수로로 빠져나간 혈강시는 빠져나간 후 그들이 있는 곳에 밧줄을 던지게 되어 있었던 것이다.

일단 밧줄이 내려오면 그것을 통해 무공이 높은 사람들은 쉽게 이곳을 빠져나갈 수 있었기 때문이다.

장천 역시 이들과 함께 불괴곡을 빠져나갈 수 있게 되었는데, 계곡을 빠져나오고 보자 사방에 수백 구의 시체가 널려 있는 것을 볼 수 있었다.

시체 곁으로 다가가 상처를 살펴보니 손톱에 찢어진 자국이 선명한지라 이들이 혈강시에 의해 죽임을 당했다는 것을 알 수 있었다.

'혈강시라……'

마교에서 중죄인만을 가두는 불괴곡을 지키는 무인들이라면 그리 약하다고 볼 수 없음에도 수백이 넘는 무인들을 단신으로 상대했다는 것은 놀라운 일이었다.

마교에게 거의 멸망 직전까지 간 혈교의 비전인 혈강시가 이토록 강한 위력을 나타낸 것을 보며 앞으로 이들이 적이 된다면 상대하기가 쉽지는 않을 것임을 알 수 있었다.

하지만 혈강시의 의해 죽임을 당한 시체 말고도 다른 상처의 시체가 있었는데, 그것은 이마에 무엇인가에 뚫린 듯한 상처가 있는 시체였다.

혈강시의 손톱으로는 이러한 상처를 낼 수 없는 일이었기에 장천으로선 다른 인물이 있었다는 생각이 들었다.

그가 입고 있는 옷을 보면 백화급의 인물이었다.

이 정도의 인물이라면 이곳의 무사들을 통솔하는 위치일 것이 분명할 터이기에 이자가 먼저 죽자 지휘 계통이 흐트러져 나머지 무사들은 제대로 조직적인 반항을 하지 못한 채 죽임을 당했다는 것을 알 수 있었다.

'어쨌든 탈출을 했다는 자체가 중요하니까.'

자신들을 도와주었다면 적은 아니라는 생각에 골치 아픈 생각은 뒤로하고 사람들을 도와 무공을 제대로 하지 못하는 사람들을 구해내기 위한 작업을 서둘렀다.

바구니와 비슷한 것을 만들어 그들을 끌어 올리기 시작한 지 5일 만에 드디어 오백 명의 불괴대제 휘하의 사람들 모두 불괴곡을 빠져나올 수 있었다.

물론 구천신녀를 구하기 위해 염아귀와 사람들을 보냈지만 좀처럼 그들이 오지 않자 이상하게 생각한 장천은 그녀가 있는 계곡으로 향했고, 그곳에서 염아귀가 한 여인을 안은 채 눈물을 흘리는 것을 볼 수 있었다.

"음……."

가까이 다가간 장천은 그가 안고 있는 여인이 구천신녀라는 것과 그녀가 죽었음을 알 수 있었다.

'왜 구천신녀가?'

혈강시가 불괴곡의 물속으로 들어가자 시독으로 인하여 물은 독수가 되어 있었다. 하지만 이미 사전에 그녀에게 독수가 될 것임을 말해 주었는데 왜 그녀는 독수를 먹고 죽음을 당한 것일까? 이해할 수 없는 일이었다.

장천은 그녀의 죽음이 믿겨지지 않았지만, 일단 친인과도 같은 사람을 잃어버린 문성을 위로해 주어야 했기에 다가가서는 그의 어깨를 두드려 주었다.

"문성……."

"흑흑흑… 형……."

문성은 그가 다가가자 눈물을 흘리며 돌아보더니 피로 글자가 쓰여 있는 헝겊 조각을 장천에게 건네주었다.

"음."

문성이 준 것은 구천신녀가 마지막 힘을 다해 쓴 유서였다.

필체가 크게 흔들리며 마지막에 와서는 힘없이 흐트러진 것이 그로 하여금 눈물을 흘리게 만들었다.

죽으면서까지 그녀는 문성을 걱정했기 때문이다.

장 대협님께서 이 편지를 보신다면 아마 도련님과 함께 불괴곡을 빠져나간 후이겠죠. 천녀는 그 하나만으로도 기쁩답니다.

'무엇이 그리도 기쁩니까.'

죽음의 순간에도 자신의 편지를 받아볼 문성이 자유를 되찾았을 것이라 기뻐했을 그녀를 생각하면 눈물이 나올 수밖에 없었다.

구천신녀 그녀는 불치병을 앓고 있었다. 그 때문에 오직 문성만을 위해 살아왔던 그녀는 병을 앓고 있는 자신이 행여나 문성의 앞길에 방해는 되지 않을까 하는 생각에 스스로 목숨을 끊었던 것이다.

'바보 같은 짓을 하셨습니다.'

그런 편지의 내용에 장천은 아무 말도 할 수가 없었다. 차라리 죽더라도 마지막으로 문성의 얼굴을 보고 죽었으면 좋았지 않았는가?

그녀의 혈서는 문성을 잘 보살펴 달라는 이야기와 함께 그의 부친인 천마를 주의하라는 내용이었다.

전에 천마에 대한 이야기를 들었던 장천은 고개를 끄덕이고는 혈서를 품에 집어넣고 문성을 보며 말했다.

"성아."

"흑흑흑."

장천과 문성은 구천신녀를 근처의 양지바른 곳에 묻어주고는 후일 그녀에게 더 좋은 잠자리를 기약하며 불괴대제에게 갈 수밖에 없었다.

구천신녀의 죽음을 들은 불괴대제는 안타까운 표정을 지으며 말했다.

"우리의 일로 아까운 사람이 죽고 말았군."

장천이 그녀를 구출하러 갈 때 이야기를 들었던 그였는지라 그녀를 만나보기를 기다리고 있었던 것이다.

그가 홍련교에 있을 때도 백화당은 존재했고, 그 때문에 당주까지 지낸 그녀의 실력을 높이 사고 있었기 때문이다.

하지만 그런 일로 오랜 시간을 끌 만큼 그들은 한가하지 않았다.

"현재 저희들의 전력으론 총단으로 들어가는 것은 어려울 것 같은데, 불괴대제께선 생각하신 것이 있는지요?"

장천의 말에 그는 고개를 끄덕이며 말했다.

"일단은 청해성으로 갈까 하네."

"청해성이오?"

"본좌의 가문이 있던 곳이네. 벌써 60년 가까이 흘렀고 본좌의 일로 많은 사람들이 숙청되어 가문이 남아 있을지는 모르지만, 본거지가 없는 이상 한번 찾아가 보는 것도 나쁘지 않다는 생각이네."

불괴대제의 말이 틀리지는 않은지라 장천은 고개를 끄덕이며 수긍했다.

이렇게 해서 오백 명이 넘는 사람들이 청해성으로 향하게 되었다.

하지만 그곳으로 가는 길이 그렇게 쉽지만은 않았다. 사천 최남단으로 남만과의 경계선에 있는 불괴곡에서 청해까지 가는 도중 수십 년 동안 햇빛을 받아보지 않은 사람들이나 불괴곡에서 태어난 2세들은 이유 모를 병에 걸려 사천을 넘어가기도 전에 이백 명에 가까운 수가 죽었고 백여 명의 사람들 역시 병을 잃아 여정이 길어질 수밖에 없게 된 것이다.

"아!"

불괴대제는 자신과 함께하는 사람들 중 많은 수가 병으로 죽거나 쓰러지자 안타까울 수밖에 없었다. 불괴곡을 빠져나가면 모든 것이 마음대로 될 줄 알았지만 현실은 그렇지 않았기 때문이다.

벌써 이십여 명에 이르는 의원들을 납치하여 그들의 병을 치유하려 했지만, 병의 원인조차 파악하지 못하고 있었기 때문이다.

거기에다 그를 가장 좌절하게 만든 것은 바로 손자인 마운성 역시 그 병에 걸려 쓰러졌다는 것이다.

불괴곡에서 태어난 자들은 모두가 병마의 그물에 걸려 있었으니 그의 손자 역시 예외가 아니었다.

"하, 할아버지."

"운성아, 걱정 말아라. 이 할아비가 너의 병을 꼭 고쳐 줄 테니 말이다."

불괴곡을 나온 일행들이 머물고 있는 곳은 사천의 작은 마을이었다.

침상에 누워 고열로 인해 땀을 흘리며 괴로워하고 있는 손자의 모습을 보며 그는 한탄할 수밖에 없었다.

한참 그렇게 손자의 손을 잡고 있던 그는 운성이 잠이 들자 조용히 방을 나와서는 한숨을 내쉬며 마당으로 나왔다. 그곳에는 마운성을 치료하기 위해 왔던 의원이 서 있었다.

의원의 모습을 본 불괴대제는 조용히 물었다.

"아직도 병의 원인을 찾지 못했는가?"

"그것이……."

물론 의원 역시 목숨을 부지하려면 방 안에 있는 소년의 병을 고쳐야 한다는 것을 알고 있지만, 의서에도 나와 있지 않은 증상인지라 확답을 할 수가 없었던 것이다.

"휴."

한숨밖에 나오지 않는 그의 곁으로 장천이 다가와 마운성의 상태를 물었다.

"성이의 상태는 어떻습니까?"

"본좌의 진기를 사용하여 근근히 버티고는 있지만, 아무래도 한 달을 넘기지 못할 것 같다네."

불괴대제가 고개를 저으며 답하자 장천 역시 안타까울 수밖에 없었다.

한참을 무슨 방도가 없을까 생각해 본 장천은 그때 문득 과거의 일이 생각나는지라 손바닥을 치며 소리쳤다.

"불괴대제님, 잘하면 그가 살 방법이 있을 것 같습니다."

"무슨 방도라도 있는가?"

장천의 외침에 불괴대제는 크게 놀라서는 되물을 수밖에 없었는데, 그는 고개를 끄덕이며 말했다.

"제가 알고 있는 바에 의하면 견즉사의 호청명이 사천에 있을 겁니다."

"…그 사람이 누군가?"

되물을 수밖에 없는 불괴대제였다.

육십 년을 불괴곡에서 살아온 그였으니 견즉사의의 명호를 모르는 것은 당연한 일인지라 장천은 그에 대해서 자세하게 이야기해 주었다.

"견즉사의 호청명은 중원 제일의 의원입니다. 성격이 괴팍하긴 하지만 그 의술만큼은 화타에 버금간다 하더군요."

"아!"

장천의 말에 불괴대제는 크게 기뻐하는 표정을 지었다.

제27장
견즉사의 호청명

챙! 챙!

불괴대제가 붙여준 열 명 정도의 무사들과 함께 장천은 삼 일 밤낮을 쉬지 않고 달려 그가 살고 있는 곳에 도착할 수 있었는데, 그가 살고 있는 오두막이 있는 곳에서 병장기 부딪치는 소리가 들려오자 범상치 않은 일이 벌어졌다는 것을 알 수 있었다.

무사들을 멈추게 한 후 조심스럽게 오두막 쪽으로 접근해 들어간 장천은 수십 명의 무사들이 호청명의 오두막 앞에서 싸우고 있는 것을 볼 수 있었다.

이미 싸운 지가 꽤 되었는지 마당에서는 십여 명의 무사들이 죽거나 부상을 당하여 신음을 내지르고 있었는데, 어이없게도 곰방대를 물고 있는 한 노인이 그것을 보면서 재밌다는 듯이 지켜보는 것을 볼 수 있었다.

"크크크크. 뭣들 하는 게냐! 너희들 중 승자만이 기회가 있다는 것을 모르느냐!"

호청명은 자신의 앞마당에서 싸우는 자들을 보며 기괴한 웃음소리를 내며 다그치니 그들은 미간을 일그러뜨리면서도 싸우는 것을 멈추지 않았다.

싸우는 자들의 무공을 보니 적은 수의 무사들은 청성파의 검술을 펼치고 있었고, 그 외의 다수는 사파의 검술을 펼치고 있었다.

하지만 과연 구파일방의 하나인 청성파였는지 여섯 명 정도의 인원으로 사파라 생각되는 열다섯 명의 무사들을 밀어붙이고 있었다.

"사형, 이따위 개 같은 싸움을 계속해야 한단 말입니까!"

청성의 무사들 중 십대 후반의 젊은 무사가 자신의 앞에 있던 자의 목을 베고는 옆에 있던 중년의 무사에게 얼굴을 일그러뜨리며 소리쳤는데, 그는 아무 말도 하지 않고 자신을 공격하는 사파의 무사들과 싸움을 계속할 뿐이었다.

장천이 보건대 청성파와 사파의 무사들은 원치 않는 싸움을 하고 있다는 표정이 역력하니 그로선 영문을 알 수가 없었다.

영문을 알 수 없는 싸움은 반 시진 정도가 지나자 정파인들이 사파의 무사들을 모두 쓰러뜨림으로써 끝이 났다. 사형이라 불린 중년의 무사는 주위에 쓰러져 있는 자신의 동문들을 보며 착잡한 표정을 짓고 천천히 견즉사의의 앞으로 가서는 말했다.

"당신이 말한 대로 사파의 무사들을 모두 베었소. 이제 철혈독(鐵血毒)의 해독약을 주시오."

"케케케. 한 사람을 살리기 위해 수십 명을 죽인다라… 과연 정파의 나부랭이들이 할 만한 짓이군."

"크윽……."

호청명의 말에 사형이라 불린 자는 분노가 치솟아올랐지만 지금 상황에서 노기를 터뜨릴 수는 없는지라 입술을 깨물며 참을 수밖에 없었다.

청성의 무사인 그가 견즉사의에게 온 이유는 바로 장문인이 독에 중독되었기 때문이다.

정체를 알 수 없는 독에 중독된 청성파의 장문인이 사경을 헤매고 있었는데 온갖 해독약을 다 사용했지만 치유되기는커녕 점점 더 심해지고 있었기에 그들은 수백 금을 내주며 하오문과 개방에서 정보를 구해 견즉사의를 찾아온 것이다.

놀랍게도 견즉사의 호청명은 그들 장문인의 중상만을 듣고도 철혈독이란 독에 중독되었다는 것을 알아냈지만, 그때 사파의 무사들 역시 그들의 문주가 철혈독에 중독되어 사람들을 보내왔던 것이다.

이를 본 호청명은 두 무리 중 살아남는 자에게 해독약을 준다는 말을 했기에 어쩔 수 없이 청성파의 무사들은 사파의 무사들을 모두 죽일 수밖에 없었다.

청성파의 우두머리로 온 청년은 현 장문의 수제자인 천유성(天流星)이란 자로 그 자질과 무공이 뛰어나 청성파의 차기 장문인으로 유력한 젊은이였다.

그만큼 그의 자존심은 어느 누구보다 높다고 해도 과언이 아니었는데, 스승의 목숨을 구하기 위해서라지만 견즉사의 같은 자에게 휘둘렸으니 자존심에 큰 상처를 입은 것이다.

"옜다! 수십을 죽였으니 한 녀석쯤은 살려도 무방하겠지. 케케케!"

호청명은 품에서 작은 도기병을 하나 꺼내어서는 그에게 건네주니 천유성은 그것을 받아 쥐어 품에 넣고는 그의 앞에 주머니를 하나 던져 주며 말했다.

"금 300냥이오. 청성파는 이제 그대에게 빚진 것이 없소이다."

그 말과 함께 돌아선 그가 경공을 사용하여 뛰어가니 다른 청성파의 무사들 역시 천유성의 뒤를 따라 견즉사의의 오두막에서 사라졌다.

"크크크. 자존심만 남아 있는 정파의 꼬마들이구나. 크크크. 거기, 나무 뒤에 숨어 있는 아해는 뭐 하느냐? 청성파의 꼬마들이 사라졌으니 이제 나올 때가 되지 않았느냐?"

나무 뒤에 숨어서 견즉사의의 행동을 보던 장천은 크게 놀라지 않을 수 없었다. 기척을 숨기고 다가섰음에도 자신을 알아채고 있었기 때문이다.

하지만 어쨌든 한 번은 만나야 하는 사람인지라 장천은 지저분해진 옷을 두세 번 털고는 천천히 그의 앞으로 걸어가서 포권을 하며 말했다.

"귀영각의 두형이 견즉사의 호청명 대협께 인사 올립니다."

"크크크. 귀영각이란 것이 어디 붙어 있는지는 모르지만 보아하니 한 수 재간은 있어 보이는 놈이로구나. 그래, 네 녀석은 어디가 아파서 찾아왔느냐? 크크크."

소름 끼치는 웃음을 흘리며 묻는 그를 본 장천은 미소를 짓고는 말했다.

"제가 몸을 담고 있는 곳의 사람들이 크게 열병을 앓고 있는지라 호청명 대협의 도움을 얻고자 해서 찾아왔습니다."

"열병? 열병 따위로 본좌를 찾아오는 녀석들도 있었나?"

열병이란 말에 호청명은 고개를 갸우뚱거리며 장천에게 되물었는데,

그는 호청명의 물음에 고개를 저으며 말했다.

"열병이 보통 볼 수 있는 것과는 다른 괴이함을 보이기 때문입니다."

"괴이하다고?"

"예. 모두들 한 몇십 년간 사천과 남만 경계에 있는 깊은 계곡에서 머물다 나왔는데, 밖으로 나오자마자 열병에 걸리더군요."

"뭐? 크헬헬헬. 거참, 재밌는 놈이로구나. 사천과 남만의 경계에 있는 계곡에서 나왔다면… 오라! 귀영각이 아니라 마교에서 독종들만을 가둔다는 불괴곡에서 나온 놈들이로구나."

"역시 견즉사의 호청명님을 속일 수가 없군요."

"크크크. 그렇다면 볼 것도 없다. 수십 년간 깊은 계곡의 음기에 익숙해진 몸이 갑자기 양기를 접하게 되자 몸의 조화가 무너져 버렸기 때문이다."

역시나 명의라고 할 수 있는 자였으니, 단순히 장천의 몇 마디 말을 들었음에도 수십 명의 의원들이 알아채지 못했던 병의 원인을 정확히 짚어낸 호청명이었다.

"그런 이유로 잠시 견즉사의님을 모시고 갈 생각인데, 저희들과 함께 가주시겠습니까?"

장천의 말에 역시나 호청명은 단호하게 거절했다.

"거절한다."

"그렇군요. 그럼 처방이라도 일러주십시오."

"그것도 거절한다. 네 녀석이 뭐가 이쁘다고 그 따위 귀찮은 짓을 해주겠느냐?"

처방전을 써달라는 말마저 거절당하자 장천은 크게 한숨을 쉬며 가볍게 양손에 화기를 끌어올렸다.

"어쩔 수 없군요. 저도 일이 일이니만큼 부득이하게 견즉사의 대협을 힘으로라도 모셔가야 하겠습니다."

"호오! 조화의 경지에 이른 화의 무공이라……."

호청명은 장천의 손에 일렁이는 화기를 보고는 크게 감탄하더니 손짓을 하며 말을 이었다.

"잠시 이리 좀 오거라. 네놈의 몸을 보니 흥미가 생기는구나."

"거절하겠습니다."

"왜?"

"일전에 백부께서 말씀하시기를 실험 재료가 되고 싶지 않다면 견즉사의 대협의 삼 장 안으로는 절대 들어가지 말라고 하셨기 때문입니다."

"호오! 그 백부란 놈이 본노를 잘 아는 모양이구나. 그래, 그놈의 이름이 무엇이더냐?"

"패쌍도 등평."

"크윽… 쌍도문!!"

장천의 입에서 패쌍도 등평의 이름이 나오자 호청명은 갑자기 자리에서 벌떡 일어나 이를 갈며 쌍도문의 이름을 외치고는 장천을 손가락으로 가리키며 소리쳤다.

"패쌍도 등평이 백부라니 넌 마교에서 온 꼬마가 아니로구나!"

"후후. 쌍도문에선 장천이라 불리고 있습니다."

"쌍도문의 소주?!"

"예."

"크으윽!"

장천이 쌍도문의 소주라는 것을 안 그는 장천에 대한 평가를 완전히
달리하고 말았다.

처음에는 아직 세상 물정 모르는 마교의 꼬마라고 생각했는데, 쌍도
문의 소주라는 것을 알게 되자 영악한 꼬마 녀석이라는 생각으로 바뀐
것이다.

"남아 있는 청심단과 제조 비법까지 모두 긁어간 녀석들이 뭐가 부
족하다고 또 찾아와서 이 늙은이를 괴롭히느냐!"

"이번에는 쌍도문의 일이 아니라 홍련교의 일로 찾아왔을 뿐입니
다."

"크으윽… 오립산의 뻔뻔함을 그대로 빼다 박은 놈이로군!"

"태사부 어르신과 비교하시다니 몸 둘 바를 모르겠습니다. 후후."

자신의 말에 부끄럽다는 듯이 몸을 꼬며 말하는 꼬마를 보니 그로선
황당할 수밖에 없었다.

"어쨌든 볼일없다. 돌아가거라!"

더 이상 말하기도 싫다는 듯이 돌아서려는 그를 보며 장천은 미소를
지으며 말했다.

"저랑 내기 한번 하시지 않겠습니까?"

"내기?"

"예. 저의 나이를 알아맞히시는 것입니다."

"음……."

자신의 의술로 어린 꼬마의 나이 정도야 쉽게 알아맞힐 수 있다고
생각한 그는 고개를 끄덕이고는 장천을 보며 말했다.

"내가 이긴다면 무엇을 해주겠느냐?"

"제가 가진 게 뭐가 있겠습니까. 그저 몸으로 때울 수밖에요."

"음. 내가 진다면 마교의 녀석들을 치료하는 것이렷다?"

"그렇습니다."

일단 내기 자체가 자신에게 유리한 것인데다 화의 무공을 익히고 있는 꼬마의 몸을 살펴보고 싶었기에 그는 장천의 내기를 수락했다.

"좋다!"

"그럼 나이를 맞혀보세요."

장천의 말에 견즉사의는 그에게 다가가서는 이빨과 함께 여러 군데를 관찰했는데, 잠시 후 크게 놀라지 않을 수 없었다.

보기에는 열다섯 살 정도의 꼬마였는데 내공은 벌써 사 갑자를 상회하고 있었기 때문이다.

'천무성골로 임독양맥과 세맥이 선천적으로 막히지 않았다고는 하지만 벌써 사 갑자라니… 음. 환골탈태를 겪었을 것은 분명하니 쉽지 않겠군.'

무림인들은 환골탈태를 겪으면 노인이라 할지라도 몸이 젊어지는 현상을 겪기 때문에 나이를 알아맞히는 것은 쉬운 일이 아니었다.

하지만 환골탈태라 해도 흔적은 남기 마련이니 견즉사의는 다시 한 번 녀석의 나이를 알아맞히기 위해 살펴보았지만 도대체 이놈의 나이는 측정이 불가능했다.

'뭐, 이런 녀석이 다 있지?'

호청명은 백 살이 넘게 살아오면서 많은 자들의 몸을 살펴보았지만 자신의 눈앞에 있는 꼬마처럼 괴이한 몸을 가진 녀석은 처음 보았다.

육안으로 보이는 나이는 열다섯이지만 몸 안의 여러 가지 모습을 본다면 길게 잡아도 백 살 이상까지 볼 수 있었기 때문이다.

정확한 나이를 알아보기 위해선 뱃속을 갈라보는 수밖에 없었으나 나이를 알아본다고 배를 가를 수는 없는지라 답답할 수밖에 없었다.

하지만 이렇게 물러섰다가는 오립산에 이어 그의 후예에게까지 당하는 꼴이 되는지라 자존심 때문에라도 물러설 수 없는 호청명이었다.

"자네 나이는……."

"예, 제 나이는요?"

자신의 말에 기대에 가득 찬 눈빛으로 장천이 쳐다보자 호청명은 잠시 긴장할 수밖에 없었다. 강렬한 빛이 새어 나올 것 같은 똥글똥글한 눈동자를 보며 도저히 거짓을 말할 수가 없었기 때문이다.

"휴우… 내가 졌네. 도대체 자네의 나이는 몇인가? 열다섯에서 백까지 길게 볼 수 있는 나이는 내 생전 처음이네."

"후후. 사실 저도 정확한 제 나이를 모르고 있습니다."

"무슨 말인가?"

"전 고아였는데 아버지가 양자로 들이셨거든요."

"음. 천무성골을 양자로 들이다니 쌍도문은 복이 터졌군."

"후후. 그런데 말이에요, 제 나이가 열다섯에서 백 세까지라뇨?"

호청명의 말에 장천은 궁금증이 밀려왔기에 물어볼 수밖에 없었는데, 호청명은 한숨을 내쉬며 말했다.

"사람의 나이를 보는 것은 꽤 많은 방법이 있다. 첫 번째가 이빨로 보는 방법이다. 둘째 피부로 보는 방법, 셋째 혈도로 보는 방법, 넷째 장기로 보는 방법 등 열거하기는 어렵지만 백여 가지 이상이 있다고 해도 과언이 아니지. 하나 깨달음이나 내공이 극에 이르렀을 때 신체는 기를 받아들이는 그릇을 확장시키기 위해 환골탈태란 것을 경험하게 되는데 이런 경우는 신체가 달라지기는 하지만 확장된 단전의 크기를 통해 나이를 유추할 수 있다."

"와!"

처음 듣는 이야기인지라 장천은 흥미진진하게 이야기를 들었다.

"하지만 네 녀석의 경우에 내가 백 살까지 크게 보게 된 이유는 단전의 크기가 너무 크다는 것이다."

"단전의 크기가 너무 크다니요?"

"환골탈태는 한 번만 있는 것이 아니라 몸 안의 기가 확장되어 더 이상 단전이 버티지 못하게 될 시 자연적으로 몸이 기에 순응하여 겪는 현상이다. 이런 이유로 한 번의 환골탈태를 겪었다 하더라도 신체는 다시 한 번 환골탈태를 통해 기를 저장할 수 있는 그릇을 만들게 되지. 하지만 너의 경우에는 태어나서부터 단전 자체가 다른 사람과 다르던지 다른 일종의 개정 대법을 받았는지 자세히는 모르겠지만, 그런 이유로 내가 나이를 밝히는 데 상당히 힘들었던 것이다."

"그렇군요."

장천이 자신의 말에 수긍하자 그는 한숨을 쉬고는 방 안으로 들어갔다. 일단 내기에는 졌으니 그의 부탁을 들어주기 위함이었다.

하지만 그의 발길을 막는 이들이 있었으니 또 다른 무리들이 견즉사의의 오두막으로 몰려왔기 때문이다.

"앗!"

경공을 사용해서 나타나는 이의 모습을 확인한 장천은 크게 놀라지 않을 수 없었으니 그들은 바로 우경의 일당이기 때문이다.

"만근퇴 우경?!"

"응?"

우경 역시 장천의 모습을 확인하고는 크게 놀라는 표정을 지었다.

"불괴대제와 곡을 빠져나갔으리라는 것은 짐작하고 있었다만 이곳에서 만나다니 의외로군."

그가 장천을 보곤 회심의 미소를 지으며 말하자 장천은 긴장할 수밖에 없었다.

하지만 이들이 이곳에 나타난 것을 보며 하나의 추리를 할 수 있었는데, 바로 그들도 불괴대제의 무리들이 걸린 병에 많은 사람들이 쓰러지지 않았을까 하는 생각이었다.

"오래간만입니다. 그런데 우경 어르신께서 무슨 일로 이런 곳에 오셨는지 궁금하지 않을 수 없군요."

"음……."

그의 말에 우경은 안색을 찌푸리고 말았다.

역시나 장천이 생각했던 대로 그 역시 불괴곡에서 나온 사람들이 괴이한 열병에 걸리자 그것을 치료하기 위해 백방으로 수소문을 하다 사천의 산골에 중원 제일의 의원이라는 견즉사의 호청명이 있다는 말을 듣고 온 것인데, 이곳에서 장천을 만났기 때문이다.

자신의 딸에게 자세한 이야기를 들었던 우경은 불미스러운 일이 없다는 것은 알고 있었지만, 그와는 반대로 장천이 자신에게 이를 갈고 있다는 생각에 오늘 일이 쉽게 풀리지 않을 것이라 짐작한 것이다.

"자네 역시 이곳에 온 것을 보면 불괴대제의 무리 역시 같은 병을 앓고 있겠군."

"그럴 수밖에요. 불괴곡에서 살아온 이들이라면 어쩔 수 없이 걸리는 병이라 하더군요."

"그런가……."

장천의 말투에는 강한 억양이 실려 있는지라 그가 자신을 싫어한다는 것을 알 수 있는 우경이었다. 하지만 그로선 이곳에서 쉽게 물러설 수 없었다.

자존심을 버리는 한이 있어도 반드시 견즉사의 호청명의 도움을 받아야 하기 때문이다.

"견즉사의 호청명 대협께서는 안에 계신가?"

"예. 하지만 애석하게도 제가 선약을 했기 때문에 우경 어르신께는 기회가 없을 것 같군요."

"부탁이네만 그 기회를 나에게 넘겨줄 수 없겠는가?"

"거절하겠습니다."

"크윽."

단호하게 거절하는 장천을 보며 우경은 노기가 치솟아올랐지만, 아직 호청명을 만나지도 못한 이상 그의 오두막 앞에서 함부로 싸움을 걸 수는 없다는 생각에 노기를 누를 수밖에 없었다. 그때 그의 뒤에 있던 중년 무인이 조심스럽게 그에게 전음을 날렸다.

[어르신, 일단은 호청명이란 자를 만나보는 것이 어떻습니까? 지금 상태에서 눈앞의 꼬마와 싸우는 것은 이로울 것이 없다고 생각합니다.]

그의 말이 틀리지 않는지라 우경은 장천을 지나서는 방문 앞에 서서 포권을 하고는 말했다.

"남양(南陽)의 우경이 견즉사의 호청명 대협을 뵙고자 하오니 허락하여 주십시오!"

우경은 부탁하는 처지인지라 정중하게 포권을 하고는 소리쳤는데, 그의 말을 듣고 나온 호청명은 특유의 음흉한 웃음을 지으며 말했다.

"본인은 할 말이 없네. 자네가 나를 찾아온 이유가 저 꼬마와 같은 것이라면 내가 아니라 저 꼬마에게 부탁하게나. 내가 치료한다고 한 곳은 꼬마가 말하는 한 군데이니 말이야."

"큭!"

역시나 청성파의 일이 있던 것처럼 호청명의 심술보가 터지고 말았으니 우경은 미간을 찌푸릴 수밖에 없었다.

우경으로선 장천에게 또다시 부탁한다는 것은 도저히 못하겠는지라 다시 한 번 그를 보며 포권을 취하고는 말했다.

"호 대협, 다시 한 번 부탁드립니다."

"거참, 내 말을 못 들었는가? 치료를 받고 싶으면 저 꼬마에게 부탁하라고 하지 않나?"

노기가 치솟아오른 우경은 당장이라도 자신의 앞에서 실실 쪼개고 있는 의원 녀석의 얼굴을 부수어 버리고 싶었지만, 그가 없으면 자신의 식솔들 목숨을 구할 수 없는지라 한숨을 쉴 수밖에 없었다. 그때 그의 앞으로 장천이 걸어와서는 말했다.

"한 가지 방법이 있긴 한데 말입니다."

"한 가지 방법?"

"예. 우경 어르신의 무리들과 불괴대제의 무리들이 하나가 된다면 한 곳을 치료하는 것이나 마찬가지가 아닙니까?"

"큭!"

장천의 말에 신음 소리를 낸 것은 우경이 아니라 호청명이었다.

내기에 지기는 했지만 불괴곡의 다른 무리들이 나타나서는 장천이란 꼬마와 적인 것 같은 모습을 보이자 꾀를 내어 말한 것이었기 때문이다.

좀 전에 있던 청성파 역시 이런 식으로 붙어서는 살아남는 한쪽에게만 약을 내어주기로 했던 것인데, 앞에 있는 꼬마가 자신의 계략을 부수어 버리자 낭패감을 느끼게 된 것이다.

다행히 우경의 일파는 불괴대제의 무리들과 힘을 합치는 것이 싫은 모양이기에 호청명은 속으로 그들이 꼬마의 말을 거절하길 빌었다.

"불괴대제의 무리들과 힘을 합치라는 말인가?"

우경은 불괴대제와는 그리 사이가 좋지 않았기에 힘을 합친다는 말에 다시 한 번 물어보게 되었는데, 의외로 장천은 고개를 젓고 있었다.

"그것이 아니라면 무엇이란 말인가?"

"불괴대제와 힘을 합치라는 것이 아니라 저와 문성의 수하로 들어오라는 말입니다."

"이 겁대가리없는 녀석이 감히 무슨 소리를 지껄이는 거냐!"

장천의 이어지는 말에 먼저 노기를 터뜨린 것은 우경이 아니라 그의 주변에 있는 수하들이었다.

자신들의 우두머리인 우경에게 수하가 되라고 말하니 어찌 화가 나지 않겠는가?

하지만 장천은 그들의 살기 가득한 협박에도 아랑곳하지 않고 미소를 지으며 말했다.

"조금 어렵기는 하겠군요. 뭐, 할 수 없지요. 사람이 죽어가는 판에 자존심이 더 중요하다고 생각하니 말이에요."

"크윽……"

우경은 입술을 깨물 수밖에 없었다.

현재 그는 어떻게든 견즉사의 호청명의 치료를 받아야 하는 이유가 있었으니, 바로 자신의 딸인 매아가 병을 앓고 있었기 때문이다.

사람이 나이를 먹게 되면 정에 더 민감하게 되는 법인데 말년에 얻은 외동딸이 병을 앓고 있으니 어찌 답답하지 않을 수 있겠는가?

눈에 넣어도 아프지 않을 외동딸이었으니 그가 갈등하는 것은 당연한 일이었다.

장천은 우경의 이런 사연을 알지 못하는지라 고민하고 있는 모습을 보이는 그를 보며 의아하게 생각하고 있었다.

자신의 수하가 되라는 말은 한번 던져 본 말이었고, 안 되면 불괴대제와 일정 시간 동안만 동맹을 하는 방식으로 이 기회에 자신들을 돕는 세력으로 만들어볼 생각이었다.

불괴대제와 힘을 합치고는 있지만, 실제로 문성과 자신의 세력은 전무한 형편이니 우경의 세력이 탐날 수밖에 없었던 것이다.

우경이 거절한다고 말한다면 잠시 할 수 없다는 식으로 말하다가 천천히 자신들을 도와주는 식으로 말을 바꿀 생각이었는데, 생각 외로 우경이 심각하게 고민하자 그 순간 한 사람의 존재가 퍼뜩 생각이 났다.

"그나저나 매아 소저는 잘 있는지 궁금하군요?"

"큭……."

역시나 매아의 이름이 나오자 그의 안색은 더 시퍼렇게 변하고 마니 불괴대제의 아들과 마찬가지로 매아 역시 갑작스럽게 밀려오는 양기로 인하여 몸의 조화가 깨지는 병을 앓고 있다는 것을 알 수 있었다.

'딸을 꽤 아끼는가 보군. 음… 매아라…….'

자신을 죽일 뻔한 위기까지 몰고 갔던 매아이긴 했지만 악의는 없었고 오히려 자신의 수발을 해준 것을 감안한다면 조금 미안한 생각이 든 장천은 마음을 결정하고 조건을 약간 완화시켜 그의 결정을 쉽게 해주기로 생각했다.

"그렇다면 이렇게 하는 것이 어떻습니까?"

"무슨……."

"어차피 우경 어르신 역시 일단 외부에서 식솔들을 정비한 후 홍련교의 남아 있는 자들과 힘을 겨루실 생각이 아닙니까?"

"음……."

"솔직히 우경 어르신을 따르는 무리들이나 불괴대제의 무리들이나 각자의 힘으론 현재 홍련교 내부의 인물들과 힘을 겨루는 게 이란격석(以卵擊石)인 것은 자명한 일입니다. 저희들에게 중요한 것은 내부로 진입하는 것이니 일단 힘을 합쳐 확실히 본 교에서의 기반을 다져 놓는 것이 좋지 않겠습니까?"

"음."

처음 수하로 들어오라는 말은 들어줄 수 없는 말이지만 내부의 기반을 다질 때까지 잠정적으로 협력 상태를 가진다는 것은 구미가 당기는 일이었다.

솔직히 그 역시 지금의 세력으로 홍련교 총단에 있는 기존 세력을 누르는 것은 어렵다고 생각했기 때문이다.

장천의 말을 듣고 한참을 생각에 잠겨 있던 우경은 마음을 정하고는 장천을 보며 말했다.

"자네의 말을 따르도록 하겠네."

"옳으신 판단입니다."

"좋아할 것 없네. 이건 교 내에서 기반을 닦기 전까지 잠정적인 동맹에 불과하니 말일세."

"헤헤, 여부가 있겠습니까?"

비굴한 표정으로 손을 비비며 말하는 장천을 본 우경은 자신도 모르게 웃음이 새어 나올 수밖에 없었다.

"호 어르신은 이분들에게 병을 치유할 수 있는 처방전을 써주세요."

"무슨 말이냐? 난 분명히 한 무리만을 치료하기로 하지 않았느냐?"

"무슨 소리예요. 방금 전의 이야기를 못 들었나요? 저희는 동맹이라고요, 동맹. 그러니까 같은 편이란 말이에요."

"떼끼! 내가 그런 것을 몰라서 그러느냐? 하지만 내가 허락했을 때는 분명 다른 무리였으니 처방전을 내어줄 순 없다."

호청명이 처방전을 내어줄 생각을 하지 않자 장천은 어쩔 수 없다는 듯이 고개를 내젓고는 우경을 보며 전음을 전했다.

[우경 어르신의 식솔들이 있는 곳이 어디입니까?]

[하루라도 빨리 치료하기 위해 마차를 이용하여 산 밑의 마을에 머물고 있다네.]

[잘됐군요. 그럼 그들을 데리고 동서쪽으로 팔십 리 정도 떨어진 진면이라는 마을로 가십시오. 그곳으로 가면 불괴대제를 비롯하여 사람들이 있을 것입니다.]

그 말을 들은 우경은 장천의 뜻을 눈치 채고는 고개를 끄덕이며 말했다.

[알겠네. 그런데 우리들이 찾아가면 불괴대제가 믿지 않을 것인데.]

[제 뒤로 불괴대제의 수하들이 있습니다. 잠시 시간을 내어 그들에게 전음을 날리도록 하겠습니다.]

[알겠네.]

전음으로 이야기를 마친 두 사람은 고개를 끄덕였고, 장천은 견즉사의 호청명을 보며 말했다.

"어쩔 수 없지요. 그럼 한 군데라도 일단 치료해야겠네요."

견즉사의 호청명은 장천이 너무 자연스럽게 나오자 의심이 들 수밖에 없었다.

하지만 무엇을 꾸미고 있는지는 알지 못하는지라 일단 약조한 것은 지키기 위해 툴툴거리며 집 안에서 몇 가지 물건을 들고 나왔다. 그것을 본 장천은 이상하다는 듯이 고개를 갸우뚱거리며 말했다.

"어라? 약 같은 것은 가지고 가지 않나요?"

"그런 병은 침과 함께 흔히 볼 수 있는 약초로도 치료할 수 있으니 걱정 말아라."

"그래요? 다행이네요. 그럼 내려가죠."

"알겠다."

호청명이 승낙을 하자 장천은 불괴대제의 수하들에게 돌아가라 지시한 후 그와 함께 산을 내려와 한 마을의 객점에 들르게 되었다.

사천의 오지에 있는 마을인지라 사람들은 그렇게 많지 않았는데, 장천은 그곳에서 예상외의 인물을 보게 되었다.

바로 과거 쌍도문의 일행들과 사천당가에 들렀다가 만났던 남만의 독문 무사들이 그곳에 있었던 것이다.

"저자는……."

그의 얼굴을 보는 순간 장천은 분노가 치솟아오르지 않을 수 없었으니 바로 곽무진을 사경으로 몰고 갔던 인물이기 때문이다.

하지만 지금 상황에서는 불괴곡의 사람들을 구하는 것이 먼저였기 때문에 그와 싸움을 벌일 수 없는 장천은 이를 갈면서도 모르는 체할 수밖에 없었다.

장천이 이를 갈고 있는 인물은 바로 독문의 무사인 쌍두편 구랍이었다.

구랍의 앞에는 두 명의 무인이 있었는데, 건장한 덩치에 태양혈이 크게 두드러져 보이는 인물이었다.

'사천당가의 일도 있었는데, 독문의 인물이 사천으로 들어오다니 또 무슨 일을 꾸미고 있는 건가?'

구랍의 무공은 몸으로 직접 체험해 본 장천인지라 독문에서의 서열이 낮지 않음을 알고 있었는데, 그런 그가 이렇게 직접 나선 것을 보면 심상치 않은 일을 꾸미고 있다는 것을 알 수 있었다.

"케케케, 저 눈 째진 놈을 유심히 살피는 것을 보니 무슨 연유가 있는 모양이구나?"

"헉!"

호청명이었다.

그는 장천이 쌍두편 구랍을 보며 이를 갈더니 유심히 관찰하는 것을 보며 그와 무슨 연관이 있는 자라는 것을 알고는 또다시 심술보가 터진 것이다.

"응?"

쌍두편 구랍은 호청명이 말하는 눈 째진 놈이란 것이 자신을 가리키는 것이라 생각하고는 고개를 돌려 장천들을 쳐다보았다.

'젠장! 이 빌어먹을 노인네가!'

장천으로선 제대로 일을 해줄 생각은 하지 않고 시비만 거는 호청명을 보며 욕이 나올 수밖에 없었다.

"흑흑흑… 할아버지, 제발 정신 좀 차리세요. 여기에 눈이 째진 사람이 또 어디 있다고 그러세요. 흑흑흑… 정정하시던 분이 망령이 드셔서… 흑흑흑."

"무슨 소리냐, 이놈아! 망령이 나다니!"

장천의 말에 호청명이 노기를 터뜨리며 소리 지르니 장천은 알겠다는 듯이 고개를 끄덕이고는 말했다.

"죄송해요, 할아버지. 망령이라니… 제가 말실수를 했네요."

호청명을 보며 그렇게 말한 장천은 변태변골을 사용하여 얼굴을 급히 바꿔 고개를 돌려서 사람들을 보며 연신 고개를 숙이고는 말했다.

"죄송합니다. 저희 할아버지께서 몸이 좀 안 좋으셔서."

"누가 네 할아버지냐, 이 녀석아!"

"흑흑흑. 할아버지, 제발 정신 좀 차리세요. 흑흑."

자신의 말에 화를 내며 소리치는 호청명을 보며 그의 품으로 달려가서는 눈물을 터뜨리며 소리치니 쌍두편 구랍은 늙은이가 망령이 들어서 헛소리를 했구나 하는 생각에 불쌍한 소년이라는 생각을 하며 고개를 돌렸다.

열다섯 정도의 외모인 장천은 호청명의 손자뻘로 보이는 데다 눈물까지 흘리며 할아버지를 걱정하는 모습을 보이고 있으니 어느 누가 장천이 거짓을 말하고 있다 생각하겠는가?

어렸을 때부터 미동계라는 희대의 표정 연기로 단련이 되었기에 가능한 일이었다.

무슨 말을 할 때마다 장천이 망령난 늙은이로 자신을 몰아붙이는지라 호청명은 더 이상 말을 하지 못하고 입을 다물 수밖에 없었다.

'늙으면 서럽다는 말이 바로 이것이로구나.'

늙었다는 이유 하나만으로 망령난 늙은이의 덫에서 벗어나지 못하는 호청명의 한탄이었다.

'휴… 그나저나 이놈의 늙은이, 날 못 잡아먹어서 안달이군.'

간신히 위기를 넘긴 장천은 안도의 한숨을 쉬고는 다시 그들의 이야기에 귀를 기울이기 시작했다.

"아무튼 저희 철사방(鐵砂幫)과 독문과의 동맹권을 잘 부탁드리오."

쌍두편 구랍의 앞에 있던 두 명의 무사 중 대도를 차고 있는 무사의 말에 그는 고개를 끄덕이며 말했다.

"물론이오. 본 문 역시 이번 기회에 중원에 진출할 계획이니 이번 동맹은 서로 간에 득이 되는 것이라 생각하오."

'철사방이라……'

철사방은 사천의 서부 일대를 장악하고 있는 사파의 방파 중 하나였다.

물론 사천당가나 아미파, 청성파와 같은 거대문파가 몰려 있는지라 그리 큰 방파라고는 볼 수 없었지만 서부 일대에서는 알아주는 명성을 지니니 남만의 독문이 이용하기에는 쓸 만한 방파라고 할 수 있었다.

'독문이 중원으로 나서려나 보군.'

녀석이 무엇 때문에 사천에 왔는지 알게 된 장천은 점원을 보며 간단하게 음식을 시켰는데, 한참 후 십여 기의 인마가 객점 앞에서 서더니 쌍두편 구랍과 함께 있는 철사방의 무사들 앞으로 걸어가서는 포권을 하며 인사했다.

"방주께 인사드립니다."

"되었다. 일은 잘 마무리되었느냐?"

"아마 지금쯤 아미의 비구니들은 난리가 났을 것이라 생각됩니다."

"잘했다. 이만 물러가도록 해라."

"예."

이런 작은 마을에서 정파나 방해되는 문파의 무사들이 있을 리 없다고 생각한 그들은 아무런 거리낌 없이 아미파에서 일을 저질렀다는 것을 말하고 있었다.

호청명의 경우에는 원래 오두막에서 혼자 기거하는지라 옷이 남루하기 그지없었고 장천 역시 불괴곡에서 빠져나온 지 얼마 되지 않는지라 허름한 옷을 몇 번 빨아 입었을 뿐 남루하기 그지없었기에 무인이라 보지 않고 있었던 것이다.

'아미? 가만있자, 전에 청성파의 무사들이 분명 해독약이라는 것을 얻기 위해 사파의 무사들과 싸웠단 말이야… 음. 그것과 관련이 있는 것이 아닐까?'

하지만 중간에 싸움을 목격한지라 장천으로선 그 전후 사정을 알지 못했다.

만약 독이라면 독문이 관련되었을 확률은 높았는지라 철사방과 독문이 사천에 있는 정파를 상대로 무슨 일을 꾸미고 있다는 것을 짐작할 수 있었다.

'이놈의 독문이 또 무슨 일을 꾸미고 있는진 몰라도 일단 당가에 알려주는 것이 좋겠군.'

아미나 청성은 모르지만 사천당가의 경우에는 쌍도문과 안면이 있는지라 철사방과 독문이 계획하고 있는 일이 무엇인지는 모르지만 일단 경고는 해두어야겠다고 생각하는 장천이었다.

간단하게 식사를 끝낸 장천은 그곳에서 하룻밤 기거하기로 한 후 사천당가에 독문과 철사방의 계획을 알리기 위해 밖으로 나갔다.

어떤 일인지 모르는 상태지만 하루빨리 소식을 전해야 한다는 생각이 들었기 때문이다.

장천이 직접 가기에는 당가까지 적어도 삼 일은 걸리는지라 누구에게 부탁할까 생각하고 있었는데, 그때 객점에서 쌍두편 구랍이 밖으로 나오는 것을 볼 수 있었다.

'이런!'

급히 변태변골을 사용한 장천은 얼굴을 바꾼 후 근처에 자리를 잡았는데, 갑자기 구랍이 자신을 보고는 천천히 걸어오자 크게 놀라지 않을 수 없었다.

'저 녀석이 왜……'

구랍은 장천의 앞으로 걸어와서는 미소를 지으며 물었다.

"자네, 아까 노인 분과 같이 있던 소년이 아닌가?"

"그렇습니다만… 무슨 일로?"

정체가 들통나지 않았다는 생각에 속으로 안도의 한숨을 쉰 장천이 그를 보며 어리둥절한 얼굴로 물어보자 그가 품에서 무엇인가를 꺼내어서는 장천에게 건네주었다.

"이건?"

"별거 아니네. 본 문에서 정신을 맑게 해줄 때 쓰는 환단인데, 보아하니 자네의 할아버지께서 몸이 안 좋은 것 같아 주는 것이네."

"아! 감사합니다."

구랍이 호의를 베푸는 것이기에 감사하다는 말과 함께 환단을 받았는데, 그는 그런 장천을 보며 미소를 짓고는 천천히 걸음을 옮겼다.

'얼레? 그렇게 나쁜 사람은 아니네?'

지금까지는 자신의 매부라고 할 수 있는 곽무진을 죽일 뻔한 사람이기에 나쁘게 보고 있었는데, 아무런 면식도 없는 사람임에도 불구하고 이렇게 환단을 내주는 것은 그의 심성이 나쁘지 않다는 것을 뜻하기 때문에 생각을 바꿀 수밖에 없었다.

잠시 환단의 냄새를 맡아보니 청아한 향이 머리를 맑게 해주는지라 그의 말대로 복용하면 정신을 맑게 해주는 효과가 있을 듯했다.

한 시진 정도가 지난 후 간신히 사천당가로 보낼 사람을 찾은 장천은 그에게 미리 써놓은 서신과 함께 은자 열 냥 정도를 주고는 부탁을 할 수 있었다.

할 일을 했다는 생각에 가뿐한 마음으로 객점 안으로 들어서던 장천은 역시나 괄괄한 노인네와 같이하는 여행은 만만치 않음을 깨달았다.

"이 늙은이가 무슨 개소리를 지껄이는 거야?"

"뭣이! 이 빌어먹을 똥강아지 같은 녀석이!"

"뭐야!"

객점 안으로 들어서자 호청명과 철사방의 무사가 다투는 모습을 볼 수 있었으니 장천은 크게 놀라 뛰어갈 수밖에 없었다.

"무슨 일입니까, 무사님."

장천이 무사에게 조심스럽게 물어보자 그는 호청명을 가리키고는 크게 노한 목소리로 소리쳤다.

"저놈의 늙은이가 다짜고짜… 크윽……."

무사는 무엇인가를 말하려다가 더 이상 말을 잇지 못하고 있었는데, 그 모습에 호청명은 호탕한 소리로 웃더니 말했다.

"케케케케! 아랫도리가 부실하다는 말이니 제 입으로 못할 수밖에. 케케케."

"뭣이!"

"내 말이 틀렸냐? 쓸데없이 혈기만 드세니 흥분을 참지 못하고 조루에 걸릴 수밖에. 크크크."

"저 늙은이… 죽여 버리겠다!"

역시나 호청명의 도발이었다.

'젠장!'

철사방의 무사가 칼을 뽑아 들자 장천은 어찌할 바를 몰랐다.

이렇게 된다면 호청명을 보호하기 위해서라도 자신의 진면목을 드러내야 하기 때문인데, 그때 객점의 문밖에서 누군가가 나타나서는 소리쳤다.

"당장 멈추지 못하겠는가!"

내공을 돋워 외치는 소리에 사람들의 시선이 그쪽으로 돌아갔는데, 소리를 지른 사람은 바로 쌍두편 구랍이었다.

"구랍?"

"무슨 짓인가! 무를 닦는 이라면 정사마를 떠나 지켜야 할 도가 있는 법인데!"

칼을 뽑아 호청명을 내려치려고 하던 철사방 무사를 보며 구랍은 큰 소리로 다그친 후 장천과 호청명에게로 걸어와서는 말했다.

"아이야, 너는 할아버지를 데리고 방으로 돌아가도록 하여라."

"아! 감사합니다."

구랍의 말에 고개를 숙이며 감사의 인사를 한 장천은 더 이상 일이 커지기 전에 호청명을 데리고 가야 하겠다는 생각에 그의 팔을 잡고 방으로 올라갔다.

'휴. 다행이다.'

일단 위기는 넘겼다고 할 수 있었으니 장천은 호청명의 곁에서 절대로 떨어지면 안 되겠다는 생각을 굳혔다.

"도대체 왜 그러시는 겁니까!"

"내가 뭘! 난 사실을 이야기했을 뿐이다."

방 안으로 들어온 장천은 호청명을 보며 화가 난 목소리로 말했지만, 그는 자신은 아무 죄도 없다는 듯이 당당하게 말하는지라 한숨이 나올 수밖에 없었다.

"아무튼 더 이상 일을 벌이지 마세요. 제가 지금부터는 측간에 갈 때도 붙어 있을 테니까 각오하시고요!"

"흥!"

장천의 말에 콧방귀를 뀌며 뒤돌아서는 호청명이었으니 애가 따로 없다고 할 수 있었다.

다음날 아침, 장천은 이곳에서 더 이상 일을 벌이지 말아야겠다는 생각에 간단하게 아침 식사를 마치고는 다시 길을 떠났다.

하지만 소인배가 한번 품은 앙심은 절대 사라지지 않는 법이었으니 산길을 가고 있을 때 그들의 앞으로 한 남자가 길을 가로막고 있었다.

"당신은……!"

"흐흐흐, 본인에게 모욕을 주고 그냥 갈 수 있다 생각했느냐!"

어제 호청명에게 모욕을 받은 철사방의 무사였다.

그는 장천 일행들이 다시 길을 떠나기만을 기다리고 있었던 것이다.

"어제의 일은 제가 사과드릴 테니 한 번만 용서해 주십시오."

장천이 무사에게 연신 고개를 숙이며 잘못을 빌었지만 그는 손을 들어서는 호청명을 가리키며 말했다.

"네 녀석에게는 볼일이 없다! 난 저 늙은이에게 사과를 받아야겠다."

"대협, 저희 조부께서는 연세가 많으셔서 정신이 오락가락하십니다. 제발 용서를."

"누가 정신이 오락가락한다는 게냐!"

하지만 역시 호청명이 가만히 있지를 않으니 장천은 할 수 없다는 듯이 한숨을 내쉴 수밖에 없었다.

'어쩔 수 없군.'

쉽게 물러설 생각을 하지 않는 그를 보며 장천은 천천히 품에 손을 집어넣었다.

"대협, 몇 푼 안 되지만 이것으로 용서를……."

"흐흐흐, 똑똑한 꼬마로군."

역시나 돈 이야기가 나오자 얼굴이 변한 그는 천천히 장천의 앞으로 걸어왔는데, 그 순간 장천의 손이 번개같이 움직이자 하나의 물체가 무사의 정수리를 향해 날아갔다.

"끄억!"

장천이 던진 것은 바로 비도였으니 그것은 빠른 속도로 날아가 그의 정수리에 꽂혔고 무사는 외마디 비명과 함께 땅에 쓰러졌다.

"호오!"

장천이 무사를 비도술로 쓰러뜨리자 호청명은 크게 감탄하듯 탄성을 지르니 그는 한숨을 내쉬면서 말했다.

"다 호청명 어르신 때문입니다. 더 이상 사람을 죽이고 싶은 마음은 없으니 이제부턴 허튼짓 할 생각 마세요."

"크크크크."

장천은 그런 호청명의 손을 잡고는 급히 길을 재촉했다.

얼마 지나지 않아 그들이 지나갔던 길로 한 명의 남자가 경공을 사용해서 빠르게 뛰어오고 있었다.

두 개의 연편을 허리에 차고 있는 인물, 바로 쌍두편 구랍이었다.

그는 객점에서 어제 일이 있었던 철사방의 무사가 아침 일찍 조손을 따라갔다는 말을 듣고는 급히 경공을 사용해서 달려온 것이다.

"응?"

마음에 들었던 조손인지라 일이 없기를 바라면서 뛰어왔던 그였는데, 산길을 가던 중 핏자국이 있는 것을 보며 걸음을 멈추게 되었다.

"음."

피의 흔적으로 보아서는 얼마 되지 않은 흔적인지라 철사방의 무사가 일을 저질렀다는 생각을 하며 비명횡사를 했을 두 조손 생각에 고개를 가로저을 수밖에 없었다.

"이런, 내가 조금 신경을 썼어야 했던 것을……."

한숨을 내쉬며 탄식하던 그는 조손을 묻어주어야겠다는 생각을 하며 핏자국을 따라 걸어갔는데, 핏자국의 주인을 찾게 된 순간 크게 놀라지 않을 수 없었다.

"응?"

철사방의 무사에게 조손이 죽임을 당했다고 생각했는데, 수풀 속에 가려진 시체는 어이없게도 두 사람을 쫓아갔다던 무사였기 때문이다.

수풀에 버려져 있던 무사의 시체 정수리에는 하나의 비도가 꽂혀 있었는데, 사람의 머리뼈만큼 단단한 것이 없다는 것을 감안한다면 비도를 던진 자의 수법은 상당히 고명하다고 할 수 있었다.

"적어도 일 갑자를 넘긴 자의 실력이군. 설마 그 꼬마가……."

만약 그 꼬마가 자신의 생각대로 무공을 지녔다면 자신들의 이야기를 다 들었을 것이란 생각에 식은땀이 흐를 수밖에 없었다.

정파의 무사라면 그곳에서 이야기가 오고 간 자신의 문파와 철사방이 꾸미고 있는 일을 외부에 알릴 가능성도 있었기 때문이다.

"젠장!"

무릇 강호에선 노인과 어린아이, 여자를 조심하라는 말이 있었으니 순진한 얼굴에 잠시 속았다는 생각에 미간을 찌푸린 그는 반드시 그들을 처리해야겠다는 생각에 품에 있던 피리를 길게 불었다.

삐이익!

내공을 사용하여 분 피리는 숲을 크게 울리며 퍼져 나가니 얼마 지나지 않으면 자신의 수하들이 이 소리를 듣고 올 것이라 생각하며 조손을 찾기 위해 몸을 날렸다.

한편 쌍두편 구랍이 무사의 시체를 발견했다는 것은 알지 못한 채 얼마 지나지 않아 그들이 알아채리라는 생각으로 장천은 길을 서두르고 있었지만, 호청명이 느릿하게 걸음을 옮기는지라 한숨이 나올 수밖에 없었다.

"어르신, 뭐 하시는 겁니까?"

"뭐 하다니? 네 녀석의 무리들이 있는 곳으로 가고 있지 않느냐?"

"휴……."

무슨 문제가 있느냐는 투로 이야기하는 호청명이었으니 장천은 답답할 수밖에 없었다. 그때 뒤쪽에서 누군가가 뛰어오고 있는 것을 감지할 수 있었다.

"응?"

그리고 잠시 후 그가 쌍두편 구랍이라는 것을 깨달은 장천은 당황할 수밖에 없었다.

'젠장! 그나저나 시체가 들키지 않았으면 좋겠군.'

장천은 자신이 죽인 무사의 시체가 들키지 않았으면 하는 생각을 할 수밖에 없었다.

쌍두편 구랍이 다가오자 장천은 고개를 숙이며 인사하고는 말했다.

"아! 대협께서 어인 일로 저희를 찾아오셨습니까?"

그가 도착하자 장천은 크게 놀란 표정을 지으며 인사를 했는데, 구랍은 그를 보며 물었다.

"혹시 자네들을 쫓아온 무사가 없었는가?"

"무사요? 없었는데요?"

"음."

그의 말에 장천은 영문을 알 수 없다는 표정으로 말하니 구랍은 다행이라는 표정을 지으며 말했다.

"다행이군. 어제 자네들과 시비가 붙은 무사가 잠시 모습을 감추어서 걱정하고 있었다네."

"그런가요?"

"보아하니 아직 녀석이 찾아오지 않은 것 같은데, 잠시 이곳에서 쉬고 있도록 하세. 녀석이 나타나면 내 단단히 타일러 데리고 갈 터이니 말이야."

"아……."

장천으로선 그 말에 당황할 수밖에 없었다.

이미 죽어버린 자가 자신들에게 나타날 리는 만무한 데다 이렇게 시간을 지체하다 시체가 발견되면 자신들에게 그 혐의가 몰릴 것은 자명한 사실이기 때문이다.

"그것이… 급히 길을 가야 하는지라……."

"걱정 말게. 길어야 반 시진이 넘지 않을 테니 말이야."

"아, 예."

꼼짝없이 잡혔다고 생각하는 장천이었다.

전에 만났던 무사와는 달리 쌍두편 구랍은 만만한 자가 아니었으니

기습 공격을 하려 해도 자신이 내뿜는 기운을 알아챌 것이 분명했기 때문이다.

할 수 없이 그의 말대로 기다리는 체하다가 대충 빠져나갈 방법밖에 없었는데, 한참을 기다리던 장천은 길의 저편에서 들리는 발자국 소리를 듣고는 크게 놀라지 않을 수 없었다.

"젠장!"

들려오는 발자국 소리의 숫자를 감안한다면 적어도 이십 명 이상이었으니 이곳에 이렇게 많은 무사가 급하게 뛰어오지는 않으리라 생각한 장천은 숨겨놓은 무사의 시체가 들통났다고 생각하며 급히 품에 손을 집어넣어서는 구랍을 향해 비도를 날렸다.

"흥!"

하지만 이미 구랍은 장천의 공격을 대비하고 있었는지라 오른손으로 급히 연편을 꺼내어서는 그가 던진 비도를 튕겨냈다.

"흥! 역시나 네 녀석의 짓이구나!"

"젠장!"

구랍이 단검을 막아내자 장천은 빠른 속도로 몸을 날려 녀석을 향해 화의 무공이 담긴 일장을 날렸다.

"흥!"

강한 내력이 담긴 일장이 뻗어오자 그는 공중으로 몸을 날려서는 왼쪽의 연편까지 꺼내어서는 장천을 공격했다.

"쌍두연격!"

공중으로 몸을 날린 그는 쌍두연격의 초식으로 장천을 공격했는데, 과거에 비참하리만큼 그의 독문병기의 쌍연편에 당한 적이 있었던 장천인지라 앞으로 몸을 날려 공격권에서 몸을 피하고는 그대로 몸을 날렸다.

"승룡파천각!"

구랍의 쌍두편 공격에서 벗어난 장천은 그대로 승룡파천각을 사용해 그를 공격했으니 공중에서 몸을 피할 곳이 없다고 생각했던 구랍은 연편을 날려 근처의 나뭇가지에 걸고는 간단하게 장천의 승룡파천각을 피했다.

"헉!"

"독사맹격!"

승룡파천각을 시전하면서 공중에 떠 있는 그를 보며 구랍은 오른손으로 연편을 휘둘러서는 독사맹격의 초식으로 그를 공격하니 장천은 화의 무공을 크게 끌어올려서는 자신을 향해 날아오는 연편을 노려 일장을 날렸다.

"열화연풍장!"

본래는 연풍장이란 이름을 가진 장법이었으나 화의 무공을 가미하면서 열화연풍장으로 이름을 바꾼 장법이 펼쳐지자 강한 화기의 바람이 구랍을 향해 뻗어갔다.

"큭!"

구랍은 열화연풍장에서 느껴지는 화기가 예사롭지 않다고 생각하고는 급히 왼손의 연편을 휘둘러서 반대쪽 나뭇가지에 걸고 몸을 날렸고, 아니나 다를까 그가 있었던 곳은 열화연풍장의 장력에 의해 큰 굉음과 함께 부러지더니 불에 휩싸이기 시작했다.

"헉!"

그 모습에 구랍은 크게 놀랄 수밖에 없었다. 그만큼 장천의 무공은 상당했다.

'도대체 어디서 온 꼬마지?'

자신의 무공으로 상대할 수준이 아니라고 생각한 구랍이었다.

한편 장천은 구랍과 싸우면서 자신감을 얻고 있었다. 실제로 자신의 무공 능력에 자신이 없었던 그였는데, 한때 상대할 수조차 없었던 구랍을 상대로 승기를 잡고 있었기 때문이다.

"생쥐같이 도망 다니는군!"

"크윽!"

장천의 도발에 구랍은 이를 갈 수밖에 없었지만 그렇다고 자존심만 센 바보는 아니기에 함부로 그를 공격하지는 못하고 있었다.

"어디 이것도 한번 받아보시지!"

장천은 품에서 비도를 꺼내어 그를 향해 집어 던졌다.

"흥!"

비도가 날아가는 모습을 보며 구랍은 콧방귀를 뀌었는데, 자신이 있는 곳에서 한참 벗어난 방향으로 날아가고 있었기 때문이다.

하지만 장천의 입가에서 미소가 사라지지 않는 것을 보며 이상하게 생각한 구랍은 급히 비도 쪽을 쳐다보았다. 아니나 다를까, 갑자기 궤도가 바뀌어서는 자신의 관자놀이로 비도가 날아오자 크게 놀란 표정을 짓곤 급히 몸을 숙여 간신히 비도를 피할 수 있었다.

쿵!

비도는 그의 머리 두 치 정도 위로 지나가 나무에 큰 소리로 박히니 그 순간 구랍은 등줄기로 식은땀이 흘러내렸다.

"서, 설마! 혈비도 무랑!"

"엥?!"

공중에서 방향이 바뀌는 비도술을 구사하는 인물은 전 무림의 공적이자 천하제일고수인 혈비도 무랑밖에 없다는 것을 알고 있는 구랍으로선 격동되는 마음을 가눌 수가 없었고, 그 옆에서 보고 있던 호청명 역시 크게 놀라며 소리쳤다.

"네 녀석이 혈비도 무랑이더냐?"

"무슨 소리예요?"

호청명의 말에 장천은 무슨 소리냐는 듯이 되묻고는 봇짐에서 한 자루의 도를 꺼내고는 구랍이 올라 있는 나무의 둥치를 베어버렸다.

쿠구구궁!

내력이 실린 도는 한 아름 정도의 나무를 일격에 잘라 버리니 나무는 서서히 큰 소리와 함께 땅으로 쓰러졌다.

"큭!"

구랍은 혈비도 무랑의 비도술에 놀라 정신이 없었기에 나무가 쓰러지는 것에 제대로 방비하지 못하고 땅으로 뒹굴어 버렸다. 장천은 그의 목에 칼을 가져다 대며 말했다.

"이제 끝이구나, 구랍."

"큭… 혈비도 무랑……."

"거참, 내가 진짜 혈비도 무랑이라면 네 녀석은 한 초식도 버티지 못했을 거라고."

장천의 말이 틀리지는 않은지라 호청명은 고개를 끄덕이고 말았다. 하지만 구랍의 생각은 달랐다.

지금 자신 앞에 있는 꼬마가 혈비도 무랑이 아니라고 할지라도 그의 비도술을 가지고 있다는 것은 확실했기 때문이다.

중원에서 공포의 존재로 군림하고 있는 혈비도 무랑의 비도술을 알고 있다는 이유 하나만으로도 구랍에겐 꼬마가 무림의 패권을 다툴 수 있는 자로 보이고 있었다.

그만큼 혈비도 무량의 이름은 중원에서 어느 누구도 범접치 못할 그런 이름이었다.

"죽어라!"

장천은 구랍의 목을 베기 위해 도를 들었는데, 그 순간 그의 주변으로 수십 개의 연편이 빠른 속도로 날아왔다.

"선풍도법!"

크게 놀란 장천은 급히 곽무진이 광무자 유운의 벌에서 심득을 얻었다는 선풍도법을 사용해서 사방에서 밀려오는 연편을 쳐낸 후 급히 몸을 날렸다.

"큭! 조금 늦은 것 같군."

이미 주위에 구랍의 부하들이 당도해서는 자신의 대장을 구하기 위해 연편을 휘둘렀던 것이다.

"차압!!"

장천이 뒤로 물러서자 구랍은 정신을 차리곤 급히 몸을 날려서 부하들을 보며 소리쳤다.

"혈영십이사편진(血影十二蛇鞭陣)!"

구랍이 급히 소리치자 그의 부하들의 움직임이 갑작스럽게 변하기 시작하니 장천은 그것이 진세라는 것을 깨닫고는 크게 당황하게 되었다. 하지만 진세의 가장 큰 문제점을 알고 있는 그는 망설이지 않고 몸을 날렸다.

진세를 이루는 것의 가장 약점은 완전히 진세가 이루어지기 전 파괴한다면 쉽게 무너진다는 것이다.

그런 것을 알고 있는 장천은 도에 화의 무공을 끌어올린 후 자신의 눈앞에서 움직이고 있는 무사를 향해 검기를 뿌렸다.

"차압!"

"크악!"

화의 무공이 들어가 있는 검기는 빠른 속도로 날아가 두 사람의 허리를 베어버렸다.

"헉!"

"진을 포기한다! 후퇴해라!"

엄청난 검기의 모습을 보며 구랍은 자신들로선 상대할 수 없다는 생각을 했기 때문에 급히 진세 이루는 것을 포기한 후 몸을 날려 장천의 곁에서 벗어났다.

"휴!"

그들의 모습이 완전히 사라지자 장천은 안도의 한숨을 내쉬고는 도를 다시 봇짐 속에 집어넣고 호청명을 보며 말했다.

"자, 어르신, 이제 가지요. 당분간 녀석들의 공격은 없을 것 같으니까요."

하지만 담담하게 말하는 장천과는 달리 호청명은 가슴을 진정시킬 수가 없었다.

"도, 도대체 네 녀석은 누구냐?"

"거참, 쌍도문의 장천이라니까요."

"그, 그럴 리가… 쌍도문의 소주가 어떻게 혈비도 무랑의 무공을… 설마……."

"휴… 잔말 말고 따라와요."

"…알겠다."

더 이상 말하기도 귀찮다는 표정으로 장천이 말하니 호청명은 아무

말 없이 그의 뒤를 따라갔다.

'혈비도 무랑이라… 잠시 이것으로 이 늙은이를 조용히 시키는 것이 좋겠군.'

혈비도 무랑이라는 이름에 호청명이 크게 놀라서는 조용해지자 생각 외의 부수 효과에 잠시 써먹어야겠다는 생각을 하는 장천이었다.

하지만 장천은 이것이 후에 얼마나 큰일을 불러올지는 알지 못했다.

며칠 후 마을에서 사람을 시켜 보낸 장천의 서한은 사천당가에 도착하게 되었다.

현 사천당가의 가주인 당이는 서한에 쓰여 있는 글이 쌍도문에서 실종된 장천이 보낸 것이라는 것을 알고는 크게 놀라지 않을 수 없었다.

하지만 더욱더 놀랄 수밖에 없었던 것은 사천 서부에 있는 철사방과 당가의 숙적이라고 할 수 있는 독문의 동맹 건이니 그로선 일이 심상치 않다는 것을 깨달을 수 있었다.

"당철!"

"예! 가주 어른."

장천이 보낸 서한을 전한 당철은 가주의 말에 고개를 숙이며 답했다.

"급히 아미와 청성에 서한을 보내 귀 파에서 당한 독이 독문의 짓이라는 것을 전하도록 해라."

"예."

"또 당삼에게 연락해서 급히 당가의 정예로 이루어진 무사들을 모으도록 하게. 감히 사천의 땅에서 독문과 동맹을 하다니 철사방의 녀석들이 간이 부었나 보구나."

"알겠습니다, 가주."

"또 쌍도문에 사람을 보내어 장 조카가 무사하다고 전하게. 그쪽에선 그 일로 상당히 시끄러운 듯하니 말이야."

"알겠습니다."

당철은 가주의 명을 받고는 밖으로 나갔다.

"독문 녀석들이 다시 사천으로 왔다니… 당가의 무서움을 알게 해주지."

사천당가의 멸문까지 몰고 갔던 독문인지라 그들에 대해서 당가의 인물들은 이를 갈고 있었다.

하지만 현재 크게 위축되어 있는 당가로서는 독문이 있는 남만까지 사람을 보낼 여력이 없었기에 지금껏 참고 있었는데, 그들이 직접 사천당가로 왔다면 결코 물러설 수 없는 일이었다.

거기다 장천의 서한을 본다면 아미와 청성에 손을 가했다고 하니 잘만 된다면 청성과 아미의 힘을 받을 수 있을 것이 분명했다.

그렇게 되면 남만의 독문까지 모두 쓸어버릴 수 있다는 생각에 이 기회를 놓치지 않으리라 다짐했다.

사천당가가 독문과 손을 잡은 철사방을 치기 위해 문 내의 무사들을 소집하는 등 준비를 끝마칠 즈음 쌍도문에 당가에서 보낸 서한이 도착했다.

"정말입니까! 휴……."

장천의 아버지인 장춘삼은 등평이 당가에서 보낸 편지에 장천이 무사하다는 내용이 실려 있었다고 하자 안도의 한숨을 내쉴 수 있었다.

"당이가 보낸 서한에 따르면 사천에 있던 천이가 철사방과 독문이

동맹을 맺어 청성과 아미에 간계를 펼쳤음을 밝혔다고 하더군."

"아……."

"그래서 이번에 우리도 당가를 돕기 위해 사람을 보낼까 하는데, 네가 가지 않겠느냐?"

등평은 장춘삼에게 사천으로 가지 않겠느냐 물었고, 그는 장천의 일도 알아볼 겸 당가를 돕는 것도 나쁘지 않다 생각하고는 고개를 끄덕였다.

"알겠습니다. 제가 직접 가도록 하지요."

"철사방이라면 그리 강한 무공을 가진 곳은 아니지만 문도 수가 일천이 넘는 거대문파이니 조심하도록 해라."

"예. 아! 그리고 보니 유운이 무림을 돌아보고 싶다 하는데, 이번 길에 그와 함께 가는 것도 나쁘지 않을 것 같습니다."

"유운이?"

"예. 유운이라면 일파를 세운다 해도 부족함이 없는 사람입니다. 너무 오랫동안 문 내에 잡아두고 있었다는 생각이 들어서 말씀드리는 것입니다."

"음……."

광무자 유운은 등평과 장춘삼에 이어 실질적으로 쌍도문의 서열 3위라고 할 수 있었기에 그가 나간다면 문파의 전력이 크게 감소할 수밖에 없었다. 등평은 고심했지만 자신의 제자인 유운과 광무자의 제자인 곽무진을 불러들인다면 균형을 맞출 수 있었기에 고개를 끄덕이며 말했다.

"알겠다. 그럼 유운을 데리고 가도록 해라."

"예."

"너희 두 사람과 삼대제자 이십 명 정도면 철사방 정도야 충분히 쓸어버릴 수 있겠지."

"그럼."

장춘삼은 등평에게 포권을 한 후 방을 나와 금오각을 향해 걸음을 재촉했다.

자신의 아내인 임아란이 장천의 일로 몸져누워 있었기에 한시라도 빨리 장천이 무사하다는 소식을 전해주기 위함이었다.

광무자, 냉혈검을 손에 넣다(1)

　장천이 실종된 지 석 달, 소주가 무사하다는 소식이 쌍도문에 퍼지자 문파를 장악하던 침울한 분위기는 완전히 사라지고 다시 활기를 띠기 시작했다.

　한 문파의 소주가 두 번이나 실종되어 생사도 확인할 수 없다는 것은 상당히 문제가 있었으니, 힘없는 제자들이야 좋은 일이 있어도 즐거워할 수 없는 분위기였는지라 이제야 얼굴 펴고 다닐 수 있었기 때문이다.

　하지만 그와 함께 들려온 또 다른 소식은 쌍도문을 시끌벅적하게 하기에 충분했으니 문 내에 실질적인 무공 서열 2, 3위의 쾌쌍도 장춘삼과 광무자 유운이 사천으로 원정을 떠나는 것이 알려졌기 때문이다.

　물론 사천당가가 철사방을 친다는 것은 대외적인 비밀로 되어 있는 일이었기에 쌍도문 내에서도 사천으로 무사들이 향한다는 것은 알고 있었지만 자세한 내용은 알려지지 않았고 이것이 더욱 소문을 불러일으키는 원인이 되었다.

여러 가지로 퍼지고 있는 소문 가운데에는 사천에 있는 마교의 지부를 치러 간다는 것이 가장 지배적이었으니 과거 선풍도 곽무진과 무쌍도 요운이 형산파에서 마교의 공격으로 부상을 입은 적이 있기 때문이다.

그 때문에 쌍도문과 밀접한 관계에 있는 사천당가와 힘을 합쳐 일거에 사천에서 마교의 잔당을 완전히 몰아낸 후 쌍도문과 아미, 청성, 사천당가로 이어지는 정파의 협력 체계를 굳힌다는 추측까지 흘러나오고 있었다.

아직 철사방과 독문의 일을 자세히 알지 못하는 일반 문도들로선 현재 가장 문제시되는 마교를 치는 것 외에는 다른 것을 생각할 수 없었던 것이 추측의 이유라고 할 수 있었다. 물론 이 사실이 마교에 알려진다면 이번 일에 마교도들이 낄 수도 있다는 생각에 소문은 쌍도문 내에서만 퍼지고 있었다.

장천의 소식이 전해진 삼 일 후, 장춘삼은 삼대제자 이십여 명과 함께 사천당가를 향해 길을 떠날 준비를 모두 마쳤는데, 의외인 것은 광무자가 장춘삼 일행과 동행을 하지 않고 따로 길을 떠난다는 것이다.

"혼자서도 되겠는가?"

삼대제자들과 길을 떠나기 전 장춘삼은 혼자 사천으로 향하겠다는 광무자에게 염려가 섞인 말을 할 수밖에 없었다.

광무자가 한 배분이 낮기는 하지만 실제적인 배분에선 자신의 사부인 오립산과 같은 배분이라는 것을 알고 있는 장춘삼은 그를 다른 사질들과 같이 취급하지 않았지만, 유운은 미소를 지으며 예를 다하며 말했다.

　"예. 일단은 다른 사람보다 일찍 가서 녀석들의 동태를 살펴보는 것뿐이니까요."

　"음… 조심하도록 하게."

　다른 사람이라면 모를까 광무자라면 대외적으로 크게 알려지진 않았지만 강북십웅과 겨루어도 밀리지 않는 인물이기에 조심하라는 말을 해주고는 몸을 돌려 삼대제자가 기다리고 있는 쪽으로 향했다.

　장춘삼이 돌아가자 광무자는 미소를 지으며 하늘을 올려다보았다.

　"이십 년 만인가……."

　광무자 유운, 그는 이십 년 만에 처음으로 쌍도문이라는 울타리를 벗어나게 된 것이다.

　외호가 광무자가 될 정도로 무공에만 열중하던 그가 반백이 되어 다시 강호에 발을 들이므로 감개무량함을 느끼는 것은 어쩌면 당연한 일일 것이다.

　하지만 처음 쌍도문에 들어섰을 때와 지금 그는 완전히 다른 인물이었다.

　과거에는 도박사들의 뒤를 지켜주는 삼류무사에 지나지 않았지만 지금은 강북십웅들과 싸워도 지지 않을 무공을 쌓았던 것이다.

　청의를 입고 있는 그의 허리에는 두 자루의 검과 두 자루의 도가 매어져 있었는데, 그가 말년에 들어와 무리를 만들고 있는 좌검우도를 여행 중에 확실히 이루기 위함이었다.

　현재 그의 좌검우도의 실력은 쌍도에는 크게 미치지 못하고 있었지만, 쌍검과 비교한다면 비슷한 위치까지 도달해 있었다.

　물론 그의 쌍검의 실력 역시 쌍도문의 삼대제자 십여 명이 덤벼도 당해내지 못할 실력이라는 것을 감안한다면 그의 좌검우도는 상당한 경지에 도달해 있다고 할 수 있었다.

장춘삼이 삼대제자들과 함께 길을 떠나는 것을 끝까지 지켜보고 있던 유운은 자신 역시 떠날 때가 됐다는 생각에 천천히 말에 올랐는데, 그때 뒤에서 다급하게 자신을 부르는 목소리가 들려왔다.

"대사형! 대사형!"

"응?"

고개를 돌려보니 이준이 봇짐을 들고는 황급하게 뛰어오는 모습을 볼 수 있었다.

"이 사제 아닌가? 무슨 일인가?"

"헉헉… 대사형, 너무하십니다. 저만 남겨두고 그냥 가시는 법이 어디 있습니까!"

이준이 자신을 보며 원망스러운 목소리로 말하자 유운은 미소를 지으며 말했다.

"하하하. 무슨 소린가, 난 문주님에게 임무를 받고 가는 거네만."

"그래도 말입니다. 사실 일보다는 다른 것에 더 신경을 쓰고 계시지 않습니까?"

자신이 좌검우도의 무리를 확립하기 위해 강호로 나서는 것을 눈치챘다는 생각에 광무자는 미소를 지으며 말했다.

"뭐, 이번 기회에 실전을 겪어보는 것도 나쁘지 않다고 생각했네만, 그렇다고 자네까지 이렇게 나오면 어찌하겠는가? 허락없이 이렇게 빠져나오는 것은 문규에 어긋난 행동이네."

유운은 이준이 따라온다고 해도 그리 나쁠 것은 없다 생각했지만 문규가 있는지라 돌려보내려고 했다. 한데 그의 말에 고개를 저은 이준은 회심의 미소를 지으며 말했다.

"걱정 마십시오. 이미 사부님께 허락을 받았는걸요."

"하하하! 그렇다면 할 수 없지. 자, 가도록 하지."

"예. 그나저나 대사형은 말을 타고 가시는데……."

"허허. 이 늙은 사형이 무슨 힘이 있다고 그 먼 길을 걸어가겠는가? 문주님께서 늙은 나를 생각해서 이렇게 말을 내주신 것이라네."

"쳇!"

광무자의 말에 이준은 투덜거렸지만 그렇다고 말을 함부로 내갈 수는 없는지라 할 수 없이 그가 타고 있는 말고삐를 잡고는 걸어가며 말했다.

"이거 팔자에도 없는 하인 신세가 돼버렸군요."

"하하하!"

광무자로선 이준과 함께 이번 임무를 하는 것이 별 무리가 없다고 생각했다.

두 사람 다 쌍도문 내에서 무공이 상위에 속하는 인물인 것도 있었지만, 가장 큰 이유는 대외적으로 이름이 알려져 있지 않다는 것이다.

광무자야 수십 년을 문파 내에서 무공을 익히거나 사람들을 가르치고 있었기에 무림맹에서도 그를 알고 있는 사람이 적었고, 이준 역시 무공보다는 학문에 신경을 쓴지라 얼굴이 알려져 있지 않은 것이다.

장춘삼이 광무자 혼자 철사방으로 향하는 것에 반대를 하지 않은 것도 바로 이런 이유 때문으로, 지닌 무공에 비해서 그가 쌍도문의 문도라는 것을 아는 사람이 적었기에 비밀 임무에 상당히 적합했기 때문이다.

두 사람은 좌검우도에 대한 이야기를 하며 순조롭게 여행할 수 있었다. 하지만 길을 떠난 지 일주일 정도 후 범상치 않은 일에 휘말리게 되었다.

챙! 챙!

감숙의 무성 근처를 지나고 있던 두 사람은 멀리서 병장기가 부딪치는 소리를 들을 수 있었다.

"사형!"

"알고 있다. 발자국 소리로 미루어보아 열다섯 정도가 되는 것 같은데, 한 사람을 공격하는 듯하구나."

광무자는 이미 병장기가 부딪치는 소리로 상황을 눈치 채고는 천천히 말에서 내려서는 이준을 보며 말했다.

"근래 들어 마교의 무리들이 정파의 무사들을 습격하는 일이 많으니 지켜보는 것도 나쁘지 않겠구나."

"알겠습니다."

광무자의 말에 이준은 고개를 끄덕이고는 소리가 들려오는 쪽을 향하여 몸을 날렸고, 광무자 역시 말의 고삐를 잡고는 천천히 그쪽으로 걸음을 옮겼다.

광무자보다 먼저 싸움이 있는 장소에 도착한 이준은 나뭇가지 위로 뛰어올라 가서는 살펴보았고, 그곳에서 도복을 입고 있는 무사 한 사람이 온몸에 상처를 입고는 숨을 헐떡이며 십여 명의 적의무사를 노려보고 있는 것을 볼 수 있었다.

"이런."

일단 도복을 입고 있다면 사파나 마교의 인물이 아니라는 것을 알수 있었는지라 이준은 경공을 사용해서는 그들의 사이로 뛰어내렸다.

"누구냐!"

갑자기 나무 위에서 사람이 뛰어내리자 적의무사들이 크게 놀라서는 소리쳤는데, 이준은 그들을 보며 미소를 짓고는 말했다.

"잠시 이곳을 지나치다가 다수가 하나를 핍박하는 모습을 보고 어떤 치졸한 자들일까 하는 생각에 얼굴이나 보자고 나섰소이다."

갑자기 나타난 이가 자신들을 비꼬는 듯하자 적의무사들은 얼굴이 일그러질 수밖에 없었지만, 방금 전 보였던 경공 실력이 예사롭지 않은지라 함부로 덤비지 못하고는 소리쳤다.

"네 녀석이 누군지는 모르지만 살고 싶다면 우리 일에 상관 말고 사라지는 것이 좋을 것이다!"

"휴, 무림의 도의라는 것이 그런 것이 아니라는 것을 알면서도 그러십니까?"

적의무사들 중 대장인 듯한 자가 말하자 이준은 어쩔 수 없다는 듯이 손을 내저으며 말했고, 대장은 더 이상 볼 것 없다는 듯이 다른 무사들을 보며 눈짓을 하고는 소리쳤다.

"쳐라!"

대장의 명령이 떨어지자 적의무사들은 병장기를 들고는 두 사람을 향해 쇄도해 들어갔는데, 이준은 오히려 재밌는 일이라도 생긴 것처럼 허리에 차고 있던 검을 빼어 들어서는 가볍게 검을 날렸다.

"육합검법?!"

자신들을 막아섰던 무사가 강호의 삼류잡배들이나 익히고 있는 육합검법을 시전하자 적의무사들의 대장은 코웃음을 칠 수밖에 없었다. 하지만 잠시 후 두 명의 부하가 이준의 육합검법에 베여 쓰러지자 그로선 크게 놀랄 수밖에 없었다.

"헉!"

"이런, 육합검법을 너무 우습게 보시는 것 같군요. 제가 사용하고 있는 육합검법을 감호 삼류잡배들이나 사용하는 그런 검법이 아니랍니다."

순식간에 두 사람이 쓰러지자 놀란 표정을 짓는 우두머리의 모습을 보며 이준이 가볍게 손가락을 내저으며 말하자 그는 부하들로는 안 되겠다는 생각에 자신이 직접 그를 공격하기 시작했다.

"혈류도(血流刀)!"

"오!"

적의무사들의 우두머리는 한 자루의 대도를 들고 있었는데, 상당한 내력이 실린 도격이었기에 이준은 몸을 살짝 돌려서는 가볍게 그의 공격을 흘려 버린 후 그의 다리를 향해 검을 찔렀다.

"큭!"

부드럽게 이어지는 이준의 검공에 그는 미처 피하지 못하고 허벅지에 상처를 입고 말았는데, 그럼에도 불구하고 공격을 멈추지 않았다.

"휴, 무섭군요!"

일격에 두 동강을 내버릴 기세로 휘두르는 그를 보며 이준은 감탄했다는 듯이 탄성을 내지르고 있었으니 그로서는 분통이 터져 나왔다.

하지만 강맹한 도법에 비해서 몸이 둔한 그였는지라 이준의 날렵한 몸놀림을 따를 수가 없었다.

"젠장! 뭐 하는 것이냐, 저 도사를 공격하지 않고!"

우두머리가 부하들이 자신과 이준의 싸움에 정신이 팔려 있는 것을 보며 크게 소리를 지르니 그제야 정신을 차린 그들은 상처를 입고 숨을 헐떡이는 도사를 공격하기 시작했다.

"이런!"

"어딜!"

이준은 급히 그를 도와주기 위해 몸을 날리려 했지만 우두머리가 도를 휘둘러서는 그가 도사를 도와주지 못하게 막아버렸고 피투성이의 도사는 위기에 빠질 수밖에 없었다.

"크악!"

무사들이 다가오자 피투성이의 도사는 얼굴을 일그러뜨리며 간신히 검을 휘둘렀는데, 워낙 기력이 달린 상태였기에 그의 검은 어린아이가 막대기를 휘두르는 것만 못했다.

"응?!"

하지만 이준은 그를 보며 놀랄 수밖에 없었는데, 엉성하게 검을 휘둘렀음에도 적의무사들이 감히 앞으로 나서지 못하고 있었기 때문이다.

'한기가?'

그리고는 얼마 지나지 않아 자신의 주위로 한기가 느껴지자 이준은 그제야 이 주변이 다른 곳과는 달리 공기가 서늘하다는 것을 느낄 수 있었다.

'검이다!'

우두머리와 싸우면서 이준은 이 한기의 원인을 찾아보았고, 그것이 도사가 휘두르고 있는 검에서 흘러나오고 있는 것임을 알 수 있었다.

도사의 기력이 크게 떨어져 있다는 것을 알고 있었기에 음공을 끌어올린 것은 아니라고 생각한 이준은 한기가 검에서 흘러나오고 있다는 것을 금방 알아차릴 수 있었던 것이다.

오 장 정도 떨어진 위치에서도 느껴지는 한기였기에 그가 지닌 검이 엄청난 보검이라는 것을 알 수 있었다.

"설마… 무림십대신병의 하나인 냉혈검!"

그가 알고 있는 상식으로는 보통의 검이 이러한 냉기를 뿜지는 못했으니 무림십대신병의 하나인 냉혈검이라고 생각할 수밖에 없었다.

"차압!"

일이 어떻게 되었든 일단 정파의 인물을 돕는 것이 우선되어야 했기 때문에 이준은 적의무사들의 우두머리를 압박해 가기 시작했다.

하지만 검이라는 것은 침착성을 잃으면 그 예기가 줄어드는 법이었으니 급한 생각을 하는 이준의 검은 조금씩 무뎌지고 있었다.

"젠장!"

쉽게 상대를 쓰러뜨리지 못하자 이준은 다급함이 밀려왔는데, 그때 그의 귀로 누군가의 전음이 밀려왔다.

[사제, 침착함을 잃지 말게. 평정심을 잃은 검은 자연히 무뎌질 수밖에 없는 것이라네.]

'사형!'

그것이 광무자의 목소리라는 것을 안 이준은 가볍게 고개를 끄덕이고는 호흡을 가다듬기 시작했다.

마음의 안정을 찾자 그의 검의 날카로움이 다시 거세어지기 시작하니 무사들의 우두머리는 기세에 눌려 뒷걸음질치게 되었다.

한편 도복 입은 자는 적의무사들에 의해 절체절명의 위기에 처해 있었는데, 그때 도사의 뒤쪽에서 무엇인가가 빠르게 날아와서는 적의 무사들의 손등에 박혔다.

"크악!"

도사를 노리고 있던 다섯 무사들 손에는 놀랍게도 나뭇잎들이 박혀 있었으니 크게 놀란 표정을 지을 수밖에 없었다.

"적엽상인(摘葉傷人)!"

나뭇잎을 암기로 사용할 수 있는 경지라면 자신들이 상대할 수 없는 고수였기에 그들의 이마에선 식은땀이 흐를 수밖에 없었다.

잠시 후 수풀을 헤치며 한 마리의 말을 끌고 오는 육십 대의 노인을 볼 수 있었으니 그의 주위로 잔잔하게 기도가 흐르고 있는 것을 보며 적의무사들은 병기를 들어서는 경계하기 시작했다.

"음."

싸움터로 나타난 육십 대의 노인은 바로 광무자였다. 그는 크게 부상을 당해 제대로 움직이지도 못하는 도인의 모습을 한번 쳐다보고는 무사들을 보며 말했다.

"이만 물러가는 것이 어떻겠소?"

"헉!"

광무자는 미소를 지으며 조용히 적의무사들에게 말했지만, 듣고 있는 이들의 기분은 그런 것이 아니었다.

그의 잔잔한 말투에서는 상당한 경력이 서려 있었기 때문이다.

하지만 자신들의 임무가 있는 이상 물러설 수가 없었는데, 그때 한쪽에서 누군가의 비명 소리가 들려왔다.

"끄억!"

"앗! 대장!"

비명 소리의 주인은 이준과 싸우고 있던 적의 무사들의 우두머리였으니, 그는 허리에 검상을 입고는 들고 있던 도를 지팡이 삼아 간신히 몸을 지탱하고 있었다.

"큭……."

우두머리는 숲에서 적엽상인의 경지에 이르는 고수가 나타나자 마음이 흐트러져 부상을 입게 된 것이다.

"두고 보자!"

자신들이 상대할 수준이 아니라는 것을 깨달은 그는 부하들을 향해 눈짓을 하고는 급히 경공을 사용하여 숲으로 사라졌고 그의 뒤를 이어 적의무사들도 사라져 갔다.

"휴."

무사들이 완전히 사라지자 이준은 한숨을 내쉬고는 부상을 당해 쓰러져 있는 도사에게 걸어갔다.

"이보시오. 괜찮으시오? 도대체 무슨 일이오!"

피로 흠뻑 젖어 있는 도복을 입은 도사는 이준을 보고는 힘겹게 손에 들고 있던 검을 그에게 건네주면서 무엇인가를 말하려 했으나 이미 기력이 다한 상태였기에 더 이상 말을 잇지 못하고 땅에 쓰러지고 말았다.

"이런!"

이준은 급히 그의 맥문을 잡고 진기를 불어넣어 주려고 했지만 이미 숨이 끊어져 버렸으니 한숨을 내쉬고는 자리에서 일어나 광무자를 보며 말했다.

"숨이 끊어졌습니다."

"알고 있다. 네가 진기를 불어넣어 주었다고 해도 결과는 같았을 것이다."

이미 그의 몸 상태를 알고 있었던 광무자는 덤덤하게 말하고는 천천히 그의 손에 들려 있는 검을 잡았다.

단지 곁에 있었음에도 상당한 한기가 느껴지는 것이 예사 검이 아니라는 것을 알 수 있었기 때문이다.

"음……."

"대사형, 어떻습니까?"

"대단한 한기로구나. 네가 보기에는 이 검이 무엇인 것 같으냐?"

"이 정도의 한기를 뿜을 수 있는 검이라면 무림십대신병 중 하나인 냉혈검밖에 없다 생각합니다."

이준의 말에 광무자는 천천히 고개를 끄덕였다.

단지 검을 잡고 있는 것만으로 광무자는 손이 얼어버리는 듯한 기분이 들었기에 천천히 주위를 돌아보니 도사의 허리에 검집이 하나 있는지라 그것을 들어서는 검을 끼워 넣었다.

검집에 검을 넣자 주위로 퍼져 나가던 한기는 감쪽같이 사라졌다. 광무자는 크게 놀란 표정을 지으며 말했다.

"호오! 검집도 예사로운 것이 아니로구나."

"그렇군요."

냉혈검의 한기를 완전하게 차단하는 것을 보며 이준 역시 상당히 놀란 표정을 지었다.

"그나저나 이 도사는 누구이기에 무림십대신병 중 하나인 냉혈검을 가지고 있었을까요?"

"글쎄다. 그가 싸우는 것을 보기는 했지만 기력이 다해 제대로 된 초식을 볼 수 없었으니 어느 파의 제자인지 알 도리가 없구나."

"음……."

이준은 한참을 그렇게 그의 모습을 보고 있다가 무슨 생각이 들었는지 천천히 광무자에게 말했다.

"상황이 이렇다는 것은 냉혈검이 이제 우리의 소유가 됐다고도 할 수 있겠네요?"

"쯧쯧. 염불보다 잿밥에 더 관심이 많은 녀석이로구나."

하지만 그 잿밥이란 것이 모든 무림인들이 바라 마지않는 무림십대 신병이라면 어느 누구라도 관심이 가지 않을 수가 없었다.

"아서라. 네 녀석의 실력으로 냉혈검을 잡았다가는 한 시진도 되지 않아 검에 체온을 모두 빼앗기고 비명횡사하기 딱 좋으니까 말이다."

"쳇!"

광무자의 말에 이준은 어쩔 수 없다는 듯한 표정을 짓고는 도사를 묻어주기 위해 땅을 파기 시작했다.

도사를 땅에 묻어주고 간단하게 묘비를 만들어준 후 두 사람은 다시 사천을 향해 길을 떠났다.

"그나저나 그 무사들은 누구였을까요?"

이준은 자신과 싸운 자들이 누구일까 궁금하지 않을 수 없었는데, 광무자는 아무것도 아니라는 듯이 덤덤한 목소리로 말했다.

"아마도 마교의 암혈당 무사들인 것 같구나."

"예? 마교의 암혈당이오?"

이준은 그들이 마교도라는 것을 듣고는 크게 놀라지 않을 수 없었다.

"너와 겨루던 자가 익힌 도법은 암혈당의 하급 간부들이 익히는 혈영도법이더구나."

"아!"

혈열도법은 상당히 패도적인 무공으로 알려져 있었기에 그의 도에서 보인 기운을 생각하며 고개를 끄덕일 수 있었다.

"그나저나 암혈당의 무사들을 그냥 보내주다니… 앞으로의 길이 조금 힘들겠습니다."

"그러겠구나."

광무자는 고개를 끄덕이며 말했는데, 사실 그가 암혈당의 무사들을 풀어준 것은 이유가 있었다.

좌검우도의 무리를 확립하기 위해선 실전 연무가 필요했는데, 그러한 점에서 암혈당의 무사들은 꽤 쓸모가 있는 존재였기 때문이다.

하지만 이준의 입장에선 무림 삼대세력의 하나인 마교라는 존재는 조금 두려울 수밖에 없었으니 자신의 말에 무표정한 모습으로 고개를 끄덕이는 광무자를 보며 이준은 편한 여정은 멀어져 갔구나라는 생각에 고개를 내저었다.

다행히 그 일이 있은 지 삼 일이 지났음에도 암혈당의 무사들이 나타날 낌새를 보이지 않자 이준은 그제야 안도의 한숨을 내쉴 수 있게 되었다.

감숙과 사천성의 경계쯤에 이른 두 사람은 한 객잔에 머무르게 되었다.

평안객잔이라 불리는 곳이었는데, 이미 객잔에는 십수 명의 사람들이 자리하고 있었다.

"호오!"

안으로 들어서자 이준은 크게 놀란 표정을 지었는데 구석쯤 식탁에서 아름다운 여인이 울고 있는 갓난아이를 달래고 있는 것을 볼 수 있었기 때문이다. 물론 갓난아이의 모습을 보며 유부녀라는 것은 알 수 있었지만, 아이를 지그시 바라보는 모습이 마치 관음보살이 현신해 온 것같이 아름다웠다.

이런 것은 객잔 안에 있던 다른 이들도 다르지 않은지 이준처럼 멍한 눈으로 보지는 않지만 가끔씩 곁눈질로 여인의 모습을 쳐다보는 것을 볼 수 있었다.

"굉장히 아름다운 여인이군요."

자리에 앉은 이준은 여인에게서 눈을 떼지 못한 채 광무자를 보며
말했다.

"그렇구나."

육십이 넘어 이젠 여자를 보는 것에 덤덤한 경지에 이른 광무자는
그의 말에 간단하게 대답하고는 식탁 옆으로 와 있는 점소이를 보며
말했다.

"만두 두 접시와 소면 두 그릇, 죽엽청 한 병을 주게."

"예."

음식을 시킨 광무자는 천천히 짐 속에서 책을 하나 꺼내 그것을 펼
쳐 보았다. 쌍도문에서 나올 때 가져온 무학 서적이었다.

"그나저나 대사형, 마교 녀석들이 왜 이렇게 조용할까요?"

"글쎄다."

"삼 일이 지났는데 소식이 없다니, 녀석들도 그 검이 냉혈검이라는
것을 알 텐데 말입니다."

"그러게 말이다."

무학 서적을 보며 이준의 말에 내뱉듯이 대답을 하는 그였으니 한참
을 그렇게 말하던 이준은 질렸는지 고개를 돌려서는 주위에 있는 사람
들의 모습을 훑어보았다.

"응?"

그때 창문 가까이의 식탁에 앉아 있던 무리들이 음흉한 미소를 지으
며 입맛을 다시고 있는 것을 볼 수 있었는데, 그 방향이 바로 갓난아이
를 안고 있는 여인이 있는 곳인지라 미간을 찌푸릴 수밖에 없었다.

'저런 시정잡배 같은 녀석들…….'

물론 그들은 시정잡배가 맞다.

한참 여인을 보며 입맛을 다시던 그들 중 한 녀석이 무슨 생각이 들었는지 천천히 그녀의 곁으로 다가가기 시작했다.

'저런.'

여인에게 무슨 수작을 부릴 것임을 알 수 있는 이준이었다.

"젠장! 그 애새끼 조용히 좀 못 시켜!"

"죄송합니다."

남자가 여인에게 가서는 크게 소리 지르자 갓난아이는 그 소리에 놀라 더욱 크게 울음을 터뜨렸고, 여인은 죄송하다는 말을 하며 아이를 달래기 시작했다.

"크크크. 죄송하단 말로 끝낼 수야 없지. 오늘 어르신들의 기분을 망쳐 놓았으니 그만큼의 빚을 갚아야 하지 않겠느냐?"

"무슨 말씀이십니까?"

여인은 그 말에 놀란 표정을 지으며 되물을 수밖에 없었고, 그는 그녀의 말에 음흉한 미소를 지으며 팔을 잡고는 끌어당겼다.

"크크크, 오늘 밤 이 어르신의 수청을 들란 말이다!"

"이 자식들이!"

이준은 그 말에 자리에서 벌떡 일어나서는 여인을 돕기 위해 달려가려고 했다. 하지만 잠시 후 그럴 필요가 전혀 없다는 것을 알 수 있었다.

여인은 자신의 손목을 잡고 있는 잡배의 손을 금나수법을 사용하여 가볍게 풀어버리더니 오히려 그의 가슴에 일장을 가했기 때문이다.

"뭐야! 이… 크윽!"

하나 여인에게 일장을 당한 그자가 화가 난 목소리로 손을 들어서 그녀를 후려치려 했지만 잠시 후 신음을 지르고는 입에서 시뻘건 피를 쏟으며 자리에서 쓰러진 것은 오히려 달려들던 그자였다.

"내가장법?"

이준은 여인의 일장에 상당한 경력이 실려 있는 것을 보고는 크게 놀랄 수밖에 없었다.

"호오!"

광무자 역시 그녀의 일장을 보았는지 크게 탄성을 내지르며 턱수염을 쓸어 내렸다.

〈4권 끝〉

조돈형 신무협 판타지 소설

| 운한소회 |

누란(累卵)의 위기에 빠졌던 무림에 평화를 가져온 백도의 비밀단체, 흑영(黑影)!

잠들었던 그들에게 사나운 죽음의 위협이 몰아닥친다.
그들의 평화가 깨어지고, 그들의 분노가 세상을 뒤덮는다.
위선의 탈을 벗겨버릴 차가운 칼날은 그렇게 던져졌다.
살아남은 사나이들의 누구도 막을 수 없는 처절무비 통쾌한 복수극은
이미… 시작되었다.

무림은 또 한 번 잔혹한 복수의 전화(戰禍) 속으로 치닫는다.

최필 신무협 판타지 소설

| 무협지 |

뒤통수가 가려운 무림 고수들!

가엾은 순교자들이여, 내게로 오라!
일장천라 천우막, 파검 구용각, 구절심 천형,
배은망덕 이편, 색마 야광귀, 무랑과 방초…….

이들이 또 한 번 혼란의 무림을 폭소로 헤집는다.

도서출판 청어람 www.chungeoram.net   우 420-011 부천시 원미구 심곡1동 350-1 남성빌딩 3F ● TEL : 032-656-4452/54 ● FAX : 032-656-4453 ● Email : eoram99@chol.com

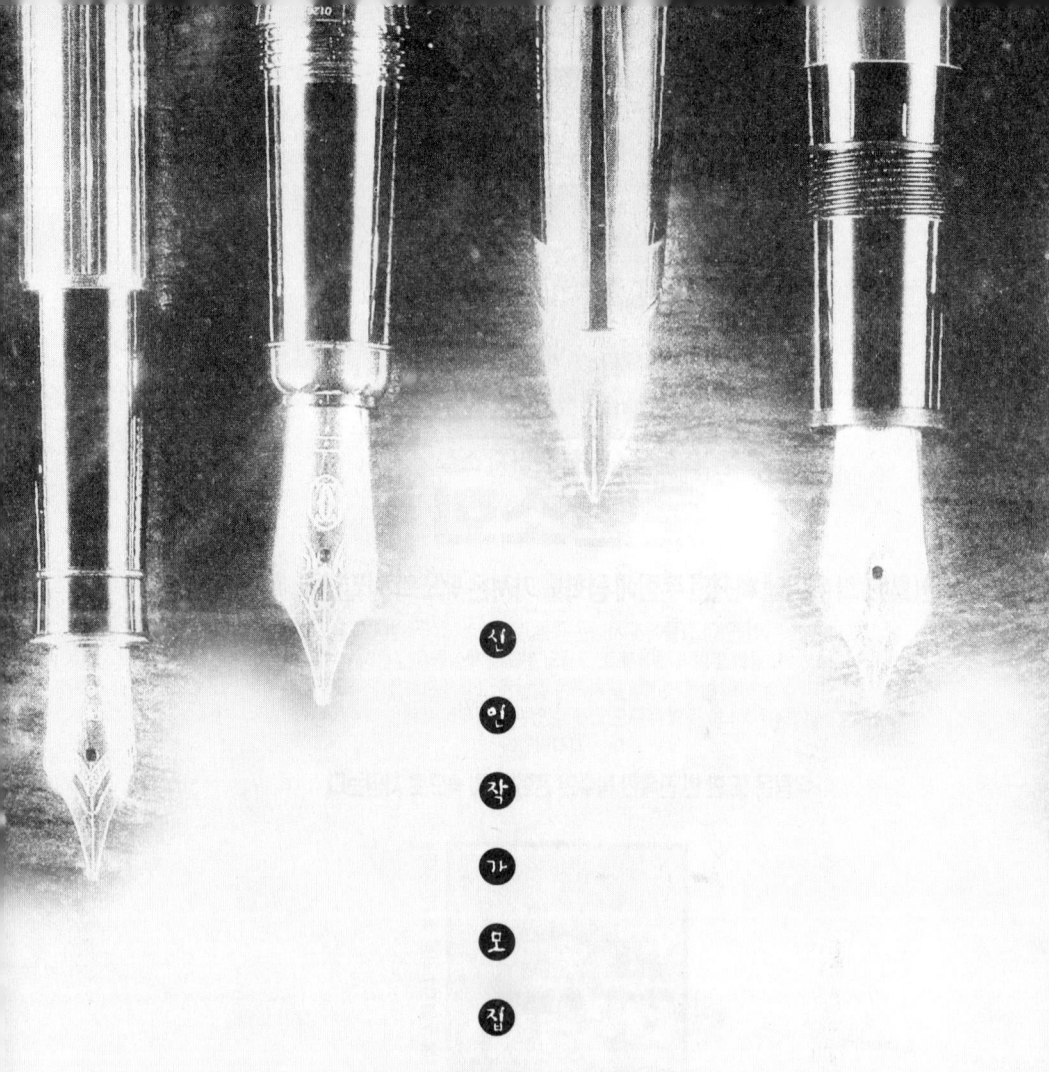

신

인

작

가

모

집

시작이 반이라고 했습니다.
작가의 길에 대한 보이지 않는 벽을 과감히 깨뜨리십시오!
청어람은 작가 지망생 여러분들의
멋진 방향타가 되어드리겠습니다.

저희 도서출판 청어람에서는
소설 신인 작가분들을 모집합니다.
판타지와 무협을 사랑하시는 분들의 많은 참여를 바랍니다.
소정의 원고(A4용지 150매)를 메일이나 우편으로 보내주시면
검토 후 출판 여부를 알려드리겠습니다.

주소:경기도 부천시 원미구 심곡1동 350-1 남성B/D 3F 우편번호420-011
TEL:032-656-4452 · **FAX**:032-656-4453
http://**www**.chungeoram.com
e-mail:chungeoram@chungeoram.com